武玉嶂 著

拥抱 高原

YONG BAO
GAO YUAN

青海人民出版社

图书在版编目（CIP）数据

拥抱高原 / 武玉嶂著. -- 西宁：青海人民出版社，2025.1
ISBN 978-7-225-06686-8

Ⅰ.①拥… Ⅱ.①武… Ⅲ.①散文集-中国-当代 Ⅳ.① I267

中国国家版本馆 CIP 数据核字 (2024) 第 038844 号

拥抱高原

武玉嶂　著

出 版 人	樊原成
出版发行	青海人民出版社有限责任公司
	西宁市五四西路 71 号　邮政编码：810023　电话：（0971）6143426（总编室）
发行热线	（0971）6143516 / 6137730
网　　址	http://www.qhrmcbs.com
印　　刷	成都市东辰印艺科技有限公司
经　　销	新华书店
开　　本	880 mm × 1230 mm　1/32
印　　张	12.625
字　　数	250 千
版　　次	2025 年 1 月第 1 版　2025 年 1 月第 1 次印刷
书　　号	ISBN 978-7-225-06686-8
定　　价	48.00 元

版权所有　侵权必究

你身在兀自的旅行中
触动着记忆的长路
如见过往

序

罗近山

除了现实世界、内心世界和梦的世界（这是前两个世界的混合物）这三个生活空间，热爱文学的人还拥有第四个生活空间，那是自我与自外的一切客观存在进行对话和交流的空间。从这个意义上看，热爱文学的人是幸福的。在第四空间里，人是主动的、自由的，充满了创造精神的。多年来，武玉嶂用多情的文字回应着生活给予他的所有触动和启示。他把这部散文集命名为《拥抱高原》，明白无误地宣示着他对高原生活的深情。文中有一句话最能代表他的文学观："对高原的厚爱即是对自我的忠诚。"

如今的他虽然还是生活在高原，但曾经的基层生活和现在所处的省垣城市，自然环境、文化氛围、生活节奏之区别有如两重天地，从而促使他时时深情回望那些燃烧了大好年华的生命时段。他的作品中许多篇章的写作时间集中在最近一两年，有时候几乎是日写一篇。这除了因为自由支配的时间相对宽裕，也更能说明他离开当初的生活愈远,回眸往昔的冲动愈强。

玉嶂先生无意构建宏大的叙事主题。他尽量不去写重大的社会命题,即使涉及了,也只是从一个小的角度点染数笔,不再深入。这只是一种写作方式的选择,无可厚非。他常用的是短平快的方式,随手采撷,有感而发。孤立地看这些零篇散章,似觉分量不足,失之于单薄,然而汇集起来,却是对高原生活的全息图像。青海高原山川之胜、风俗之奇、人情之美尽在其中。

青少年时期在内地和长大后在高原的两段生活叠印于他的生命中,成为思想的发酵剂,生发出持续不断的追忆和思考。

玉嶂先生有多年从政的经验,在政界阅人多多,但骨子里却是一个官方身份意识相当淡薄的人。他把自己当作平民中间的一分子,始终钟情于写普通人、底层人。总是用充满爱意的目光注视着他们的生存状态、生命状态、行为方式和情感方式。普通人在生活中的一颦一笑,一饮一啄,每每引起他的注意和思考。他所关注的对象,有在北京完成医学专业又回到家乡玉树回报父老乡亲的夫妇,有奉献在高原的"柴达木二代",有普通的盐湖技术员,有德令哈农场的早期开拓者,有奋发有为的年轻乡镇干部,有坚守在高原兵站的小战士,有在严酷的生活环境中乐观而安详地生活的普通牧民,有深夜出发去沱沱河探险的科学工作者,有在抗震救灾中辛苦奔波却不知姓名的普通干部。

他关注这些普通人,就是在表达对坚韧活泼的生命力和生活情爱的敬意。

底层人物热爱生活、超脱利害、忠于职业、以苦为乐的精神感动着他。他在自己的作品中与他们呼吸与共、痛痒相关。

热爱写作的人，要有敏锐的感知能力。在一定程度上可以说，感知能力是与生俱来的，但后天经过训练可以强化。玉嶂先生正是一个感知能力很强的人。他全方位地张开感知的网，敏感地捕捉着他触及到的一切，从中琢磨着生活所暗示的信息。遇到令他怦然心动的人或事，立即用笔记录下来，他深知创作灵感如电光石火稍纵即逝的道理，也深知所有最初鲜明的印象都会被时间风化，所以，必须勤快，不可怠惰。

生长于齐鲁、就学于闽南的玉嶂先生，学成之后成为青海建设者中的一员。内地和高原，自然环境、人文背景差异之大，必然为敏感多情的他提供了用异地文化的角度互作审视的可能，这也是他不断获得新鲜素材的因素之一。两地文化互为参照、互相比较的过程，就是他的认知不断刷新、视野不断开拓、情感不断沉淀的过程。在《从高原寄来的书》这一篇中作者的一段话，既是对朋友作品的评价，也不妨看作是作者自己心迹的表露："……如喁喁细语，充满关怀。是对高原的，是忘我的岁月。在高原走过的人生，自有一种寄托。文字中满是自信，豁达，乐观。大多从高原一方水土和天地观大局，有着由外而内的观瞻。有自我的忆念，外在的影响，家业的顾念，亲人的帮衬。"

热爱写作的人，要有冷静的思考能力。作者经常甚至是随时从正在经历的生活中"跳出来"，回望一眼身后的脚印，思考这些脚印在生命中的意义，并把这种思考付诸笔墨，久而久之，这就成了一种习惯，一种生命方式。

在不少作品中，他无限眷恋地回忆青少年时代物质生活的清贫，同学之间情感的真诚，写精神天地的单纯和丰富，他用诗性的语言描述这一切。读到这些作品，使人再次相信，快乐的源泉在于心灵的放松，所谓"幸福指数"，与物质生活的贫富并无必然关系。

武玉嶂先生是个爱阅读的人。相当多的篇章写读书的快意和心得，读书的环境和心境。他从书本中汲取思想养分，也为磨炼自己的写作技巧获取参照。同时，以率真而随性的短评和前人或今人作交流，如围炉夜话，如临轩瀹茗，敞开心扉，情真意切。

在一个心态浮躁、急功近利的时代里，如果不是以写作为职业的人，坚持写作就是对普通生活方式的挑战。因为无论写作的出发点和结果是什么，它总是与注重实利、追求快节奏和随波逐流的生活方式相悖。而对一个精神空间长期习惯于官方视角和公文语言的人来说，坚持写作就意味着对自己的社会角色赋予更多内涵。能够坚持下来，就说明他不再把写作当作生命的负担，而是意识到了这是对自己潜能的一种快乐的开发，是丰富自己心灵、改善自己素质的另一种需要。

这就是我从这本书里认识到的武玉嶂先生。

目 录

辑一 柴达木之梦

柴达木之梦　　　　　　3
德令哈金秋　　　　　　8
月·苹果树　　　　　　13
马海的红柳　　　　　　15
雕像，无形的　　　　　18
夏热未热　　　　　　　23
寻　山　　　　　　　　27
沱沱河兼程　　　　　　30
盐湖梦　　　　　　　　34
长江源行旅　　　　　　37
矿　山　　　　　　　　44

辑二 青稞的守护

歌　手　　　　　　　　51
结　古　　　　　　　　55
八月草原　　　　　　　58
青稞的守护　　　　　　62
白杨树下　　　　　　　66
光影茶之旅　　　　　　70
熬　茶　　　　　　　　74
相　逢　　　　　　　　78
湖畔乡思　　　　　　　82
海平老师　　　　　　　86

小记辜也平老师	89
阅读一部"中篇"的故事	91
高原的味道	95
保罗的眼睛	99
圆	105
潮湿·告别	109
达尔文雀（coerebini）与	113
加拉帕戈斯群岛的咖啡	113
对　岸	121
小　桥	125
你有一台收录机	132
父亲的心情	138

辑三　长江源行旅

吃搅团	145
湖	149
少年与莲	153
夜　话（三篇）	156
心　愿	158
心　河	160
湟源的街和县署旧事	163
窗外是绿杨	166
红炭与草庐	171
山岗上的乡镇	176
太阳岛	181
五　叔	184
"青二代"	188
逃·等	190
高原，静静的雪花……	193
目　送	200
校　长	203
雪　域	207

坎儿井·胡杨林与手鼓　　213
　　大漠·音乐·喜多郎　　221
　　拥抱高原　　226
　　田野，田野　　234

辑四　高原捎来的书　　241

　　世界杯与安妮·埃尔诺的叙述　　243
　　用炽热悠长的想象写作　　249
　　冬　　252
　　你还写诗吗？　　255
　　平凡的尊严　　259
　　高原捎来的书　　262
　　网上谈艺　　266
　　文学家哲语　　268
　　一直留下的书　　271
　　一直漂泊　　274
　　《山海经》　　277
　　书　柜　　280
　　随　手　　282
　　你读董桥　　286
　　回　家　　289
　　回乡的三毛　　290
　　山　寺　　293
　　读《将饮茶》　　297
　　角　度　　299
　　直言，隐言　　302
　　白鹿原上作家屋　　305
　　读《老生》　　308
　　《井汉升画集》印象　　311
　　如排的城市和形象　　314
　　如水的写作与生活　　318
　　六月的神奇　　321

3

父亲的早餐	325
读《晚熟的人》	330
《人生》读本	333
《沉思录》话语的软实力	338
读《容斋随笔》小语	340
读书的诱惑	342
父亲与《麦田里的守望者》	344
购书记	348
尼采怎样对待乐观主义和悲观主义	352
你读的是时间	356
烟岚人生	359
远镇夜读	362
这样时光	366
足　迹	370
最早的谈心录	372
山水简远	374
山上的小说家	377
随意而专注地生活	383
一部电影，社会之窗	386
后　记	389

辑一
柴达木之梦

柴达木之梦

我的一位同学从小听了小伙伴和他父亲的对话就记住了大柴旦，柴达木。

车门上喷着西部的地名。

他父亲开车，跑这些地方。他当时叫不全这样的地名，有人问他："你爸去哪儿了？"

他愣愣地摸一下头，想起来答道："大'啥'旦豪？"（豪是虚词）。

问和听的人都笑了。

——大柴旦！

当年跑运输，在西部这是最火的一条线，连着冷湖。

同学去了两三次马海，回来跟我说，那里草长莺飞，并描述那里鲜花盛开，在我们眼前展示一幅充满生机的画面。

他钟情柴达木。问他原因，他说没去过的时候就记挂过那儿。小小年纪有这样的记挂？

只能说这是缘。

同学家和我家是邻居。他父母和院里其他大多家庭一样从内地来。孩子们在这个院里长大，就是高原西北的娃儿。尽管院子里父母天南海北口音，孩子们一水的普通话。不承想，有的女孩子长大后参加高考，考进了广播学院最高学府。早知这样，大家可以把普通话说得和她一样好呢。

他去柴达木，也还是遇上了说着标准普通话的女孩子。但也有一些说话带着柴达木口音。那是一种略带着内地方言味道的普通话，一听就知道是农垦大院或油田的孩子。有的当年集体来了，语言就有了"地方特色"。

这样的地方特色口音后来有的也星散开了，比如整建制地离开。有的人到中年回了渤海之滨，有的回到大上海汇入人海。他（她）们的事迹后来挂在新建的展室里。也有人写下文字纪念着岁月。在柴达木这样的文字书籍可成排陈列在图书馆的书架上，以供人们取阅。

同学单位里有留下没走的，干事多少年都透着干练和风风火火，有柴达木的那么一股劲儿。平时，他们也云淡风轻，当年的人遇见了，却热情似火，情感炽热，面容生动。柴达木熏陶的品格就在待人的热情和真挚中。

他送过我柴达木的文集。也有前辈送书给我。沉甸甸地，如书如人。我想，柴达木的岁月为他们平添了一份凝重豁达和真情。

柴达木是可以奔腾想象恣肆友情甚至不失浪漫放达之地。但他们见真情说真话不虚饰，甚至以冷静旁观浅薄的热闹，以朴实记述过往的留恋，坚实质朴，冷静沉着。这是他们为文为人的意蕴，是真实地在柴达木艰苦条件下生活的人的练达。没有想象中豪情万丈的狂放和大笑，没有经了生活磨练有所成就的自得轻狂。他们是真正柴达木的诗文呢！

前次，他从马海回来话语透着兴奋。水流几近干涸的渠，稀疏的草场，荒旱的灌木林，好像是走掉人们的遗落、荒疏、空寂。亦如冷湖"遗址"这样盆地里还有的几处撤离成为人们荒冷中的回忆和"凭吊"。好在新建起村庄，办了驼场，复种红柳，变垦为护，新生一片红柳已长成当年模样，能掩去人的大半个身子。庄子里屋舍俨然，瓦新灯亮，清流在灌渠里奔腾。凭渠兴叹，"坎儿井"一样的戈壁奇迹记载着当年年轻的农垦人全凭铁锹、镐头和一身力气在戈壁滩上挖出它的业绩。

从马海出来，住在柴旦镇。也是行委所在。变化之大已非很多年前来的模样。其时，为体味从小记着的兴盛，来了看到的几乎可以说是凋落。去除怀伤凋落和凭吊的"感伤"，柴达木这些以往兴盛中的低落和迁移是新兴之变。老一辈经受过的苦为新潮替代。盐田碧绿梦幻的湖围在柴旦周边。由此西进北上，戈壁，大漠，风蚀雅丹地貌，新"网红"东台吉乃尔湖炫目的色彩成为今日柴达木人溢于言表的喜悦。

岁月和生命的雕刻有迹可循又似无痕，如于荒凉天地中读出苍劲。

这次，见到一位名"绿柳"的女企业家。也是搞枸杞的，和多年前热情似火一往无前的另一位叫"雪梅"的女企业家一样。在干晒的日头里,她额头沁出晶晶汗珠,心下忙着想让我们多看看厂里枸杞热干和冷冻的车间,当着向导在生产线的冷热中转换。她年轻靓丽,盛夏季节本也像红火热烈的枸杞。临别,她送我们一本《绿柳诗选》,言志昆仑,写出"一程穿四季,霜雪雨晴回,瘦骨扬鞭策,千山铁马追"。雪梅当年义无反顾卖掉在西南的糖场,带了爱人来这里租地,建厂,上新工艺,往东南沿海一线城市开新产品发布会打出柴达木枸杞品牌,为这片土地激发,劲头十足。眼前这小女子,俨然第二个她!

"胸有昆仑志,共图健康馨,我为燎原火,夸父有机行。"

——她们扑着柴达木来。

他曾与柴达木的几位前辈有过草地对话。他们都已经离开了柴达木。在这次愉快的郊游中,话题还是柴达木。他们心在那儿。有两位老先生受聘还多次往返,不惜受累长途驱驰跑遍盆地为撰史料。盆地里仅这样奔跑无疑就是一项大工程,有的年轻人都吃不消。当年少小离家奔赴柴达木,或许未曾预料都成为事业的骨干和后来的"写家"。仿佛他刚见到送他诗集的那位女企业家的追求。他们惬意地躺在柔软的草地上,话语里闪过的当是在戈壁大漠和小城德令哈田垅地头的一次小憩。说在德令哈住过的简陋的房子,说外出下乡的见闻,说"黑海"哈拉湖和路上遇见"赛跑"的野驴群。黑海人迹罕至,美丽至极。他们去一趟不知得走多长时间,道阻且长。在他眼里难得看见他们的闲适和惬意。

其实,他们有很多难忘的开心和笑谈。那么宽展的天地,有很多快意,无疑为艰苦包裹。化苦为甜中本有甜。

就像柴达木的枸杞，因干旱和昼夜强烈温差、紫外线和紧缺的水滋润才有饱满的果实和甜！
　　且如她们，为了枸杞奔赴来的。
　　一如甜和咸，苦涩的是盐，包浆挂果甘甜如蜜是红的枸杞。
　　今天，追求光热的人带了新动能，为"西部的太阳"。

　　——田野。当年他写《田野》习作。为这片土地的向往。
　　广阔的田野，在柴达木，在西部更多是戈壁漠地。
　　是亘古荒冷。
　　他眼里原有这样苍凉的美吗？
　　他是为了热。这片土地有，柴达木人有。他坚信。
　　他心中的柴达木。
　　柴达木不是梦。

2022.11.8

德令哈金秋

如此干爽的气候却有金灿灿的秋叶,且一下子把德令哈之美推向了极致。

天之蓝,在洁净的空气中一触手似乎就能舀出它的蓝!

满树华冠撑出了一街秋日的记忆!春华秋实,金灿灿的叶片镀满了德令哈赤灼的日光,又是那样地沉静!热烈而毫不张扬。

静静的街道上走过的人,步子沉静,在秋叶中读着这个城市的美。

一年除了风季,干旱的气候令柴达木日日尽是晴日。

秋天更是如此。

柴达木金秋,天蓝得让人的心如此清明透亮!让你就想拿起画笔。

这是天地间的语言。

这是天地间的情。

——"天若有情天亦老"。

人们在秋天的无语中聆听大自然的语言。

最动人的是它的秋叶。

赏秋人就有了思绪。

你用笔怎样画它？——

我住着的这条街上有德令哈最繁茂的树木。一棵棵相挨着的柳树和小叶杨长大了，围住长街自然搭起凉棚，有了南国繁华街区梧桐一样的韵致，不失浪漫。

这遮阴的浪漫委实华丽而又朴实。历数十年前人栽下它，为挡街上风沙，并未想象这等"浪漫"竟能长成梧桐般壮阔，成为春夏美景。它们的生长超出前辈想象，又在情理中。后来人贵在保持了它，显着朴实的尊重和坚持。

它们在一条街上搭出了这个秋日，也最好看。

春夏一街绿荫。

秋日，在安静的街径上，最热情最舒展地为德令哈人奉献生命典雅的华丽。

干亦壮，叶亦阔，它们是在缺氧缺水的环境中成长起来的，是柴达木人用信念浇灌出来的。

茁壮的信念让全城有了绿色。

挡住风沙！

金秋，它们是德令哈城中最美的风景！

不吝，来了人。多少年。又是几代人。挡不住地意气风发。

也许你已经走了,这是你和你们那一批青年栽下的树木,也许你今天还留在这儿,看着德令哈的变化,把柴达木的过去尽留在自己的脑海……

来这儿的都在富氧年纪,不甚计较缺了多少氧。

其实又怎么会呢?只是在对柴达木的一腔豪情中忽略了不计。

阳光刺眼。秋色炫目。

金灿灿耀目的美。

听过了不少赞美,是因为这里还有荒漠,吃苦就与之相伴。滚烫的话语在过往有形无形的书册中镌写,始终怀揣这样一份惦念不忘却是忠诚。

——秋叶是牵引。触动人们欣赏德令哈之美。成了人们欣赏德令哈美的对秋天的礼赞!

美是如此简单。

晴空湛蓝深广如海。

秋叶,金灿灿地耀目。

天之蓝,地之阔,叶之辉煌在此组合美,斫去了多余点缀。

秋叶灼灼在阳光下闪耀碰撞出金属的音韵,奏响秋天的爽朗,落在地上就铺开金灿灿的音符,敲出土地的歌唱。

清亮亮的巴音河流着一河清澈。它瘦了又丰腴起来,记着老柴达木人明亮的青春,让人的热爱奔流着。

河岸北边是柴达木经典的山!

盆地之大,资源之富,在柴达木,自然即简括。

勾勒,省却了娇柔细腻。

山脊线条简约有力，绝无臃赘，也无须斧斤修饰。

像一个汉子。身板正值青春。

冷静，沉默，但绝不阴郁。

它的臂弯里揽着柏树山千年的古柏。它的年轮是那样精致，细薄的年轮一圈圈数来只有富氧地区那些参天大树的四分之一。它的生长期，尽管瘠薄，亦不枉岁月。用几年活了那些树木的一年，亦是千年百年。

它们是常绿的。就没有了山下城里这些人工栽植树木四季轮回中一时的灿烂。似乎没有它们与人们那样热络的关系。在山里，它们成了点缀，但拥有千年的生命。

美之无语。就像这晴空，如这些树木，如远处奔波而去的深邃的湖。

柴达木腹地平旷的原野。平坦和富饶用雄奇峭拔的"岩礁"表现。

岩礁般不凡的褐色和俊美起伏的臂膀勾勒着天际线，同时展示出盆地的边缘线。

雪落在山脊山梁上打扮着它的美而与天地浑然相融，油井，盐田，风雪不语。

长焦镜头的追踪。哈拉湖。野驴、藏羚羊、狐狸、黄羊、棕熊。

雁阵。可鲁克湖、金子海。

那凌格勒河、格尔木河孕育出新兴城市。

……

你在这里找到什么？

金秋的树叶在每一条街道都奏响了自己的音韵。

简括，热烈，安静，无语。

这是它的美学吧。

这就是它的统一。你可以觉得苦，你能品尝乐，你在寂寞中感受热烈，你在苍辽中感受大美，你见证生命的久远，你又看到生命的绚烂。

在地缘线的远处，火星基地，大气观象，雅丹地貌遗址公园。

山峦，地缘，平坦，铸就了柴达木不同凡响的魂魄。

地理上鬼斧神工的"杰作"成就天地中的大想象。

在柴达木，天地雄浑大美中，有一种美是需要种植的，如大自然用秋叶敲出秋天的韵律；有一种美是需要浇灌的，如春天田野中的播种，油绿的麦苗，红了的枸杞，汩汩的渠灌……

还有朝阳孕育中蓬勃的新兴产业。

柴达木人眼中永恒的绿色。

生命的绿色！

2013.11.1

月·苹果树

接近四月下旬，柴达木迎来了春天。

先是绿了一街的树。去冷湖茫崖两日，回到德令哈忽尔看到一街的柳树绿了。分别两日，原本荒秃的枝丫全都绽开了新叶。进到院内，苹果树竟都绽放开了叶芽儿。先没发现，因为它的颜色。柴达木的春天竟在这叶芽儿上呢。它绽放的绿先是被外表的一点点儿灰色包着罩着，不露声色，让人在盼望春天时，不曾注意不曾觅见它悄然泛青，你看到时，它已是突破了灰色的包裹绽放出绿色。

它的生机竟与脚下土地同色。包裹它的灰色像沙砾，但红柳终要生长，绿色总要绽放。

春天的气息开始让人觉出春天的温暖。

今晚的一轮明月。

一院子的安静。一个世界的安静。

但它又是不静的。比如我此刻的思绪。比如外面的道路。比如此刻来临的柴达木的春天。

已是夜半时分。月的世界十分广阔,它的领地亦十分广阔。它在浩瀚戈壁相映的夜空上静静航行。

无论身处何地,夜晚都能见到它。

这些果树,不管换了谁住进来,它们都那样盛开,无论亲疏。很久以来一个最朴实的道理浮现出来,它立根于自己脚下的土地,脚下的土地为它提供了养料。它立根的是柴达木的这片土地。

2013.4.20

马海的红柳

当年，农建师山东知青返城回青岛，很多知青从这里带走了白刺根或红柳根，有的带了好几箱子。

可以做根雕的其实是白刺根。

有人不识白刺，仅知红柳。

20世纪80年代初，那些返城的山东知青即在白刺根自然的造型中欣赏着天然的根雕艺术。

当年，他们在这里修水库，引鱼卡河的水，建了30多公里长的干渠穿越沙滩，垦拓了马海农场。

我和其他人一样也相信红柳根和白刺根一样可以做根雕。尽管场院里的杨经理说红柳根比白刺根差很多。白刺根的虬曲和光滑度更适合雕塑造型的千奇百姿和想象力。

单就根雕的材质和造型而言，红柳虽不及白刺，但扎根沙海的倔犟和洒脱早使她名扬天下。

我们在马海草场西缘的地窝子前见到了红柳根做的木墙。

看到红柳根堆砌起来的木墙，我们唯惋惜。

多少红柳根啊！从沙窝子里拽出来，成了牧棚中的烧柴和地窝子的建材。

也未想到，红柳固沙作用如此突出。

有红柳的地方，沙包围着红柳长出半人高来，一垛垛地延成一片林子，像一片绵延开去的城堡。

红柳成林易活，把沙砾涵变成沙土。

没有红柳的地方，骆驼草在戈壁滩上间疏而生。大地像一个生着秃斑的脑袋。

路边上被扒去红柳的土堆还露着湿土，真是十分可惜。红柳林外的右侧全是干沙滩——戈壁滩。这一片红柳若被逐个挖掉，就全是干沙滩了。

一路过来，看到蔚为壮观的红柳林仅此马海一家。宗加巴隆等滩地，数十年前红柳成林，人们垦田、修路，将其全部铲除，又撂荒土地。

今天，在戈壁滩，人们回忆着红柳林的景象，有无限的感慨。

沿沙石路挨着红柳林往西走，看到有的沙包刚被拽走了红柳。人在这里，不一定是为根雕，是为烧柴。

田里的推土机特别扎眼，它的铁铲随时都潜伏着向红柳施暴的危险。红柳林作为"边墙"护着里边潜伏水源的湿地和草场。

草场极脆弱，二三寸长，属于芦苇草类的一种，不密，有间距地延伸开去。放牧稍过度，这片已开始盐碱化的草地即面临灭顶之灾。路右侧延伸到山根而东西无限伸去的戈壁滩似乎就是这草场明日的模样。同来者都有封育保护这片草场的共鸣。

因为成片的红柳林,马海鸟语花香,成了鸟儿和蝴蝶的天堂。

走近马海,先看到大片的红柳林,走进农场场部,路边棉柳夹道,有两人高,又在大片耕地上看到芦苇。

一路上未见踪影的鸟儿在这里起起落落,蝴蝶纷纷扇着翅膀。同来的老兄说,柴达木还有比马海景色更好的地方,你去看看。

心下觉得可惜。还是来得少。

人说,因茎秆发着红,所以这绿色植物被称为红柳。

待走过这一片耕地,往西行,去看马海湖边的草场时,见到红柳,枝上开着一串一串红色的花束,觉得这也是称它红柳的一个理由。

农场的杨书记和他身边的同伴对我说:"这就是最能扎根高原的一种植物了。"

我们扎根在高原的人啊,也开着这样的花儿?

红柳生长在沙海,是它与自然相互的选择,无奈它左右不了人对它的选择。

2001.8.26

雕像，无形的

可鲁克湖和托素湖在德令哈以西约 60 公里，湖东侧有了一个镇子。镇子因 20 世纪六七十年代修建的一座电影院而兴。电影院坐落于原来一个农场五大队街道的中心。影院往东一点是当年的场部。场部院子里恢复修建了农场史展馆。当年的砖坯房重新修葺了，院子里铺了复原当年风貌的石子路，和着泥土气息，在柴达木下午清爽干燥的气候里令人心情舒畅。

时光并没有回放。空气里的气息是今天晴朗的释放。人们的脚步是轻快的。

我们从院子里矗立的几座雕像前轻轻走过，驻足。雕像前刻着他们的名字和生平简介。

质朴的铜雕像，人物栩栩如生。

南去百公里外西南方的格尔木有赫赫有名的将军楼和慕生忠将军雕像。

记忆里是初建时的地窝子，在戈壁荒漠中垦荒种地，换沙植树……

外星人遗址，毗邻德令哈明珠——可鲁克湖、托素湖姊妹湖。镇子以东与德令哈相接的是农场当年的垦田。现种植枸杞，名扬远近。

电影院不知是否"上线"，走在由它打造兴建的颇有繁华意味的街道上，感到它在柴达木文旅版图上上了线。

中午时分，镇子颇有人气。

上了线的是历史的记忆。

在柴达木记忆深处有很多这样的雕像，无形的，在人们心里。

马海当年修的近30公里的水渠仍用于灌溉。这片草场依然为牧户们经营着。

漫步在可鲁克农场的林荫道上，杨树造就了一片浓荫。道路上跑着来回拉运枸杞和藜麦的车辆。

在小镇街上走着。这里原来的镇长来了电话。我曾和他一起为藜麦种植在田头地垄奔走。他任上，发展这个文旅小镇的想法呼之欲出。四大队里当时六七十年代的这些建筑都在，"不能拆除，保留下来作为记忆有价值"。今天，实现了。

柴达木阳光独特，盆地里没有过时的东西，包括人们的记忆。

这里永远都是现代时。

柴达木的阳光天天如此明朗，记忆不褪色。

不论哪个展馆，格尔木的、德令哈的，还是冷湖、茫崖的，这些物件展品被收集在时光的宝匣中，都鲜明地刻着太阳的热烈和大漠的风蚀。褪色的衣装上有厚重和挥洒，无声的电机上有岁月和光明。

今天人们仍在继续。

冷湖无展馆。

冷湖曾是一方热土。为了油田出油,这里一时繁兴盛况空前。

20世纪90年代搬迁,冷湖留下了废墟。

一茬茬的人来这里寻找。当年揣着的青春和梦想今天都变成了记忆。

往西,再往西,往日冷湖的热闹又在茫崖兴起。小镇变了,技术变了,年轻一代身上的精气神还有当年自己的影子。这是柴达木的符号,它是一种精神。

柴达木的符号是大漠戈壁,由此,而有红红的枸杞,红红火火带红了一个产业。一位女企业家卖掉了在云南的蔗糖厂到都兰投资枸杞生产线,建起厂子,把小瓶装的枸杞液卖到了全国各地。这次在格尔木见到年轻的一位女企业家,也是在这儿建了枸杞生产基地和厂房。南国女子的脸颊已被大漠热情的阳光拥抱晕染上淡淡的红色,又用炽烈在她的额上亲吻出细细的汗珠。

从生产线车间出来,临走,她送我们一本诗集。封面上绿柳葱蕤,诗意盎然,让人读出她心中绿色的希望和这一片广阔的原野。

柴达木在人们的心目中永远是一个火热坦荡赤诚的汉子!

但它的变化有时是静静的,如水一样。

水在这里十分金贵。

未承想,今天这里的水居然多起来。有的,还被打造成为风景。

地下水涌流成新的"聚宝盆"。由西往东经过大柴旦,在柴旦湖旁边已然多出一个淡水湖来,水面阔近十平方公里。水鸟栖翔,眼界为之一亮!

柴达木近年多了这样的湖。水量渐丰,水面映衬,游客有了镜子。

南去,冷湖东南有名的风蚀魔鬼城近年亦因水而兴,在盐湖资源富集的东台吉乃尔水面连片。加之火星基地建造,时空、梦幻、现实、历史交错。访者心有所动。

不期而遇当年在柴达木的老领导。已年近八十高龄,从南方专程回来。他身板硬朗,唯一明显的变化是过去乌黑的头发变成了白发,剪成平头更显利落。这几年回高原,每次都来柴达木。

农场展馆的院子里,阳光下,仿佛听到当年人们在这里的笑语。雕像是他熟悉的人。当年由此走出去的第二代站在他身旁,满怀崇敬看着父辈的雕像……

上大学前,我的一位同学写过一篇以盐湖为背景的小说。设计了人物和情节,故事的焦点是他和要去乡村当教师的女友探讨他要去西部的心理冲突。远离城市选择荒凉。青春男儿,离家远行的选择。

后来,他实现了。和他的小说一致。

这是一个西部青年历史的宿命？

很多年，他终于追着柴达木而来。

盐湖戈壁冷月风沙，田渠道路井架风车一路走来，历数十年。

他乡愁的根在哪里？父辈？寻根就找到迁徙。

人生逆旅。

回首，身边的镇长、州长、田间的女企业家，还有回访的老领导。一路走来，是他当年心中曾十分冲突的一条追求着自己所愿的路！他看和听，深深地感受。仿佛当年，又早已人事变迁。

柴达木鲜活在永远的土地上，一辈辈！

2022.3.24

夏热未热

走在了六月前面。六月上旬,夏热将起未起。

先到了熟悉的西部小镇。傍晚时,很安静。未见到熟悉的人。来接的,是先联系好的。

这是一个大气的小镇。有庞大的产业,尽管受时下经济下滑影响,修得很宽的路上车很少,进城时,也是他们下班时,车才多起来。见到一些发展经济建好城市的标语。

熟悉的一切。

同行的朋友。百分之百私人出行。

记忆中的小城。曾有热闹的30个自治州的聚会。只参加过一次。虽是仪式性的,来者满怀热情。

来自农村的朋友,对这里有务劳的记忆。一路上,听他讲一些点滴。也是一家的记忆。对柴达木的记忆。我也注意着对它的记忆。其实,这片广袤土地为何让我感念它过往的记忆?

它是那些创业者仿若前世的记忆。它属于那年代一个群体的前世。

尽管人们后来各自回归到故乡。

由回归而回访，却是一个完整的人生。

前半程在这里体会离家，劳动，相聚，分别。在大漠戈壁里回首总是难忘的人生。想我这位朋友小弟初出家门初来乍到一定没有抑郁。那个年代那个群体好像都没有这个病症。也许是大漠戈壁将之吹散治愈。也许那时不兴这个病。有的人来了，心上的阴霾也蒸发了。

如果在这里寻找细腻的记忆，你也许可以看到眼泪。它不在过去，青春没有眼泪。

眼泪似乎是留给回忆的。在当年农场的展室，回来的人见到照片上过去熟悉时光的存储，未语先已被涌上来的情感凝住了声音。

讲解的小姑娘来这里找了在展馆的一份工作，对有些年纪的观者热情地指着展示的家具和农机恳切地说，您当时用过的，您当时驾驶过的。面对她热情的讲解，你可能不会说，我没有用过。这样熟悉的展示离着时光不远，再者，凡来展馆的都是带着一番心意的。小姑娘特别希望遇上当年的"老农垦"，给自己的讲解增添素材。这里有和坎儿井相仿的沟渠，清亮的渠水在夹道林荫和枸杞林中穿行奔流，返乡的人在这里可以欣慰地问一句"时间都去哪儿了？"渠水清亮，照耀出的不是遗憾，而是一个人岁月的舒展。当年33位上海姑娘，从十七八岁来到这里，有的直到20世纪80年代退休才回到家乡，将深情的记忆和生活的热切留在了柴达木。有早些离开的人回到内地，说起来自己艰苦舒心的记忆都在柴达木。也许记忆偏重简单的场景和脑海里笔墨粗犷的大线条的勾勒。这就是柴达木。你记着它的远，风沙，自己培出来的田垄和大家伙在日头还没有暴晒时趁着早上有凉风有说有笑栽上的树。巴音河已不是当时开着车就能到达的河边，让你从河里用桶舀了水直接泼到"解放"或"青海湖"牌汽车的车头车身，有的人家和开饭馆的来到河边洗着动物下水的肠肠肚肚和被单。

　　一个诗人在20世纪80年代还荒冷的小镇来到这里写下他著名的诗篇。小镇有了自己的文化气息。它是城市的，积淀了柴达木独特的气质。

　　因为热烈，没有孤独；因为热情，没有冷漠；因为广阔，没有流浪；因为接纳，没有吝啬；因为创业，没有失落。

　　选择于此，人的话题就大气起来。这是柴达木的话语和豪气。这也渐渐成了柴达木人的禀赋。

　　朋友的驾驶技术让人放心。车里的话题伴着熟悉的旋律都跟柴达木相关。他讲着自己姥爷的故事。当年一伙儿村里的年轻人外出谋生来到柴旦。他的姥爷成了"大化"的工人。一个人的故事很简单。当年柴达木红火的初建热潮改变了人们的生活。他姥爷一辈出来的人和家里人就有了不同的话题。作为"有工作的人"，接济家里和乡亲也成了必然和应该。

　　他说着姥爷，语气里带着感动。多少年前的事还在他这个70后心里暗自涌动。他也来了柴达木，成了他那一辈人中"出门挣钱的人"，去过油田，走过茫崖花土沟，也都是下苦力当小工，他也成了走出家门的人。他姥爷早年办病退提前回了家乡，他自小听着姥爷的讲述，也从家人的口中听着姥爷和柴旦的故事。他姥姥说，你姥爷在那里当工人，每个月给家寄钱来，可是为咱家立了功啊！还没少给这些常找他借钱的亲戚帮忙，就是苦了他自己！姥爷病退回家独自种地拼命干活，在他一个小孩子的眼里姥爷干的活像挖一座沉重的大山，永远不可能干完。印象里，姥爷晚年生活拮据，为生计和接济家里乡亲还向单位借了债。姥爷去世前想回柴旦再看看自己工作过的地方，未能如愿。他说姥爷当年住的房子现在还在。他每次去柴旦都会到姥爷住过的房子看看。房子在"将军楼"旁，现有幸成了文物。

他接续了姥爷。跟着他的舅舅到油田做合同工。又跟着去了吐鲁番见识土哈油田会战。舅舅后来一直在敦煌油田基地工作。他家人一辈一辈来到柴达木。

和朋友的旅行刚开始。我们到德令哈，接着去柴旦、茫崖。路上变化新奇。小柴旦湖的面积大了近四分之一，水漫至由格尔木到德令哈的高速路边。水鸟飞落，牵引着行人的眼睛在戈壁间追望。我们白日里经过，日头高高在上挥发出热意，六月初，气温未至干烈。在水边稍歇观赏，想象早晚间戈壁大漠水上景观，不仅心生壮阔。壮阔者实为这水面见或未见过的沿途人流于此的集结及人们的生活。五六十年代几万人十几万人奔赴于此扎寨安家，为这条远至西陲的公路，为着千里万里的运输。

寂寞，热烈，冷落，新生，时空交汇。梦幻般的变化于柴达木的一湖一山中。你身在兀自的旅行中，触动着记忆的长路，如见过往。

2022.7.6

寻　山

高原山高，自信得不用其他物状来衬托。

这是山的世界。走路行车甚至飞行，群山巍峨都给了你最好的视野。

那就是它的高。

你去青海湖经"海藏咽喉"湟源峡，周边山上树木葱茏让人惊叹这是南方还是高原。松柏满坡间以桦木、黑刺等灌木从湟水的石滩岸边漫上。旅者在熟悉的绿色中恍然若见南方山峡之景。在犹如南国的秀丽中，峭壁收窄了天际，晴空白云由高耸的绿衬托，高原之高便在这绿色的山峡中了。

出峡即高原牧场。山与山相连，牧草茵茵。见得山，又似忘了山。一路攀援而上周边还是山。旅者眼中是景。山，地势开阔了，又衬托着宽阔的蓝天白云，有时于远山间，看得天即海。如海广阔，云即海中之岛给人以想象。在地势平坦的山之原犹如漫步于绿色的海洋，天上壮阔的海相连。物我相望，有时于此矣！

在牧人眼中，每一座山都有名字。山之圆之长之大之低之高犹如心中的田垄，都经自己骑马放牧跟着牛羊每天丈量过了。

多年前，经昆仑山，过山口往上，愈近山，人于路侧高处修太极宫，依一山梁面朝大路，大殿院内地坪宽阔，阳光普照，经此寻道问祖谒拜昆仑的人饶有兴致入内一观，心中怀着对昆仑文化的畅想也想于此寻得一解。

中午，阳光炽烈，遇一道长由室内出，正当壮年，脸膛红润，气色饱满，寒暄若干，言语和洽。言谈对昆仑文化多有研悉。经由昆仑山的人多专意而来，或多或少或深或浅对昆仑文化有新奇，有探求。问道昆仑，得道否，在山上亦在山下，并且一定在平常积累。希望在此山高地阔中能得一悟。

昆仑山下，戈壁平滩延伸了行驶中的视野，山静穆，空气和云像停止了流动，变成一幅静止的画。路从远处画面的一条细线渐近渐宽，由飘逸到写实延伸过来接住飞奔的车轮，向着远处飘曳着气流和洁白晶莹的雪峰驶近。

一路东行，地势平坦开阔如海。海上浮出仙岛。玉珠玉虚二峰如神话中的飘然仙子在远处肃立，白雪如袂披肩，虽峰高近7000米，为昆仑名峰，戈壁平滩奉其宽阔天地，两峰相对，默守昆仑。人们爱之，且在玉珠峰建登山大本营成为摩高基地，人峰相近，勇者登临，将登攀昆仑变为对自然的亲近，问道昆仑又是另外的一番探求。

这里亦为登山者攀珠峰的训练营。

往东，顺山而下，过可可西里门户西大滩。这里亦为当年国家第一次对可可西里科考的大本营。专家入无人区于此誓师，出发历数十日风餐露宿。

西大滩之名，浑阔原始，其名写实，因有这样的科考集结，更添雄壮。无论东行西进，上下昆仑，人们每过西大滩总会为在旅行图上这处标记烙下记忆。

出征，集结，攀登，整装，休憩，它以自我的平坦可视填充给养为人提供安全。可以说，高寒缺氧之地，是一个天高地阔的广袤驿程。

2022.7.8

沱沱河兼程

去沱沱河经五道梁,再经昆仑山口,人忽而就像跃上地球的穹庐,感觉自己就在地球之圆的背脊上行走,被隆起的地面结结实实地挺举着。

一片平坦的原野。结实地隆起,地之脊。攀行,弯弓如矢,如线。广阔而隆起的结实,就是山的脊梁。

之后,眼界忽然为之大开,天明地阔,平坦广大的原野再次超越想象。

如海。天远地阔。

柴达木,长江源,沱沱河。

近处,牧场和草。远处,奔赴的乡镇……

尽管我来的这个季节已是草儿枯黄,但干涸的原野上仍充满生机。路边几乎随处可遇的藏羚羊不时让我们停下来观赏它美丽的身姿,体味它作为草原精灵的优美和优雅。

一杯酒,一个人,一处房子和一座碑。

还有什么？一年四季的风，一片广阔的草原。

一条架设在青藏线上灼目阳光下闪闪发光的铁轨，海拔4200米铁路破冰穿越的梦想成真……

——对沱沱河的到达。

去沱沱河曾是一队人马星夜兼程。科考队半夜由格尔木出发，进山，在昆仑山脉舒缓的攀行中，照彻黑夜的灯光在山路上蜿蜒，车里的人都穿着大衣，这样壮怀的车灯为夜行队伍添了庄严和使命。那是对可可西里的第一次考察和壮行。壮行仪式地点是进入可可西里南缘的西大滩。那是藏羚羊奔驰的一片天地。

科学家在无人区生活考察近一个月，可可西里科考首份报告引发关注，地球第三极无人区有了第一手资料，对可可西里的科考由此发轫，进而走向世界。

第二次，沿途一队越野车。长江源考察正兴热度。大队人马到沱沱河，弯进路侧几公里处的一个建制单位午餐。饭厅不小，为众人端到大桌上的馒头热气腾腾，让人感到笼屉揭开时热气四溢。虽是夏天，一些初来长江源的人穿着毛衣，在这屋子里感受喷薄热气，也消解了一些路上缺氧的疲惫和抬脚的沉重。

有人由此结伴或独行跑去源头深处，住村舍，下帐房，去乡镇，走到炊烟和放牧的山里，探寻江源，在自然与人的"探险"中找寻自我……

江源宁静，平舒一些热闹行者的纷忙。

有的写成对自然和自我粗砺的"探险"小说，有的化为纯净的心灵对话，有的人执着追求在这样的旅程中开始新的探寻与回归。

也许走了几回，你都迷糊着梦幻，印象有些模糊。沿途缺氧使你在大山几回回盘折越升中晕眩。也许这些山的褶皱让你有些分不清在哪些沟岔。

有缘人又有几回来？攀越，攀登……

馒头和米饭都还有点夹生，高压锅的气压在这儿似乎也减损。做饭和端饭上来的几个年轻人红脸膛，热情。他们常年驻守，顶着缺氧和寒冷。长江源热和到访队伍也增温了他们在这儿一天当中的时刻……

站在沱沱河岸上俯视江河源第一镇。

它更像一大片麦田，平坦而广阔，一下子让昆仑山都退开去，成了远处天际一道飘逸的丝带。

巍峨昆仑山以谦逊遁形隐身开阔着大视野。

——一位地理历史学专家亦感慨："由于名山高峰相隔甚远，在这里很少看到高峰峻岭，反而视野开阔平坦，原野无边，'看山像草原，看滩像草滩'，真有一种身在山中不见山的感觉。"

我们饮尽了端上的三杯酒，以此表达对守护者的敬意。他们在乡镇上除尽心本职，还接手了沱沱河沿岸的保护天职。

冬日的阳光晒黑了他们的脸膛。他们是江源守护者，也是巍巍昆仑守护者。

　　清流出山，坦阔的"平原"，让人感受天地静美和昆仑之壮！

　　行此，大山途程笔意雄简浑阔，沟沟叉叉少，攀登少了很多遮挡和迷惑。

　　高而坦荡。

　　宽阔的河岸对面，一处隆起的高地矗立镌刻"长江源"大字的石碑。

　　我见到几位当年热心三江源保护的人，一生执着追求，而非仅仅把这里当作一个起点符号。有的如出山清流，不离江河，奔行山海。

　　这儿是他们的源头。

　　长江源！

　　山有多高，人有多高。

　　唐古拉山上的人们。

2014.12.23

盐湖梦

20 世纪 50 年代，人们在被称为"东方大盐湖"的察尔汗大盐田挥锹开挖地基的时候，心中装着怎样的蓝图呢？

第一次来盐湖，我在这里遇见了讲解蓝图的人。省报社采访团和一群刚刚分配到盐湖的大学生正采访厂长。

彼时，盐田上刚有了两条自主研发的采盐船，反浮选采选法正在十月怀胎。生产前的曙光在即。

黄昏，苍原般的大盐盖被夕阳染成金黄色，一群青年围着厂长问长问短。厂长有点儿分身乏术，又热情四溢。

和赵老师在这儿由人陪着参观了盐湖的生产线。赵老师是我的领导，年轻，也才 30 岁出头，和我没有距离，互相开着玩笑。我们在盐湖度过了两天愉快的时光。

盐离子在赤灼的阳光下被蒸发，洒下的阳光在大盐盖上是飘逸的。光线在晃动。

在我的眼中，盐湖深灰色的大盐壳就有了西部地貌的典型性。方圆近百平方公里，平坦而广阔。

今天，它已经是一座现代化的盐湖城了。

第二次来，到柴达木工作，在这里看了盐湖一二期项目和金属镁生产线。

以青藏线为轴，路东路西，盐田开发分分合合，围绕资源这里上演过些许年头的"三国演义"。今日来看，路东路西已非昨日。两相呼应，成就了今日名副其实的"盐湖城"！

老厂区建起了国内最大的钾肥先进工艺生产线，其北侧作为柴达木循环经济试验区的重镇，自主研发装置了集盐湖、油气化工一体化的国内最大金属镁生产线，当下，正处于技术攻关阶段。省里对项目拭目以待，企业上上下下都在期盼着……

盐湖展览馆还原了20世纪50年代的盐屋，也是那个年代的"干打垒""地窝子"，人们直接用挖出的大盐块堆砌成屋子居住。铁锹，板车，让人们睹物而沉思。

新分来盐湖的大学生在展馆里讲解。遇见的一位企业负责人大学是地质专业毕业的，家在茫崖，有志于盐湖建设，在这里成长起来。论年纪，他已是盐湖新生代了。

出展馆，夕阳西下，是盐田景致最美时分——

光洁的湖面倒映出湖岸的厂区美景，霞彩氤氲，光影辉映。生产车间披着橘红色的光彩。

白若镜湖的镜面儿恣肆着身板儿，一展臂膀就是半百余平方公里，在柴达木盆地耀眼的阳光下闪烁出东方大盐湖的光芒。

红日、晚霞，泊于湖镜中的采盐船，组成一幅热烈而静美的图画。

与江南不同,这里湖光绮丽而少雁影,归船静泊而无蓑翁。美的是晚霞热情,灿烂而不事声张,红日在洁净的湖面上演奏着辉煌的乐章。

身映红霞,你兴冲冲踏进了盐湖"雪地"!

盐湖雪,光卤石,盐湖的结晶。

盐湖梦的内核。由它而分离出钾镁等多种元素,盐湖几代人多少年综合循环开发利用才会美梦成真!

这也是一个纯粹的梦。减少浪费,友好利用资源,实现盐湖资源接续发展。为此,盐湖人在这条路上走了很多年。

湖中的卤水绿波轻漾,细细的波涌中,蕴含着金属质地的摇动,自有其厚度,而非一般水流那样轻盈。

它是光卤石的摇篮。

盐湖有多少卤水,就有多大面积。这多种元素在它魔幻的水分子中悄然沉积,就等着人们找出魔法把它们轻松分开。

用这里的盐修一条宽 12 米厚 6 米的公路,可达月球。这是人们的一个形象比喻。

2013.12.27

长江源行旅

一

前往沱沱河,先在格尔木住了两天。

格尔木海拔2700多米,比西宁高四五百米。来格尔木,人们开始注意高山反应。我的高反是失眠。

许是换了地方有点儿兴奋。但来过几次都如此。

午后,一宾馆的人都被安排午休。

我就躺在床上看窗外天上散淡的云。初次体会着在格尔木这座城里思考的快感。我想到格尔木这座城是一个散淡的城。一条街很规整,夏日燎燎,烤着一些寂静,也烤着街上人的悠然。悠然的样子全带了开发生活的那么一腔子热情。

一直不能入眠,索性起来去新华书店转转。乘"招手停"基本上到了城市的最南头找到了书店。

书店在这个城市里的位置很尴尬,"家当"也没有大书店的气派和华丽。

下午2点来钟,人们还在午休,书店里除了三两个营业员,就我一个顾客。这座大楼也是文化单位用来开发"三产"的，由于地处城区最南缘，又属于专门的文化机构和单位，还未能热起来。格尔木号称人口 20 多万，其中流动人口 10 多万，我想，大多数来此谋生的人没有太多的"闲心"到这儿来找一本书拿回去静读。

二

午后的格尔木，就像她地处这阔大平坦的戈壁滩上为日光所照射出的热烈。

这个城市有安宁，更多的是躁动。

十年来，西部大开发投注于格尔木很多的热情和信心。毕竟是青藏高原"山梁"间的一道风景，搭起了建设的骨架和规模，城市轮廓初显诱人的活力。

鞋匠、菜贩、淘金的民工在路边和先后新建的几个贸易市场中忙着自己的营生，啤酒店前也插了几把遮阳伞，罩着几桌零星而悠闲地喝啤酒的年轻人。

我曾经转过格尔木的金峰路小学和其他两所学校。办学很受家长、社会和政府重视，也曾看过一所自办小学。这儿，一度是格尔木流动人口形成的一片特殊住宅区。

格尔木也呈现出她"农垦城"的风范。20 世纪六七十年代，由山东青岛等地来的知青组建成农垦师团，在戈壁滩上开垦农业。现在流动人口中亦有农户在城周围新开垦的土地上打下庄廊，种植粮食，生儿育女。格尔木给他们提供了原来在东部贫困山乡难以为继的一份生活。

相对于中国西部大开发的规划和前景来讲，格尔木目前应该一直属于筑巢引凤的前期阶段——筑巢。

人们就是要通过自己的一些努力在这里栽下梧桐树。

在街上碰见三个四川来的年轻人，他们都带了羽绒衣。现在忙着在一家药店里买氧气袋。一下子买了五六个，像枕头一样鼓鼓地抱着回宾馆。

三个年轻人在队伍里也挺有特点。三十来岁的一男一女是环保机关的，小一点儿的在金融单位工作，请了假以环保志愿者的身份来长江源头。

人们对去长江源头似乎不敢掉以轻心。

第二天，由于要半夜启程，全天安排了休息。上午体检。

宾馆腾出西餐厅，请驻地22医院的大夫来为大家做体检。此时，送我们到格尔木列车专乘组的乘务员、乘警和她们的队长、书记专意来找，说机会难得，她们也想跟着车队去源头看看。上车的时候，她们饶有兴致。到了沱沱河沿，除了乘警，他们坐在直播点外的帐篷边上因为高山反应全都无话，也不活动。在接待站吃饭的时候，车长站在汽车旁一直让乘务员给她捏头，高山反应得厉害。

青藏铁路的接续在格尔木。

汽车行至格尔木南缘，可见青藏铁路格拉段已于2001年6月开工修建，青藏公路上可见铁路路基施工接续。

辑一　柴达木之梦　｜　39

格尔木城南正在修建的大干沟水电站工地上闪烁着灯火。

三

车队半夜零点出发。二十余辆排队行进的越野车灯火相接,在夜的雨幕中蔚为壮观。

海西是干旱之地,格尔木是干旱之城。出发不久,大雨如注,雨线密织,在车灯前飘飞,柏油路上闪映着清澈的光影。

走过数十公里后已经看见雪花了。

车里还没有开暖气。加上司机坐了4个人,后排两位是地质专家。张工已退休数年,这次是被点将来的。他是湖南人,说话带明显的湘音。

六七年前,他是国家和青海省组织的首次可可西里无人区科考队的成员,深入腹地考察生活了两个月。

到西大滩的时候,窗外还黑着。那年科考队的壮行就在西大滩。由于那次壮行,这个地名深印在我脑海之中。

原以为西大滩出格尔木不远,却是相距上百公里,且中间过了纳赤台兵站。

过了海拔4767米的昆仑山口,我们带的食品不身临其境就觉不出它的爽口和甘脆甜沁。

黄瓜、红皮水萝卜,就一口大蒜,生脆可口。我们还准备了口香糖、糖块、巧克力。这都是补充身体热量和抗缺氧的。

张工精神颇佳,他对在海拔5000米左右可可西里地区的野外科考工作富有经验。他指着可可西里南缘一片临水的开阔草地告诉我，他们在此扎营进行过适应性的野外生活训练。

车到五道梁，车队中的救护车加速超车，跑到了最前面，对心脏不适的同志进行了护理。

我们前面车上的四川女孩和她的同伴下车在路边活动拍照。

四周的山蒙着冰雪。我问她怎么样，她说头疼，不舒服。过了一会儿，她蹲在路边呕吐起来。他们随队同行的三个人打消了在沱沱河沿参加完活动后自行搭车去拉萨的念头。

远远看见一座雪山，晶莹，洁白，无声，冰冷，像浮在海上的一座冰山。

车上的两位专家告诉我：那就是雪线。

所谓雪线，一般海拔5000多米以上，积雪常年不化，成为冰山。雪线以下，草地开始孕育青绿，但路边常常裸露着棕褐色的土层。

那座冰山矗立于远处凝视着我们。

车队在公路上转过几回，从不同方向都能看到它的身影，感觉到它冰冷的沉默。

四

在长江源头和沱沱河沿立一块名为"长江源"的纪念碑，人们将它定义为环保纪念碑。

"长江源"三个字,你可以不从任何意义上去解释和理解它。它就是一条河流发源之地的标识。但是,未到长江源,人们就已经有些惊奇了。

在那座冰山的注视下,我们到了可可西里南缘。

格尔木至沱沱河沿 400 多公里,著名的可可西里由此向北一直延展进去。

有这样的车队,进入可可西里已经不是遥远的事情了。

但在高原之外,对这里的想象是那么遥不可及。张工在车上仅是指了指由此进入可可西里腹地的情景,说话间带着兴奋。

雪线以上的高山使我想起风雪交加中的昆仑山口。

来到雪山和可可西里的南缘,昆仑山口早已被远远抛在身后。但我们来去经过昆仑山口,都未遇上雪线脚下平阔的可可西里初夏草原的这份宁静。

昆仑山口好像总是风雨交加,天气阴灰,且风力很大。昆仑山口的碑石和青石鹰雕就立在风口处。由于有此一景,人们又按习俗在碑侧立起了彩色的经幡。

它们被风扯动着不停地摇曳。

五

长江是中国南部的一个象征,也是江南富庶的一个代名词。

在我们的视野中,黄河雄壮,长江则显温柔。长江的源头却在中国西部的青藏高原，位于高寒缺氧、空气稀薄的青海可可西里姜古迪如冰川脚下。

冰川漫流出来的河流叫沱沱河。沱沱河在草原上散漫着，好像几条舒展的音符线在草原上静静地流淌。

淌着的沱沱河水很宁静，好像这草原的宁静。

这里的唐古拉乡上的孩子个个出落得俊秀可爱。

公元1999年6月5日一大早，他们就起来梳妆打扮，穿上节日的服装。这天，他们要上电视。沱沱河畔的一块高地上已经支起了几个镜头。一大帮穿着红羽绒衣、戴着红帽子的人围着那个镜头跑来跑去地忙碌着。

高地上立起一方高大厚重的碑石，上面蒙着一大块鲜红的绸布。

沱沱河沿这一天忙碌得赛过过节。

2002.12

矿　山

　　城边一座大山，起伏连绵，荒疏，却遮不住它的庞大。似乎又未成风景，横阻在城边，把城逼仄在狭川，使他们二三十年于此的生活在熟悉中陌生着，在陌生中熟悉着。

　　坐落在山下的工厂距此数十公里，在城的北边。那里有一座驰名的山峰，是人们眼中的风景。假期，城里的人们去采青登山，临高凭眺。像他们一样随了工厂迁来的人们在览景中也想念家乡的景致。葳蕤葱绿的。

　　说山，他的家乡比不了眼下在高原家门前的这座名山。

　　他的家乡是大平原。

　　工厂在"三线"建设中，为"藏诸名山"自东西迁数千里。高原依山在不同地方均驻扎了这样的企业。

　　各色语言的人们汇流于这山川。比如，有的就叫"山川"某某厂，多是国内有影响的重工机械行业。里面能工巧匠习惯了高原风物。不变的除家乡口音，还有乡情。

　　铁路，钢厂，油田，盐湖，医院，学校……无不如此。

他原在山下的厂。挨着名山。厂区颇大，内部呈方块状，齐整。厂名用了代号，他们算迁进了大山。厂子里的人们都为自己的生产技术而气质昂扬。名山下小县城里的人们也因这几座新建的企业和人发生着变化。

他的家安在厂里。有妻子和他疼爱的女儿，儿子也在厂里工作，平日少言寡语，跟厂子里一般大的几个青年下了班有时出去溜溜达达、热热闹闹地见识着新鲜的社会。穿衣样貌甚至走路也学着电影里的样子歪晃起来。

"你别学那样！"他严厉，但当父亲的温和在家里弥漫着慈爱。

儿子来得晚一些，上了中学才从家乡迁来。一家人不能总分着。家里人都知道这里艰苦。平原上的老城和它的企业都拧成一股劲儿，成为一个城市的精神。

他们也带着这样一股子劲儿来了高原。高原上的师徒关系仍犹如父子关系，这样的老传承带着亲和力。

他没这样带过徒弟。他有自己的师傅，他年轻，当徒弟的时间很短，师傅和厂里就送他外出学习了。他好学，本分，性格温和，师傅和领导喜欢。

企业西迁支援西北"三线"建设，作为"中层"，他和大伙儿随企业来了。

没几年，他又转来新建的化工建设企业任了中层领导。公司和班子里都是熟人，也顺手。他温和的性格让大家伙儿都觉得稳重。

他皮肤白皙，单眼皮，眼缝细如春风，鼻尖儿上翘一点儿，

辑一　柴达木之梦　｜　45

有一条很好的弧线由鼻翼的宽厚撑着。说话温厚，常呵呵笑着，问答着，把自己的意思说了，让来说事儿的人不能违拗。对调皮捣蛋的职工，他有时也笑呵呵地说两句粗话，当面的人也不好意思。

跟他搭班子的主任，沧州大汉，有手持檀板，红面浓眉"大江东去"的气势。如选他上银幕，圆鼓的脸膛和厚重的身板，凛然正面一号形象。而他身上的儒者文气有主任映衬倒使人想起《三国演义》里那些文者的形象。

四个兜，风纪扣。左上插着钢笔。形象是那时的标准，但并不显古板。

他对新分来企业的年轻人和善。那一个分来队上的年轻人似有点儿内向。他知道年轻人的成绩好，和他商量，公司分给队里一个外出学习的指标，是去学物理探伤，也是一个技术工种，你去吧。为换工种和外出学习，身边找人托关系的不少。小伙子没去。他又把自己办公室的钥匙给他说，你坐我办公室里吧，做做团的工作。小伙子揣了钥匙，却没去开过门。仍是他每天来了自己在办公室捅炉子烧水。他也没吭声，估计是小伙子不好意思，队里还有几个同龄年轻人，小伙子可能抹不开面子。

后来，小伙子和他遇见，他却停下脚步闪在路旁。远远地，小伙子也不好跟他打招呼。

他戴口罩，依然戴着他的蓝帽子。也还是那一身制服，身形齐整。只是山路上全是蹚土，是上山的车马和手扶拖拉机碾出来的。

缺了林木的大山，山梁沟壑高低起伏裸露着清明时节阳光的温煦。刚刚脱去冬装，走这山路却觉春衣的厚重，微汗被捂在衣内让人感受着春阳的暖意。干旱的路扬着尘土开始春耕的繁忙。

他站在路边停歇，想来自己戴着口罩。

小伙子想起来，他去山上是清明"看"他的儿子。不能让妻来，更不能让女儿来。

小伙子听说他的儿子前些年跟着那帮年轻人不意出了事。

他无言。

2023.10.26

辑二
青稞的守护

歌　手

遥远的草原。草场绵延。

蓝天因大朵白云吞吐而更像海洋。也许这是我们与牧人眼中的不同。云在牧人眼里或许更能看出马群奔驰。

然而,我常常想到海和它的宽阔无边。我眼里的草场是这样。

宽阔的草原容易把思绪牵扯很远。

这里的歌手也完全不是封闭在草原上的。

和我们一样去看过真实的大海。只是不曾交流他眼中的蓝天白云漂泊在广阔的草原上是不是海。

或许,草原在他眼里什么都不是,就是草场,春夏秋冬永远美丽、宁静,没有喧嚣。就像自己的母亲。

他唱歌,父亲一直陪伴。母亲只是为他打点行囊,从小一直这样。尽管后来他去了拉萨,成为有好大名气的歌手。母亲欣慰着,眼睛和心里牵扯着。默默地,如草原上的格桑花,用默默装点生活,在春天微笑,在夏天装饰女儿的头发和衣饰,在秋天贴护绿草根,在冬天隐去美丽等待春天归来。

四季里，他在拉萨的热闹里想念着母亲。十分疼爱他的父亲也是围绕着母亲的。母亲从甘南草原来到这里嫁作父亲的新娘，父亲的日子从此有了美丽。

他后来写了一首《父亲的念珠》，带着徒弟一道唱了这首歌。父亲是他的菩萨。他在心里向父亲双手合十，祈念着。

他有时在草原上走动着，陪着父亲。特别是现在。

父亲走过壮年，走路的速度有些放慢了，腿和身子似乎比以前多了一点倾斜和微微的晃动。

草原上的路很柔软。家乡草场草甸很厚，让人羡慕。

这是一个多雨多水的草原。高寒的草原竟有雨季。

草原胸膛上流着秀丽的河，像他的母亲和妹妹，柔柔的，相伴着，给人以温暖。

他像过去的父亲一样走进了自己的壮年。但他不觉得自己是在壮年。有时，唱歌之后的寂寞像草原上的雨揉搓着他的心。

草滩上的路不能乱踩，不能踩出太多的枝枝杈杈。

整片草原才是他心中完整的歌。

他心中的歌是家乡完整的草原。

花儿在草原上连片开着，雪山把上山的路藏在身后。

曾经，父亲和村里的乡亲为几个露营上山的人带路，牵着马匹贴着山路掩在山前的杂树丛里，人在马上，远处的人们只见骑马的半小的身影。

人们见到雪山顶上挂下来如溪水一样的瀑布，但很难看到山上攀爬的人。

上山的路都是曲折的。直行是上不了山的。

父亲懂得他的心思。草原上的父亲有时像兄弟。

父亲说，你要是敢在那个说唱会上给大家弹唱，我就给你买那把琴。

那一天，他上了台，唱了歌。这是他六七岁时的故事。

他成了草原上的歌星。

他和爱马的父亲一样是一个好骑手。他在马上比父亲英俊。

他在马上也成了自己歌唱的形象。

草原上的人们喜欢他和他的马儿。

他和父亲一起最快乐的事是陪着父亲去看马相马买马。

那是父亲最快乐的事。

草原上每年赛马，父亲都会把自己精心养护的马送上赛场。

他想起最早父亲对自己的陪伴。他唱歌也是在最好的时候，都是父亲陪着。

对陌生场合，其实父亲和他一样陌生，但在演唱的后台人们给他的赞许，还有家乡带队的对他的疼爱都让父亲宽了心。

父亲的笑颜像草原上的蓝天。

要不后来，父亲和母亲怎么那么放心让他去了拉萨呢。

但是父亲和他一样，有时也像一个孩子对自己投入的马匹不计代价！

买马有时也会上当受骗啊！

赛场上的马儿会失蹄，像有的赛手会失策，父亲也有走眼的时候。最近，父亲往北去了母亲的家乡去看那匹马儿，他劝说着父亲，但他还是去了，和陪着去的亲戚还是牵回来了。

不得不说，这匹马儿还可以，父亲又开始了每日的侍弄和操心。

他不愿意父亲总为马儿这样操劳。

在拉萨他享受着掌声，用年轻的奔波为父亲偿了蚀本的生意债。父亲觉得儿子大了，把在外漂泊挣的钱花在了自己身上。爱马心不变，但相马买马小心了许多，但这次儿子还是没有挡住他。

他知道，儿子骑在马上就是方圆草场上的一道风景。

草原上的人们喜欢他。

他没想过许多，儿子对三弦琴喜欢的弹唱，儿子幼小童声的演唱会让人们喜爱他的歌声这么多年。

儿子的弹唱就是他夏季里牵着心爱的马儿在格桑花开的草原上奔走的心情，和着牧人的心绪，在家乡白云悠扬的飘动中如清澈的河水奔流。

女人能在木勺舀着河水的清澈中照见自己的姿颜，骑手甩动腰身和衣袖，飞身上马怀揽三弦悠扬一歌。

如此畅快！

他自小这样歌唱，尽享父母之爱。

他唱着母亲的旋律，母亲口唱手弹，在他幼小的心间播下音乐的种子。

神奇的三弦琴拨动心弦，伴着他走出草原。

2022.8.3

结 古

收到他发来的短信。他已退休两三年了。看到我们工作中的讯息，他想起我们一起在草原上奔走下乡的往事，用不多的短信表达着诚恳的感情和鼓励的话语，让我深深感到他真挚的情感。

结古经历了大地震。抗震救灾最初的那几天，我们一起在奔波忙碌中度过。

我们住在州委大院的帐篷里。前面的楼房一大块震塌了，后面的几排平房墙均开裂。有两三个晚上我们又经历了强烈的余震。有一个晚上的震级大，响声很大，睡在帐篷里让人感到很大的震撼。

夜空下，4月的结古空气清冷。受灾的人们和省内外奔赴而来的人们大多沉入在深夜里短暂休息。院子里和残垣断壁的街道上仍有很多人忙碌。我见他仍保持着精力，不见倦色，快步走到跟前来打着招呼。他带着人也刚从一个安置点回来。

早餐，他弄来一个小炉子，又拿来方便面和午餐肉罐头，我们做起早餐。没有糌粑，没有酥油。

一天奔波忙碌。就在路边，拿出了他的午餐——风干肉。

他娴熟地用刀切一片给我。他嚼着香。我嚼着也香。

自小熟悉的美味为他填饥，饱了胃，给他快速走动的腿脚添了劲儿。

这时，我想到他的家乡。他的家乡在曲麻莱。此前去过他的家乡。人们谈起不禁为之色变，很多人视作畏途。那里是青藏高原自然环境最严酷之处。我看着这个汉子，几日相处中，看着他的奔波，看着他不畏艰苦不讲条件，深沉内敛，觉得这个曲麻莱的汉子就把曲麻莱带在身上呢。在我的眼里，忽然觉得曲麻莱就是身边的这个汉子。

他脸上的皱纹深如沟壑，那是曲麻莱草原上强劲的风吹出来的。那里常年寒冷低温，牧草生长季节太短，加之常有干旱，牧草较干脆，多少缺了一些养分。这样的气候恶劣和干燥在他脸上也烙下了印迹。

他脸上比较深的坑瘢好像是岁月刻上去的，凸显出康巴汉子刚强的性格和男人的深沉。

有时说着话，一双明亮的大眼睛倏忽间仍闪出孩子般的纯净和时光雕刻出的聪慧，非常诚恳和值得信赖。

他说话的声音沉稳结实而有钟声的回响，一如他工作中的品格。

他个子不高，走路的姿势却让人想起他骑在马上的那股子行如风的稳疾——风风火火，又沉稳自如。

在抗震救灾会上，轮到他发言，他都讲出诚恳的意见，反映人们合理的想法意见和诉求。指挥部决策的事情，要对大伙儿做工作的，他在一线有力说理，化解矛盾。他做群众工作直爽干脆，又娓娓道来，让人容易接受。

我到高海拔地方工作，他专程来看望。这里与他的家乡同处青南，他此前从未来过。同样的草原，同样的地理气候，让我感到他深深的情谊和记挂。

他走了一圈儿，动情地说着自己的感受。变化是熟悉的乡情。所以动情是一寸一寸一丈一丈用时间和历史量出来的。

谁对自己的家乡不是一本账啊！所以为今天欣喜。

他虽也住在省会，但我都是在结古见到他。

习惯了草原，觉得他在城市里多少还是有些不适应。

这次去结古，我惦记着去看他。提前打了电话。他接了电话，人在结古。

去他家里，已是地震10年之后了。他退了休。

他家里盖了三层楼。在结古繁华的街道上相对闹中取静。

街前有时尚的酒吧。

我们感受着他的热诚。他对自己的生活充满信心。

新玉树新结古的气象和对家乡建设的自信自豪充盈在他的言谈中，其乐融融。

2022.5

八月草原

今年青联组织联谊活动，安排妥定已是秋初季节。金银滩这一天骤雨初晴，显示了草原这个季节多变的性情。走进草原"旅游帐篷城"前，我们在厂区基地参观了核武器研制纪念碑。碑基雕刻着蘑菇云图，碑顶雕有和平鸽，展室中排列着历史照片。当年，就曾在原子城的这片凹地里竖起了一座铁架，核武器没有火箭搭载，是置放于铁架顶端引爆的。这是参观者想象之外的一个谜题。

金银滩草原是一个梦与浪漫想象联系在一起的地方。20世纪五六十年代，人们拍过一部反映草原新生活的故事片——《金银滩》，是青海曾经有过的电影制片厂拍摄的第一部影片，今天人们来这儿，还提到那部电影。

今天，帐篷城宾馆又在草地上竖起一块大牌，描有音符，画有图像，写着"在那遥远的地方"，图像即是王洛宾老人的画像。同来的省音协负责人说：王洛宾是在西宁城北门坡的一处居所里写下这首歌的。六十多年前，西宁城和大西北都还是民生凋敝的时候，王洛宾在此写下动人的歌曲，可见西北风光和金银滩草原的美丽。但青海湖畔的卓玛又在哪儿呢？

八月末的草原，草丛里结着一朵朵白蘑菇。有人用白色的哈达兜起蘑菇。

草很高，夏冬季草场由草库仑分隔开。人们捡拾蘑菇的这片草地是马和牛暂时不能进来的。

我没有想到骑上马的时候忽而找到了一种交流的感觉。与马的交流，大约只有骑马的人才体会得到，骑手所体会到的境界就更高了。"骑手"是一个非同一般的称谓。

我想起最近读到的一位作家所写《音乐履历》，姑且引之：

> 唱蒙古歌的要诀是必须骑马。若不是骑马，无论如何也不会唱得自在。而一旦马奔驰起来，身随马，声随蹄，那么无论是谁，又都能倾吐出一串又一串自由至极的、颠覆滑下的长音。歌唱在这个火候上，其实是无所谓好听与不好听的；只有这么唱，才能骑姿和唱势都舒畅，才能使人马世界还有心情，都达到和谐。

人对马的驾驭在于与马的交流。马俯首吃草，它弯下去的脖颈是那么有力。

人与马的交流，也是自己与自己的交流。你想驾驭一匹马，骑马的过程中就要锻炼一种驾驭马的心理。如果你没有驾驭的心理准备，你就骑不了一匹马。"马善被人骑"，如果人善不擅骑，老实的马也不听你的。它驮着你，只会心不在焉地应付你，甚至低头去吃草。骑马，你就要锻炼一个骑手的素质。

这会儿，我心中对骑手有了一种憧憬。

在敦煌月牙泉边的沙山上曾骑过一回骆驼。是牧人牵着走的。和朋友两人同骑一匹，挤在驼峰间，一起一伏，颠簸有致地循沙山而上。这颠簸带着骆驼在沙中的节奏，在游客的眼中是悠扬，于它常是负重的劳累。骆驼在这一趟一趟无奈的行走中也许记忆着曾负过长途跋涉的使命。

在青海湖畔，可以骑马的地方很多，城里来的人，凡是能够跨上马背、抖着缰绳、跑上几圈的，多是性情率直的人。从未骑过马的，似乎都没有上得马背的勇气。

今天，在金银滩草原，骑马的人终究不多，大约都顾忌了对马之性情的未解。不接触的事物，没打过的交道，总使人添几分小心。那些在帐房里喝酒的人都在笑乐。省音协的人和那些在小帐房里的人在讲故事，她们似乎都没有在马上一跃的兴致。

两个年轻的歌手无拘无束骑在马上呼叫。他们在马上显然尝到了一种骑乘的快感。

此刻在画着王洛宾老人像的标示牌下，我们不去多想音乐老人和《在那遥远的地方》。今天来到这儿，并不遥远，那歌儿也并不遥远。至今回想起来，那份亲切的感受如在身边。草原没有物是人非的沧桑之感。草原的广阔、草儿的翠绿永远如此新鲜地铺展着。

沧桑的是原子城里人造的房屋和基地。让人观之抚之，心生许多感慨。

那首歌鲜润地慰藉着人。何时何地唱起来，都那么深情而饱满。这些建筑见证了草原的历史。人和自然在新鲜的草原上被沐浴一新。

1999.8.30

青稞的守护

一位老同学相约了,觉得他和往日一样在城市中匆匆奔波着。

他好像一直在这个城里寻找。

当年,他掺和在一群调皮的半大小伙子中间,穿着和他们一样单薄的衣服,揣着一支笔,每天写诗。

一位诗人说,现在文友见面,都回避谈诗。过了青春的年龄,尤其是乐呵呵不怎么相干的朋友聚会见了面都愿意轻松些。

话题说到当下正火的一部电视剧。

他虽放下了诗笔,但话题仍激发诗情。

说到年轻时就读着的作家当下的电视剧。他的话直截了当,"接地气!有良心!"

作家的良心。主题似乎回到了当年。

同学不改青葱。

电视剧写了引起家家户户共鸣的这四十年改革开放和时

代变迁的一个家庭的经历。

每个人从中看到相似的历程。

——"有根！"

一位经历过生活艰难成长起来的作家，这么多年没有忘掉自己的根。

当年，同学未圆文学梦，做了律师。

梦想照进现实。

他东西南北地走出去，曾经羡慕着这样外向的眼界。

他在高原高高低低走着，也往牧区跑，在高海拔短暂适应着缺氧的反应。他成了合伙人，也带徒弟，慢慢有了资历。

当年，同学常一起骑自行车走遍这个城市的街道，华灯初上时，读着它日渐热闹的繁华。

考上律师前，他和工友喝着青稞酒。在工厂灰暗的宿舍里，有青稞酒就有生活的光亮。

工友们在酒里畅快，他也有乐趣。

但青稞酒不是他唯一的寄托。

为鲁迅的诗题壁狂草。

那宿舍是公家的，被他这样来表达发自年轻胸腔的激越，炽热力透墙上。

当年的公共财产管理没么细致纠结。等他搬进婚房，新分了宿舍来的人粉刷了即无痕迹。

他把年轻的记忆和热爱刻在了墙上。

当律师多年性情愈平和练达。

对青稞酒的钟爱成了他对老父亲最好的陪伴。

周日，他总在父母家里陪着老父亲喝上几杯，幸福感满满。

搬离了老房子，已找不到旧时踪影。

厂区偏僻，荒地沧海变新城。父母亲乔迁新居让他心情格外敞亮。

这是电视剧里的人生吗？

观众分享剧情，分明是自己的记忆。

父子俩在有滋有味的咂摸中，把青稞酒的香气喝到了日子里。不轻薄，只为它的清香和绵醇。

走过来的回忆。

这酒，喝到后面，舌蕾上的味儿是甜。

这是高原最大众的消费和物产。父亲每日一饮，他买了好的散酒给他。细细长长的日子在父亲健康的身体里给了他一份踏实和厚重。

原浆青稞保持着高原本土化最好的形态，积攒高原日光的饱满，收储脑山雨水的甘露，高原人必饮之。

好酒好品者更离不开它。它也接纳和造就了在高原生活的人们的本土化。

家园的时间被积攒着，沉淀着。

这个城日复一日变迁繁华现代。我们身在其中，和青稞一样在高原天空下爽朗地成长起来，走到哪里都刻印着这里特有的气质。

就像正热播的这部电视剧。三四十年人世间的变迁。

人们一直在寻找自己心中的不变和世事变迁中恪守的

本真。

  我想，这是同学的写实和他一直寻找的答案。

  岁月寻找无痕。

2022.4.1

白杨树下

看着窗外的白杨,我想到了一位同学。

校园里白杨树成排而茂密,成为眼中的风景和陪伴。

他的学校在北郊,紧邻一所大学。他莆仙家乡房前屋后的香蕉林、枇杷树因地勤人勤加之气候宜人,十分茂盛。

而这里仅有白杨树。在我的眼中,于他是熟悉亲切而陌生又唤醒着乡愁的白杨树。

北郊路边多年种植的白杨已成风景。一条通达祁连的路由成排的树遮阴,也让人觉得走在北方的诗画中。它富有乡村的气息,在高原,也装点人们对田园的热爱。

白杨于他是"乡愁",因北方植物单调,加之空气干燥,黄沙飞扬,于南来的学子似乎是心理上的一种"恐吓"。加之景观单薄、寂寞,无疑有些疏离。

离了校园、家乡,打点厚厚的行装上高原,是他们的人生大事,全家甚或全乡人上心呢。走"独木桥"的大学生,让乡人羡慕。

来到高原，他分在了最好的学校。学校本属林业，在北郊。校园内多林，树木密植，园林葱郁，名副其实。

校园紧邻大学，景观和林木除较邻居小几号，其他不比一墙之隔的大学逊色。这里现在已是大学城，也是园林修建很好的地方，又是古城一个生态与人文建设相映成林的去处。

林木葳蕤点染在他的案头和笔下。于性情散淡之人不失陶冶。

地之偏，亦使我觉得他的安素，有刚到学校工作偏安一隅之感。

对学校热心人的谈婚论嫁，他热心着，亦安素着。大学时因一表人才兼有南方秀气是女生眼中的"最佳"，只因身许高原令佳丽"望而却步"。

其人"散淡"，实不掩做事之干练。为赴高原，他倡议，我们一起办了《奔原》班刊，意为奔赴高原，在中文系各班级中一领风骚，自带特色，形文获赞。

来了林校，谈婚论嫁的"芳华"自是心仪和说者众。他表现出自己的"散淡"，并潜心书艺，弹琴交友，诚访名家。

他宿舍里的案子无书家的铺排和书写大字那份自带的豪情张扬，笔墨砚台宣纸字帖均如其书，有其行楷的雅致和整洁。

他在高原的两三年，我时时收到他书赠的"小型张"书帖。红色的立杠边框可见其描画时的认真工整，秀雅的行书比大学时更入佳境，每每为我案头和墙上的书法展示。无匠气，少摹痕，自然如成。

好书法掩藏了他对诗词的品读。南方口音在普通话标准的北方也使他放弃了众人面前的诵读。诗词之爱和撰写于他却稔熟在心，沁润至深。

家乡的木兰溪、九鲤湖和散文家郭风、陈章武等每每为他念及，在听者如我的面前展示着莆仙文化在中华文化中的深厚底蕴和积淀，自然山水田园风光别具秀色，如烟岚牧笛。

——唐宋词章抑扬顿挫在他的吟诵和书写中，书艺笔墨自带诗词蕴含的隽永。

在高原，李海观老先生、李明亮先生等名家他均有看望和讨教，言语中都带着崇敬。他尤敬重喜好李寿如先生的书法，多次拜访，并结为忘年交。

在白杨树和榆丛密植的校园，在墨香沁润的宿舍，他操琴演艺，拨动六弦琴。

周末，我和城里的同学如约来到他的校园和宿舍浪掷大半天时间见识了他的琴技。虽无洒脱和蕴沉的大珠小珠落玉盘的嘈嘈切切如诉如歌，却也和着节拍调弦浅唱自娱自乐。因熟悉他的书艺和文气，我总觉得他抱着吉他时少点那些文艺青年的挥洒自如。大学校园里像他这样有书法名气的才艺学生在追潮中"犹抱琵琶半遮面"，琴音叮咚，不惧文气束缚，真是勇气可嘉。

我们在他校园下午的时光里走到高大的白杨和榆树矮墙绿化的园子里看着花草，假日的校园多少有点空寂，三人语声在林荫道上，于晴日的高旷和安静中挥洒着欢笑……

他在高原三年调回家乡完婚。后来又援疆三年，与白杨树作伴，援引项目，促进文化交流，以自己的好酒量为友情增谊。在高原，他曾是我众学友里能与我父亲对饮的不多几人。父亲对我同学的招待能饮者有他。

遗憾的是他在新疆的三年，我一直惦记着作为西北之友去看望，却未能成行。三年倏忽，他又回到桑梓之地。

感动的是，我去高海拔地区工作，他"不离不弃"，偕妻来到海拔4300多米的高原。来的当晚，高山反应，他们一夜未眠，好在，第二天的赛马会使他们在民族特色文化展示中一睹高原山高水长。

2022.5

光影茶之旅

爱茶懂茶喝茶品茶时潮多年。

一日,来到茶兴犹胜处,见到爱茶和讲茶之人。

时光流年,当年极爱书且功课好的同学书茶相伴有了自己的茶之旅。

当年就读学院今亦为茶设置专业,兼得朱子研究更为特色。

同学爱茶。餐毕,盛邀去他茶室一坐。

家中多的藏书亦搬一些到茶室。

我们坐在宽大的茶案前,身前看得见书,身后亦有书架。

茶室书香,话题有些回到从前的学校,更多听他饶有兴趣讲了一晚上的茶。

鹭岛。学友聚,茶香烹煮相聚兴浓。

同学当年即学霸,戴厚厚的眼镜入校,酷爱读书。亦成了校系两栖的学生会干部,还是班长。他当时的形象很像陈景润。恰好全校同学大多都是陈的同乡。他整日背一黄色书包,往来于教室和图书馆阅览室，不大像同班文科生说说笑笑多少有些浪漫，其专心用功更似理科生，是专攻学习的好学生形象，与他身兼数职的学生干部形象倒不十分相像。

分别多年，他离了职。从坐拥书城看，读书的爱好大致未变。当年同学中不少读书极用功的，但今天像他这样广博沉潜的应当也不是那么多。

回到高原，常在微信朋友圈里看到他的茶之旅。他就当有很多的茶之趣。

茶树，茶村，茶农，和访茶说茶品茶晒茶的他。

还有在日光茶影中他钟爱的各种书籍。

田间的光影中，可见他与茶农攀谈开朗的笑。茶树在穿透的日光中于他和对谈者的笑容里照出一份悠悠时光的宁静。

他的行装简单，一白一蓝。白衣，牛仔裤。

他的色调简单，一黑一白。

微信里的图片构图简洁。

他常用黑白，表现茶的古老。

不知这是不是他用光影对自己心灵的一个"炒作"。现在高清影视，如有单拍黑白的，编导往往须刻意表现故事厚重或意境深沉。同学微信里的茶之旅就写上了这样的厚重，或增加了历史感。其实是他摄影功夫的体现。

他的黑白光影，成了他生活的底色。

茶树间的光影和书桌上的光影重叠。

一个读书人走向村头茶田。学生时的读万卷书，现在行万里路中实践着。

光影，虚实，昼夜。

在他的黑白画风中，叠加出和他同样留平头、戴黑框眼镜的另一位建筑师的形象。

建筑师因获建筑国际大奖已是驰名专家。当时，搞城镇和文化建设的人曾找他指导，他介绍了同行里熟悉西北风物的到访考察，其保护与建设、人与自然和谐的理念也是专家在建筑追求上的眼界。

我在一些专门刊物上看到对他的访谈及他自己书写的心路历程。

留白在摄影和建筑中是无声的语言。

同学的茶之旅途光影世界之所以有很强的艺术观感，在留白。删繁就简，于图和其生活追求中茶之旅有了很多想象的空间。

建筑师曾有七年寂寂无闻，对建筑怎样呈现文化有苦闷，有孤独，沉潜思考读书考察。因为坚持自己的追求，保存文化的价值，用建筑说话，拿到国际大奖，有了更多展现文化建筑品格和追求的时空。我在他的建筑摄影中亦看到留白。

无声的语言，让我们在贝聿铭展示的苏州博物馆建筑中感受丰富的民族文化意蕴，于无声建筑中见山水、见乡愁。

木心美术馆用本身不寂寞的建筑记述了木心曾经的寂寞。

爱茶的同学用他寂寂然的茶之旅在文化中寻根，在茶旅中找到更好的读书生活和精神寄托。

茶之道，消除了热闹和一些虚假的应付。

这样真实一些，何尝不是他在生活中苦与累的奔行中很好的享受呢。

这是独自沉潜的寻茶之旅。

产茶地带物候独特。同学旅途影像虽为黑白，但其间光影的挪移，穿越林间如金如银的金光洒照，茶山上的明朗，茶树间的幽静，还有茶旅道上的探远访古，静静刻写着远村林深处岁月的呼唤。

2022.4.7

熬 茶

高寒地的茶浓烈，滚烫。端来眼前时一高一低，一坐一躬，笑脸前奶茶或一杯清茶的热气氤氲着荡开去，主客的心意相融着。

被热情地迎进屋内或帐房，先端上一杯热茶。

高原的茶祛寒暖胃还连着茶马古道的文化和交流。"茶道"在这里是古道。端茶给你的人也是端着心中的财富。

"客来了，福来了。"当年茶马互市现更多为日常交流代替了。茶在农家牧户仍是日常又奢侈的家当礼当。日子富裕了，屋里柜子上多的是层层垒的毛毯，柜子里多的是茶。特别逢年过节家家茶几上摆满着各种饮料油饼馓子和砖茶。

喝熬（读 nāo）茶，放盐和花椒。

奶茶稠稠地从滚沸的大锅里勺出，再如宽稠飞瀑回到锅里——从一张现场的照片看去，奶的绸滑和质地如锦缎。舀起奶勺的是一位草原上的女主人，站在她旁边的同伴笑容殷殷，伸手挥着茶碗热情地递到客人手上。黑牦牛大帐房里，大的锅灶也支在当间。接待的客人来自大上海。帐房里其乐融融和满帐飘香的奶茶一样稠和浓，芳香四溢。顺手拍了照片的是其中一位带队的。这样自然的喜乐是熬着奶茶的两位女主人的自然流露，也是帐房里喝茶饮食的笑语。他们每年往这里跑几趟来看住在这里的援派干部，成了熟人和亲戚。

日子好了的茶就浓就酽。寡淡一些的是过去。茶作为必需品和易物而来的日常助消化的饮品少了便舍不得放那么浓酽。

有诗人记在西南高原所见，"人们聚在简陋的泥屋里，围着火塘，火上的小铁壶燎得黑漆漆，斟出的茶汁药汤似的，比酒还要辣口。略大于拇指的小铁杯，传着每人抿一口，吧嗒吧嗒咂着舌"，还因缺水，"极吝啬地烧茶"。这是20多年前的经历。

农家牧人的茶是煮的。

在高寒之地的生活中一日三餐它都是主饮，不像现在的孩子们已换成五颜六色的饮料来喝。

茶是待客之道。

门口对来客的迎候先是尽显在庄户或帐房前的热情，远客来更如此。在曾经蹇涩的日月，屋里可能简陋，但端上的茶是热的。

一盏茶，一盘馍馍。后来慢慢有了炸油饼、炸馓子。

这里，进得门来贵为客。

常常来访的还不止一人。

茶不停地添续。端茶、接茶的仪式感中暖了主客的答问。

辑二　青稞的守护　｜　75

话题热热乎乎,没有繁复的真诚里,端在手上的茶充满了仪式感。说话中低头吹一吹漂浮在茶上一根深褐色的茶梗或浮在上面渐渐泅化开的酥油,清清茶香轻柔飘动,土炕味在周身也漂动和熟悉起来。

当年带队下乡的干部几人在严酷高海拔的山脊为风雪所阻,待夜半赶至灯光闪亮的一处为中转而设的站所,又饥又寒,在仅一两人的留守中冰锅冷灶来不及烧茶热馍,也算被匆促招待一下,心中不免调动起记忆,好感念乡村和牧户家里的热茶和笑容呢!

当故事讲的老人当年从高原东部的山里上学出来,在这样的茶饭中成长。那时,农家小孩子眼里的茶和馍都金贵呢!喝第一口茶的一定是爷爷和父亲。农村规矩里有威严,有礼貌,如茶要先端给客人。茶在农家的日月里也有如此仪式。茶非水。其浓其酽先在长辈口中经了品尝。

——"少放些盐!"

有时竟如棒喝!

吼这一声的也从农村牧区出来。进城多年习惯饮食变清淡,为健康。回到农村家里,家人第一个忙碌是在炉子上滚热茶,而他每有这样的叮嘱。

非荒诞,亦非滑稽。

城里的日子和现代生活要少盐。不像过去不吃盐哪有劲儿干活。

高原农家的下午茶在田垄地头。那何尝不是一段惬意的时光。完成了间苗或收割，在日头移过了热烈变得轻柔的照拂中，挥汗走到田头地垅上，水墨画静物一般点缀描画着梅花儿喜鹊的白瓷茶壶和茶碗在荫凉里静静守候着。比它高的电壶（暖瓶）里装着自家沏好的熬茶，经由茶壶倒进茶碗，清芬醇厚消暑解渴滋润心肺。

　　这一刻田园时光，多少人不曾忘记自己和父母亲这样的下午茶，后来变成了小年轻夫妻俩的，又看着孩子在田头的电暖壶茶碗前嬉戏。

　　生活如茶。

　　农家牧人上午歇晌和下午休憩都要喝茶。这砖茶一块一块都要用手掰开，一层一层如手里的日子，煮着饮着都要浓淡适口。

2022.11.18

相　逢

相逢必定有离别。离别后相逢，人们回忆的是美好。

前不久，读王蒙先生的《相见时难》。怀旧还是补读？这篇薄薄的小说在书架上已是多年前买了要读的。和书架上众多的书册一样这么多年未取读，该不是"相见时难"吧？

希望我们很多的相逢不是相见时难。

但又何尝不是呢？

到新加坡学习，见到了已嫁在这里的女同学，她已当妈妈，有了两个孩子。

去海边一处餐馆的路上，听她电话里交代接送孩子的事情，一并嘱咐几句似在妇女组织方面的工作。

她操着心，但幸福感满满。

大学校园宿舍教室依山而建。闽北学府招收的学生主要为本地的。

她穿着一件大翻领上带着两道直角白杠边线的淡蓝色裙子，和其他女同学在去教室去食堂的上下台阶上走着。

她的大方中多少有那么一点儿不外露的小小的骄傲，不张扬，但能让你感到她是一位成绩优秀的女生。

全校文艺晚会，大幕追光中她穿着红丝绒的连衣裙出来报幕，沉静热情，与晚会的气氛和谐。她在校广播台播音也是这样沉着，午间和晚间在食堂用餐时，常常能听到她熟悉的声音。

有一次管教务的曾主任早间5点钟不顾大雨哗哗，打着一把黑伞，深一脚浅一脚地来到办公楼下挺着瘦巴巴的身子用几乎半哑的声音冲着三楼的灯影使劲喊她和另一位女同学的名字，让她们赶紧关广播——她们两人值班看错了时间，柴可夫斯基的《多瑙河圆舞曲》提前一小时在校园的大喇叭里响起来。

一位赴英留学老师回来在英语系开讲座，投影照片介绍她的学习生活。经过电教室，听得里面"哇哇"的惊叹。20世纪80年代我从西北到东南读书，同窗的他们对老师在国外学习的见闻亦表达着新奇。

她是英语系学生中的佼佼者。平时聊天讲到她父亲和在武汉上大学的弟弟。当医生的父亲培养了她们姐弟两个大学生，在当地为人翘楚。她在闽北长大，毕业时如家人所愿，被分配到莆田老家的一所重点中学任教。

她毕业分配之际，我回高原离别校园与她们上一届同学告别。

走出校门时已是夜晚降临。七月暑热让人觉得一些夏夜的舒适。路边草丛里夏虫的轻鸣也像是叮咛。

校门前，我对送别的她说，再听你读一遍舒婷的诗？

辑二　青稞的守护　｜　79

一千次
我读到分别的语言,
一百次
我看到分别的画面,
然而,今天,
是我们——
我和你,要跨过
这古老的门槛,
不要祝福,不要再见,
那些都像表演,
最好是沉默
隐藏总不算欺骗,
把回想留给未来吧
就像把梦留给夜
把泪留给海,
把风留给夜海上的帆

这首《赠别》,写在她和其他同学给我的毕业留言册里。是顾城的诗。曾当了舒婷的。

《相见时难》写离别的背离和相见的纠结,个人在时代潮流中的人生起伏。

在新加坡学习会与同学重逢,我不曾想到。其时信息通畅,加之彼此通信，离别后再见没有隔离之感。

  岁月经年，让我想到校门口离别的情景和同学情谊。在南国热烈的夏天回到西北高原，同学送别我们的目光多了一份对高原的惦念。

2022.6.14

湖畔乡思

——"我去过你家。

最高,东头单元。你们快走的时候。你们的孩子,咱们的孩子都还小。"

……

——"哦,对了。是。想起来了。"……

——"你们回到南方还是一样。看着这么年轻。"
被夸的是他的妻。他看上去也年轻。
是南方的水和气候?
其实夸他们的也没显多老,虽在高原小城里。

他走时把房子卖给了同学的同学。买房子的同学经商,后来换了一个更大的房子——为孩子上学方便,房子在市中心。

他当时就在市中心的机关上班。

城市虽不大,但住房也几经搬迁。待搬至市中心,挨着了单位和同事。前后两栋，是单位的院子。

他离开讲台，进机关很快适应了工作。电脑、BECIC语言、写材料都拿得起。单位新进了"桑塔纳"，他很快学会开车，载着主任下乡去青海湖边、高原牧场深处、祁连山麓、东部山区，教会农牧民用太阳灶和沼气灶，家里点上灯盏，后来在转场的夏季牧场又架天线看上电视，老乡也教会了他喝奶茶拌糌粑，盘腿坐热炕和毡垫。

不承想这些记忆闪烁在大地，在空中的飞行中看得那么真切。一条垅一道沟一座山梁上抹出的绿色，在太阳下都发着晶亮的光呢！

这是每一道山川在地面看得朴实，在空中俯瞰下来闪着光彩的生活！

山沟沟里的日子也要有这样的闪耀和滋润呢！日子要过好！

有时，环境改变不易，但生存要变样。

地面上反射着小小的金银一样的光耀，让他为西北太阳能和新能源的广泛应用心情激动。

这是他心里的光亮。

记忆好像都被唤醒。

有一夜，他住在青海湖边。

车出了故障。天擦黑，从乡上回来的拉卜旦把他们招呼进家里，上了热炕，端上热腾腾的手抓羊肉和油炸馓子，老伴儿还给下了羊肉汤挂面。当村长的拉卜旦奔富裕当先进带动了不少乡亲。

夜晚，湖边草场，星斗满天璀璨。

辑二 青稞的守护 | 83

他是否想到家乡海边的星空和夜晚？

他被这冬季寒涩草场上无限近又无限远的星空震撼。

星空中，他似听闻着呼唤吗？

封冻的青海湖寂然无声，广阔的星空把家和心灵拉得很近很近……

还曾在东部的高山上住过一年，和干旱山上的农民一起想出路。如今，这些乡亲把拉面馆开在了海边城市他的家门口。

架不住众学友劝说和思乡诱惑，后来他离开这里调回老家省城机关。和仍从教的大多数同学不同，他仍干在高原的老本行。原本欠发达的地方也有不落后的事业。高原经验成就了他回乡的作为。买房子安居，炒股票挣钱，送孩子上学，补学历提升，顶着压力，走出思乡的反转。

曾经，思乡成了他对西北的想念和心里的纠结啊！为什么回来？回来为什么？

……

——已然过去。

现在，他仍身兼农学会和农村新能源多个学会理事。为家乡念着"山海经"的新能源跑了不少路。高原给了他铺垫，让他很快成为同事中的先行。家乡的接纳宽厚，有时亦需时日。

有时，他回高原，想到拉卜旦和那里的乡亲一定是搬迁了。原生态牧场边的湖面上飞鸟翔集。

……

如今回到家乡。这里有海，有岛上的大青石，有荔枝枇杷香蕉林和乡间围绕的老屋。有读书时光的深深记忆和朦胧恋爱时的炽烈青葱。

  妈祖庙一直在心里。

  牧场湖畔的星空难忘。

  曾在高原的想念。

  遥远的想念。

2022.10.19

海平老师

电话那头标准的男中音，沉稳中透着高兴。

有一段时间没联系了。去年过年去看他和嫂子，他们在家里准备了菜肴，我酒量浅，赵老师平日喝大酒的时候也不多。即使喝酒他也从未摆出过能喝大酒的架势。所以，他也不太适合酒场。

说话办事他总是这样沉稳，作思考状，并不让人觉得他有文艺的气质。但知道了他的经历，你一定可以想象他在舞台上扮大春跳"大刀舞"的英俊奔放和洒脱。这应该也是他的精神。这样的红色基因他在舞台上呈现，且有家传。位于西宁乐家湾的陆军医院在军地中较有名，他的父亲作为解放西宁的前辈曾任院长，离休后回到石家庄。他们的家乡在平山西柏坡。

在宁夏贺兰山从军，我这样的听者自然心生一番壮怀激烈的想象。他讲起年轻的战士们要补充训练和战备付出的体力，个个如小老虎，自然食如牛，所以军营里吃饭也有点争抢的艺术，第一碗盛虚一点，很快就吃完，第二碗盛实了慢慢吃。我跟着他出差路过泰山脚下，顺道在山下的城里走走，一路上，他用在部队吃饭的智慧跟我开玩笑，走过一段街区，他就忽然问，刚才的街叫什么？那条路叫啥名？看到我语塞一时有点蒙，他就有点得意地笑起来。走着走着，我也放下了不好意思，有时突然问他，他马上答出，又是笑，我也笑。有一次，会议结束，自武汉返回青海，我们在宾馆等时间出发。他过来问我，车是几点的？我答了，时间还早。他又说，你拿出来看看，车站在哪儿？我掏出票看了，全身一激灵，"是在武昌！"我们此时在汉口的宾馆里，且我自悠悠。谁知道呢！大武汉分了三个站！他遇事细致周到，常使我为他训练有素的军人作风而兴叹。多少年，我忘记了这件事，但他每每会当笑话讲起。说起来无独有偶，我们去柴达木盐湖，也这样赶了一次火车。急急地奔到车站，我们中的最后一个几乎是跳到车上的，刚关了门，"咣当"一声，车起步了。

他年长我近10岁，有时在不苟言笑的沉稳中流露着童心。我们常常笑起来，甚而哈哈大笑。

到了冷湖油田，看到的当是基地最后的繁华和热闹。我们于此走访后的一两年内，基地搬迁到了敦煌。

夏日，朝阳在冷湖镇清冷的空气中燃烧起热度，金光透射。远处走来的人也在这样的光辉中微微跳跃着。

出了招待所，刚走上街就遇见了赵老师。他说，刚才时间早，飞机不能等没法来叫你，直升机带我们在镇上边飞了一圈儿。他说话中带着遗憾。我为自己起晚了一步没赶上心中遗憾莫大焉。坐飞机在那时还是稀罕事。基地用于勘查的直升机给早起的人送了一个礼。致敬,赵老师!

好在我们从敦煌回西宁坐了一个小型飞机,机身也是军绿色的,算是那时很少的支线飞行,客载二三十人,发动机有点像柴油机,一直在身后响着。

我第一次去柴达木,就是那时跟随他去的,我们的"乡间调查"是调查分配到这里的大学生创业成才的事迹。

2022.5.9

小记辜也平老师

1998年南平师专校庆,我回到了母校。

先见到了辜也平老师。他在福建师大中文系任教,是副教授(现为教授)。他搞现代文学研究,专注于巴金研究,出版了专著。

辜老师的儿子叫诗傲,读小学五六年级。和他的同学趴在电脑上做游戏、搞程序,入迷而在行。

辜师母李佳娜,英语教授,任教于省教育学院。他们的家就安在教育学院。佳娜老师和辜老师在师专任教时每天晚饭后在校园中散步成了学校的一道风景,至今印在我们那几届学生的脑海中。尤其是中文和英语系的同学,尤其"关注"。

学生关注老师也在情理之中。以也平老师今天的成就,我们为他自豪。在学校时他就自带研究中国现代文学不平常的气质。

迎新晚会,他穿一件白衬衫,下摆掖进裤腰里。面目清秀,鼻子略长,弧线柔和,比鹰钩鼻子俊秀,因这鼻子而有了几丝做老师的威严。他站在麦克风前说了几句幽默的话,浑身透露出来的气质似乎使学生于课内课外在他的形象和幽默谈吐中如睹"五四"文学青年的风采,感受着那个时代的青年使命。

在学校听他讲沈从文,讲巴金,讲鲁迅、郭沫若,讲钱钟书的《围城》。那时,众学生尚不晓《围城》,第一次听辜老师在课堂上提及。

辜老师从师专调到师大,由山城南平而首府福州。调动,我想也费了一定的周折。闽北山城不大能留得住人,但他与师专老师、学生的联系未断,且热心同大家联络。辜老师做学问又有这样世俗的热心,不染"清高"的样子使我们与他亲切。以辜老师的聪睿幽默,他是不做那样的迂夫子的。于中国现代文学史研究,辜老师孜孜矻矻赢得好评。

这年11月,南方开始有了一些雨。我第二次到辜老师家,住在教育学院招待所。他家的三居室没有时新的家具,房子比他学校新建的住房算不得陈旧,也算不得太好。墙上挂着他的一幅侧面肖像,"五四"青年风采在我眼中已然定格,且是他的标志。这幅照片也成为他《巴金创作综论》一书的作者照。

2014

阅读一部"中篇"的故事

他是班上最后报到的一位同学,来高原分在一个县里。他结婚时专门送来请柬,我因工作没能去成,托人带去贺礼。

听同学说,他没叫车,新娘是走到他的宿舍的,也是从他们的新家出嫁的。婚礼虽简单,多是同学,但也热闹。想到他的性情,这也在情理之中。

在宿舍,他住上铺。《中篇小说选刊》创刊后一直为读者所喜爱,他捧读入迷。比如看过《蓝花豹》,他品咂人物命运,半说半评,还有欲说还休不能完全用语言表达的一点儿兴叹。

我是看到了自己的家乡。山林绿谷深处,他和闽东的一些学子从离海不远的山谷中走出。

很多同学为要来高原工作而心事重重。他对此好像全不在意,读小说全情投入。平时嘻嘻哈哈,还有点儿顽皮。

听同学说参加他的婚礼大家也比较轻松。在他,人生大事在简易的操办中多少带点儿顽皮的幽默,如其性情。

给人生平添了一些欢乐。

如今，大家早已回归，想着身在异乡时日，这样的喜剧在回忆中早已演成了正剧，当初的些许苦涩已然变成了美好回忆。

看他们在宿舍楼前打乒乓球，有时觉得还是几个中学生未脱稚气。

夹竹桃盛开掩映着球案，其间跳跃搏击的清脆和几声接发球的惊叹时不时传到大家午睡的半酣中，亦成了对校园盛夏的一点记忆。

我想他把那本刊物也带来了青海。那时，好刊物好作品读者众多。酣畅的阅读应当是他学生时光的快意人生。

这样的阅读影响着生活。

来高原的同学肩负使命，生活工作素材铺展开来就是一篇小说了。

如简单以时间计，有雄心勃勃唯长篇可抒写。有的鸿篇巨制未写就，写成了中篇。有的则写了精悍的短篇。

写"短篇"的同学在青海东部的文化之乡做教师一年。

来高原至少工作八年，仅一年县里就放行了他。其他同学听了为之心动。

他也有能耐，一年就找了接收单位——沿海地区，老师和人才同样紧缺。

后来陆续调回的同学有的费了很大气力才和他一样。

他为后来离开的人早早开了先河。

学生去车站送别依依不舍。他在车站看着学生，和他们一道流下热泪，告别高原。

他在这个县城最好的中学工作，待学生极真诚，付出全部精力。放行他大概因为语言。做语文老师，他南方口音重的普通话要变标准需要时间。

这么多学生送别留恋，谁说他们听不懂他讲课呢？

哦，另外他用左手写字。

如第一次看他上课，会引起小小的轰动。

上课伊始，课堂一片肃静，他抬手板书。

左手写字别扭，但他字写得好，时间一长，学生也适应了。

忘不了，朴实真情。初见让人觉得有点桀骜的他总是背着那个带着红蓝杠的大编织袋上火车，来学校报到的时候好像也背着。

南下打工，熙熙攘攘的站台人流中这样的纺织袋也十分流行。

但这次离开，他带着自己的书箱，行李中装着学生送的纪念品。

上铺同学和写"短篇"的同学分在同一个县城，不同的学校。

他们夫妻在高原虽时间不长，但应是"中篇小说"。

他们结婚后不长时间便调回了家乡。

在这里，他们谈恋爱很快，结婚也很快，调回家乡也很快。《中篇小说选刊》他没白看。定是得了真传。

辑二　青稞的守护　｜　93

娶了温柔的妻跟着他心甘情愿海枯石烂。

听说，回去后，他埋头执教，少交际。妻一直精心照顾。女儿学业有成，在大学任教。

高原厚爱。

大部分同学在这里写了自己生活的前序或前半部的起承转合，且多为喜剧或轻喜剧。

爱情的收获无疑是青春和人生最大的收获。

很多同学在这里成家立业，有了回乡后二次创业的基础。

有的在本地娶妻，有的先教师而后调或考进行政单位，走遍高原山水，领略风土人情。

经历丰富，回乡后见识视野才干胸襟让家乡人和同行刮目！经年两地奔波一路行程增广见闻就让他们平添气概自信！更何况是改革开放发轫至盛的不凡历程。

2022.4.22

高原的味道

谷雨。

窗前白杨树的叶片伸展着!

以往,高原古城看到杨树展开枝叶吐出新绿大致在"五一"之后。现在地球升温,绿色提前了近一个月。

白杨竟有数十米之高,是每家窗前的风景。它遮护在窗前,排列着桦树般的紧致和诗意。

每棵树三五枝干同根相生伸展枝叶形成一树绿色。

尽管尚未葱茏墨绿,叶片上的绿已脱了月初新绽初芽时的嫩黄。

是一种茸绿,叶片尚未完全伸展,枝干尚不特别繁茂。它们在枝干上的叶片不大不小也不完全一样。向上看,长在顶端的更多触摸到阳光。

春日谷雨,繁盛的白杨自初始的嫩绿青黄而至绒绿再翠绿,以至盛夏的深绿。

高原的颜色竟由它来抒写呢!

人们赞叹白杨的品格,就像高原上生活的人们。

在干燥的气候里奉献着热情,在单调的色谱中为绿色留出空间和赞美。在挺拔的身姿中把视野引向博大的天空,让想象飞驰。

南方同学刚到青海,正是白杨树生长繁盛的季节。

见惯了绿的人看白杨或许觉得单调。空旷的天空下它们沿路成荫,围绕在农家的院前屋后守着渠水奔流。

莘莘学子忙着从车上往入驻宾馆搬运行李,在高原之夏热情的拥抱中只感到空气的干燥。

他们眼里的白杨有些孤单呢。

在学校安顿下来,日子平凡而又不平静地开始。

地域气候差异在内心冲撞着思乡曲。但年轻人也会拽着自己的心往高原上靠。他们就在白杨树洒脱的身姿中让自己也开朗乐观起来。

好在学校都能见到绿色。

我常去城中的一个学校看望同学。

古城有名的"解放渠"从校园穿过,渠两边是生长多年的白杨树,枝叶繁密,遮出长长的荫凉。

湟水之水欢快地奔流在渠里,过往老城老渠的一处胜景在孩子年少时光的记忆中流淌,让校园触摸着古城历史。

同学在这里自信地教着书,当了班主任,用很快适应的普通话抑扬顿挫地上语文课,讲评作文。滔滔雄辩让班上以往调皮捣蛋的学生都被镇住且敬畏。执教三年又在团省委工作三年,最终仍引领后续之人调回了家乡。

他两次回高原学校探望,去了神往多年的祁连山和柴达木。

在柴达木翻当金山去敦煌,走河西走廊。

问他当年为何没去这些地方,他说当时没有合适的时间,另外,担心海拔。

这两次来,弥补缺憾心切,他还是摆脱了心理影响。

他第一次回来,到车站去接他。

第一句话是,啊,又闻到了这个味道!

高原的味道!

——它应当是干爽。

紫外线强烈照射,花香和草芽鲜艳清秀,但亦蒸发了湿润,其色香味中剩下的是阳光的味道。遁形的风沙扬起尘埃在街边嬉戏,市井荫凉中飘出一瞥干爽的眺望,巷道里走出的女子和男人立正着身姿,有一种高原信步。

我想,这个味道已成他对高原独有的记忆。

他说,当年来高原,一下火车就闻到这个味道。

说着,他深深呼吸,鼻翼深嗅,捕捉着空气中熟悉的气息,又扇动手在脸前。这熟悉的不同于温暖湿润的南国的味道。

阳光。紫外线。干爽的城市。周边的山原。

还有校园里的水和白杨……

嗅觉里藏着一个地方。闻见便打开记忆闸门。

自然魔幻,需奔赴而至。

言语间感到他犹如回家的亲切记忆。

他当时家访学生,进到有白杨树在门前的农村人家。屋子中堂放置的大红漆面柜吸引了他的目光。高原醇美的乡俗让他眼睛一亮。

农村，谁家的屋子进去，迎门中堂倚墙都会并排放置两三个大红漆的面柜。方方正正，柜立面四周漆以绿色的花边。

特殊审美在整面的大红里点饰绿边，成为一进屋最亮眼的颜色。红为吉祥喜庆，日子红红火火，绿代表希望。

农家审美，用喜欢的红色装下年年收成和十分珍惜的白面。

过去，从面柜里舀一碗白面一般是到了年节或来了客人，再不就是偶尔为老人改善生活。老人往往更珍惜，知道这粮食都是从指缝一寸一寸梳拢出来的。

柜顶上端中间一个小格门，轻轻向上提开，即可伸进手去从里面舀面出来。

雪白的粮食盛满整整一柜。

小麦或青稞在东西厢房有专门的仓房，用麻袋或毡袋装了，靠墙一袋袋摞起。仓房凉爽，防日晒。

他也是农村的孩子，年年在落花生与一年三季的收成中成长。大学期间，他写了《桑梓夜声》，为回乡看到家乡变化心生赞叹，在全省大学生作品评选中获最佳奖项。他又为高原乡村生活写出诗篇，引得方家著文高度评价。多年前，他离高原回家乡，忙于事务，两地都少了一个诗人。

2022.5.2

保罗的眼睛

再一次见到保罗,看着他说话,跟他交谈的时候,忽而忆起他的眼睛在一座古老的城堡前留给我的印象。那是一双渐近苍老又踯躅在中年末梢深深思考着的眼睛。

保罗面孔显老。加上灰褐色又有些杂乱的头发,就有些沧桑。

偏偏他的出场又是在古老的城堡前。

12月,欧洲的天气多阴霾密布。

保罗出现时,在城堡旁边的停车场。偌大的空地上就泊着三两辆车。保罗穿着半长不短的衣服,立着衣领,站在车旁吸烟等着我们的到来(比利时建国仅160多年,遗留下来的古城堡却显得十分古老。这些军事要塞都是战争的遗迹,却保存完好)。保罗出现在古老的背景前,被罩上一层沉郁。

他属于天生面孔严肃的人。刚刚接触不大相熟,加上语言问题,不能很好地跟他交流,只好看着他面容很少含笑地与翻译谈话,包括我们一道就餐的时候。

他多次到中国。这次来已退了休,在社保上领退休金,却依然做着民间外交工作。

他带了这七八个多数退休的人员一下子来到中国西部青藏高原作山水的长途跋涉。

他理了短发,穿着宽横道的短袖衫,人显得精神。他看着我对翻译说我的面容也没有变。与我们谈话的间歇,他从衣兜中掏出烟丝和一张薄薄的卷烟纸,把烟丝均匀地撒在纸中间,细细卷起来。人的记忆就是这么神奇,也许,你已经忘记,但重新遇见一种情境和一个细节,记忆就鲜活起来。我在宾馆见到保罗卷烟,便勾起对比利时冬季的回忆。在纳穆尔省(Namur)古城堡边上,保罗在停车场停好车,吸着烟等我们。像电影中等待接头的地下工作者。谈话的中间,他就这样卷着烟。看着他这个熟悉的动作,我对他夫人讲,他在比利时接待我们,我就熟悉他这样。我用手指搓动着。她的夫人和克莱笑起来。保罗吸着烟,令我想起他身边吸烟的女人。他安排我们在纳穆尔(Namur)到布鲁塞尔(Brussels)中间的"龙庄"中餐馆就餐休憩。保罗喜欢在这里享受中餐。他介绍这是比利时颇好的一家中餐馆。他带了他的女秘书陪我们就餐。而"龙庄"确是一个幽静惬意的所在。它依湖而建,绿草葱郁。透过明亮的落地窗,望见草坪前面静静的湖水。在比利时一周多的时间,我们往返纳穆尔与布鲁塞尔之间,好几次在此就餐。每次走进"龙庄",经过门厅,向左一折就见到客厅壁炉里红红的火焰。完全中式的客厅摆着红木茶几和座椅。大家坐在茶几前拍了不少照片。"龙庄"餐室内的布置犹如自家敞亮洁净的厅室。这里没有城市中餐馆的匆促和噪声,没有食者川流不息油烟酱醋大盘菜的粗糙。这个温州青田人开的中餐馆与她和声细语的名叫青青的女主人一样温柔细致。我们访问的节奏亦休闲起来。保罗就跟我们谈着他对中国文化的认识。也许品尝这样雅致的中餐,讲述着有关中国的话题,于他是一种享受。他大约也是要让他的秘书享受这样的中餐,才特意带她来。餐尾,话题依然热烈。这时,保罗就点着了他的烟。他的秘书也点着了烟,听着我们通过翻译的交谈。秘书虽然年轻,却也有一点沧桑的感觉。可能因为她常被自己的烟熏,再加上保罗对她的烟熏,因而,保罗和她的脸上都有了青色。保罗说退休后会让她接班。谈话中,我讲到她是保罗的 The secretary(秘书),她与我交谈起来,但法语翻译说起中文常常用词陈旧,词不达意。我估计他将我们的话翻过去同样如此。他从国内出来时,一定是中文还不过关的学生。返回时,在车上,我突然想起自己说的 secretary(秘书)这个词,是不是刚才说成了 secret(秘密)?自己也含混起来,不能确定。就想起我对她说这个词时带着笑,她也有一种笑。而如果我错用了 secret,原本这句话"你是保罗的秘书"就成了"你是保罗的秘密"。玩笑大了!哈哈!但无论保罗和他的 secretary 作何想,我都只能把歉意搁在一边了。实在是 sorry。

　　这次见到保罗,我却可以像老朋友一样跟他开玩笑了。他把他的夫人介绍给我。他夫人就是刚刚在电话里与我讲着中文替保罗联络的,个头不高,显得非常和善。沙发上还坐着克莱和保罗的小女儿。起始,我错将克莱和那个七八岁的小女孩子当成了母女俩。第二天,再在宾馆见面,见到克莱坐在沙发上吸烟。有些优雅的女人吸烟大致如她。而克莱介于成熟女性与年轻女性之间。如果显出一些成熟，就在她吸烟的熟练和散漫出的一份闲适中。他们不经意地散漫着一份文化的韵致。保罗的卷烟吸起来很快，在他沉默地望着你，或与你的交谈中，不经意间已经吸尽。克莱的吸烟，其过程却能被我们觉到。无备当中，忽然看见他们吸起烟来，我们略略地总有点儿从不适应到适应。这似乎是我们对他们的文化的一个适应过程。

晚上吃饭，保罗对我说，其实克莱才是他们队伍中最重要的人，她为欧洲一些重要的旅游杂志撰稿介绍中国。我说，我已经把克莱看作你们当中重要的一员了。席罢，我送他们礼物时，给了克莱一个惊喜。她没想到我们也送她一份礼物。她说回去后把这次写的文章翻译成英文寄来。

当时出去时的团长开着保罗的玩笑说，下次我们再去，希望你正好不在，你夫人单独接待我们。保罗的夫人和我们都笑起来。翻译把话递给保罗。他耸着肩膀，一本正经地低下眼睛，看着满桌子的菜，用筷子指着说，我在吃菜，我没有听见，我什么都不知道。我们都笑起来，他也颤抖着肩笑起来。

保罗一行到西宁当天下午，去宾馆看他。团里的其他人大白天地都睡了。他们睡在时差中。

到访比利时的人都为保罗提供了了解中国的机会。他卷烟时，有时抬起头来，用一双交流的眼睛看着你。当你由于语言问题不能跟他很好地交流时，看着他与别人探讨着什么，你甚至会有陌生之感。而保罗与我们交流当中总有很多思考与人探讨、求解。语言难通时，保罗就看着我。也许这是他对我们交流的尊重。对我这样的半拉子英语似通非通时,交流的障碍也许让我们同时着急。这时,微笑成了最好的语言,不是吗?在电梯口,在路上,与老外相遇示好,无声而又方便的问候便是微笑(这时,也才会发自内心地为人类是唯一会微笑的动物而自叹其妙)。而我与保罗的重逢,欲语又止,久别要说的话题其实很多。我就在保罗的眼睛中读出很多他期盼我应当知道的他的心意。

好在他夫人在语言上给我们帮了忙。她在南京学过三年中医,现仍在比利时行医。保罗作为一个退休人士外出旅行等等方面资费不够时会说"有我太太",接着就耸耸肩膀。我们经常为彼此的幽默而笑。我想问他:你也是靠太太养家的人吗?

喜爱中国的人一般都有一位会讲中文的伴侣。这也成了一个特点。有所热爱,也便在语言上寻了通途。

保罗曾40多次到中国。但他不会说中文。他的太太伊莎贝拉——保罗说她同英国女王伊丽莎白二世同名,在团里不被宣布地承担了第二翻译的任务。

塔尔寺。细雨为宗喀巴的故乡增添了一丝江南的温柔。湟水河畔的莲花山包裹着寺院红墙和巍峨的山门。我对参观的保罗和他的同伴说,细雨会为你们带来好运!

塔尔寺在细雨里听着他们的语言。翻译把英语说给保罗和伊莎贝拉,他们再说成法语,讲给同伴听。他们用目光很仔细地触摸着寺院。

中午，在餐桌上，关于文化的话题成了他们餐前的一道热菜。他们在塔尔寺记住了一餐别具青海风味的中餐。

我提到了在比利时去纳穆尔（Namur）途中的"龙庄"。保罗说，这里的中餐更好一些。我报之以笑。"龙庄"的中餐在我的记忆中，仍是色香味俱佳。那里的幽静，青青一家以及那些旅居抑或定居的人们在安静或是喧嚷中的生计都成为我们旅程中难忘之一瞥。

此刻，保罗一行在莲花山中的停驻犹如我在彼国时的旅程。

（附记：保罗去西藏很久还没有结束他的行程回国。后来，在比利时的导游 C 先生打来电话说，保罗西藏之旅结束后，返回北京，在京做手术，是脑子的手术。他这次来也是为了治病。他的面孔浮现在眼前，那凝望的眼神里没有写出他的脑疾。）

2003 年

圆

运动场也是一个圆周。适应跑道,它是一个相对的扁圆,但本身规则,如讲规则的竞技。

我们的聊天是圆的。有一个中心。无疑是你。

同学约了,我们两人骑了车,一路愉快聊着到了你家。是傍晚的饭后。气氛颇好。你的父母妹妹没有刻意的和谐的气氛让我们也轻松起来。

我做着旁听者。

这一次去聊天,你和X都轻松无比,意兴舒畅。等开学,你们就要走进自己中意的大学校园。

我和X去火车站专门为你送行。有没有别人送你不记得了。你的父母在。你母亲在站台上问X啥时候走,X送别你后也将奔赴西北的学校如愿做一名军人了。我也会到这样热闹的车站送别。

学校运动场因为你的播报有了独特的质量。无疑,每年校园运动场都是你的舞台,估计也是你自己期盼的节日。熟悉的运动员进行曲里是熟悉的你的声音。你太喜欢自己经过训练的标准的声音了。聊天时,你用酷似的声音自然不矫饰地"配音"让很多人喷饭。银幕上的你的声音为一代人所熟悉。

用这样的声音从高原进入播音艺术最高学府的唯你一人,且分配到高原古城的招生指标也只一名。

我们熟悉。在你家的三人聊天甚至像一个小沙龙。你无疑是自己闺房兼作会客厅里的小主人。谈兴是共同的话题。聊天的节奏主题握在你的手上。你已有了这样于你在那个年纪纯青的艺术。

我们又迅速地陌生。不知你与我的那位同学也如此?我们都走进了自己的婚姻。青春给单身生活赋予的时间实际并不多。青春的时光一年可顶十年。我们总以为时光很长。

你回来。同学也回来了。年轻可以不再见面。不像这次30多年后忽然收到你的信息。此时,你已在很远的地方。这样的联系不因为怀旧。也许是多少年陌生中依然会有的对年轻时光的记忆。

早已不再用声音工作的你放下了自己曾经的执着。曾经,你或者我们熟悉的你都会觉得你会永久为自己的声音而生活。这个声音是永久的,不曾想过会放下。年轻时我们的理念如此。

声音赋予你成熟。这样标准的声音属于成熟的人。那时,你太符合标准的"播音腔"了。回来,你立马也成了电台年轻人中的"一姐"(其时尚无这个时髦词)。收音机前有你的"粉丝"。尽管电视方兴未艾。你在播音的话筒前吸引了迷恋声音的听众。一次,你和几个同事到了一众聚会的场合,在同行的招呼里能感到你的受捧。你穿了一双红靴子,似乎羽绒衣也是红色的。知道你不是招摇之人。但在同行和喜欢的听众眼里,你有自己的星光。声音也会这样让自己闪烁光亮。多年前,我们在你家里小小聚谈,你也是这样受捧的。你父母温和地接待,对我们的聚谈不打扰。

每日,播音室里,你似用声音走过了高原。话语里的高原,牧人的生活,沟沟壑壑里那些矿山的寻勘探求,还有像你父亲那样企业的破产改革(听说,后来你父亲、弟弟都离开了高原)。你也和同行去帐房草滩高原水库深山林场。难得的采风体验。你稳操声线,少了些许在学校操场上时的昂扬,多了一些轻柔和润,专业,亦为经历。

你为自己的声音成熟。不意中在火车上偶遇你。你揣了调令,有自己的小妹妹陪伴。我们谈的不多,应承的话语了了。到了北京站,我们告别。你留在高原的声音从此在更大的平台于"夜话"节目中娓娓传送到更多听众的耳际。

有一些声音会渐渐湮没。有一些受众会变少。偶尔在夜色里听到你熟悉的声音。少去的声音也许因为人们听到更多新的图像并茂的声音而少了对它的专注。

你会跑出自己的声音和自己的圆。

在这次同样偶遇的声音的联络中,经年,你在话语里的信息大大多于那次火车上的无话。但生活的经历轨迹仅在几句话里。

我想说什么呢?生活的远近变得与我们在哪个城市似乎关系不大了。就像你能撂下自己的声音。激情理想骄傲青春攒

辑二 青稞的守护 | 107

足了劲儿,你用声音在自己生命的圆里奔跑收获,当你离开它时,生活里有了另外一个圆心。

电话里听到你放下了声音的生活中的平衡。

我们跑着自己的圆。

要让自己的圆心闪闪发光。

2022.7.13

潮湿·告别

潮湿的冬天在火车上遇见了同学。上车时见她就把手缩袖筒里。她的小妹妹拿着行李，她冷得也没把手伸出来。小妹妹在她的带领下也进京了，和姐姐一样上大学。她揣一纸调令进京呢。从北京毕业回来在古城工作若干年如愿调入北京。

在火车上说着话，她脸上纹丝不动地平常。不像高考前上学时，有时我陪了同学在她家里她那样能说。工作的几年不常遇见，同学生疏着。原本拽了我去看她的同学跟她也少联络。

在火车上不意遇见，话不多。没有刚上大学离开古城到车站送她的热烈。她父母在站台上，全家人兴高采烈。没有她工作时在一个聚会上遇见的矜持。她有点儿众星捧月。她一来就是台里的骨干了。年龄大的先后退休，她来了正好接上。去上学时她也笃定是回来的。

个儿挺高的男主播和她作舞伴，随着另外的人从座位上被邀请到了场中。男主播个头有点高，她也不妨轻缓舞步。细心人看她穿一双红靴子，在大家单调的氛围里显得有点扎眼。她和搭伴跳舞的人身高上不协调，那双红靴子虽挪动得沉稳，但容易晃进人们眼里。如是以前,另一位同学来了,我们还去她家里开心聊天,倒是可以拿来开玩笑打趣一下。

出北京站,冬天的寒冷带着潮气。还是妹妹拿行李,她依然把手笼进袖筒。小妹妹立在她的身边和当年旁听我们在她家里说话聊天一样,用明亮的眼睛看着她跟我话别。小姑娘已然长大,对我们普通而淡淡的告别没有了那时听着大哥哥姐姐说话时的好奇,跟在她的身后往路旁来接的车走去。

在会议宾馆住宿的房间里,一直在耳旁咝咝响着的暖气似乎铆足了劲要祛除初冬的冷。潮湿和湿润同时出现的感觉润泽着从高原来的习惯了的干爽。身上的衣装多了柔软,常年在高原干燥的空气中紧致的皮肤变得润滑,走在胡同里,风也夹着一股潮气使人呼吸舒爽,于是就有了些许释然。

在屋子加劲的暖气声里,我感受着潮润,坐在桌前赶写一篇文稿。离了高原,乍到,慢慢地感到在这潮湿中氧分子也被淋湿了,饱满地湿润着口鼻和脸颊,身心松弛和释然。胡同里进出的行人不多,潮湿包裹了厚厚的冬装,似乎增加了脚下的分量,又卸去了高原上无形的负重。气息潮润这样被感觉着布满周边。潮湿的空气带着记忆融进了稿子,好像专意让我记住它。老舍先生《济南的冬天》写了不同于他熟悉的北京的记忆,那也是与他生活的记忆相连的。

潮湿的空气为同学把一路上的冷气瑟缩舒散开去。她也不再把手缩进袖筒了,而是张扬着柔和的笑容进入工作状态,开始新的生活……

会上的同伴儿趁兴约了返程前的周末去一趟西山。高原汉子登山的情结在这样潮冷的天气萌发出不一样的雅兴。

——山里空气好,冷点儿怕啥!有咱那儿冷吗?!

——不一样啊!这儿潮乎乎的!不像咱那儿,虽然风吹得冷,但干燥啊!进了屋子就暖和了。这儿屋里也潮乎乎的!

——你还怕这儿冷啊!到了济南不和这儿一样!你还没去南方呢!冬天更够你受的!

——真不够意思!

同伴儿脸上荡开笑容,和他在球场上一队人马赢得比分会心一笑相互击掌一样。

凑趣儿的巧合!这一程遇见两个先后离开高原"下山"的!高原的冬季跟他们说再见了。

真是当下满大街正唱红的歌儿——"大约在冬季"!

——大约在冬季!敢情他们虽不相识,但是蓄谋已久的?!

说着玩笑,趁他好兴致,便不计这样的潮冷去西山。

山林葳蕤,冷澈清新,初冬之爽!微风在山谷里减去一点儿潮寒,空气澄澈,更添宁静。

走进黄叶村,遇见曹雪芹。

仿佛写照他创作《红楼梦》时的贫寒,走进几幢屋宇,门扉悄然,蓬瓦罩屋,柴篱围墙,虽非萧索,静带寂寒。门内人引进屋里语气简素讲说若干年前在现场发现的雪芹题诗壁和专家的考证，为正看热播电视剧的访客补益了知识，也添加了兴趣。曹公的家世变迁，其个人命运多舛的经历，后半生在这里的创作和生活，让我们在寒潮时节对黄叶村的走访印入脑海。

屋里有一本薄薄的《曹雪芹在西山》，讲述他在这里的生活和创作，浅绿色的封皮，上面用淡淡的白色浅浅勾画门廊台阶和根叶繁茂的大槐树，既描画了实景，又和着我们在这个季节来的清冷。

冬天的山谷少了热闹喧嚣，让到访的聆听显得安静和沉思。

诗壁发现的惊奇让这屋宇显出不凡，也让读者听着曹公身世考证多了几分想象。在"碧水青山曲径遐，薜萝门巷足烟霞""寂寞西郊人到罕，有谁曳杖过烟林"及"庐结西郊别样幽"的写作中，这里没有曹公熟悉的车马喧嚷和家小聚合的热闹，有的是"都云作者痴，谁解其中意"的孤独痴情而甘愿"披阅十载，增删五次"。

"燕市哭歌悲遇合，秦淮写梦忆繁华。"

秋之黄叶冬之清寂繁华易逝，春来又是不同天地。兴盛衰落，离散聚合在这儿的山水林壑中触景生情回味构思而更多况味。

下山路上同伴儿若有所思，似忘了来时的高兴话题。

我想，他离别高原的心情一时在这潮冷新鲜的空气里被眼下的景致感染着。

2022.10.30

达尔文雀（Coerebini）与加拉帕戈斯群岛的咖啡

天涯海角。

高峻的山脉，安第斯（Andes）。

圣地亚哥(San Diago)。由你居室的阳台就可看到它横亘的壮阔雄伟。

暖阳，下午时分，阳光在山脉上照射着金黄，又投射到阳台。

——仿佛遥远的乡愁，陌生的熟悉。

像极了青藏高原我们家乡的山色与下午阳光温暖照射的时分。

高原哪里？

——被称作"夏都"的省会？河湟故里金光闪闪流淌着的湟水；故郡西海在青草间镀上暖色的夏日阳光。

阳光耀目。阳台小憩。宁静的时光。广阔安详的安第斯山脉为我们所注视。

比高，青藏高原盛名令世人皆仰。而安第斯山纵贯南美洲大陆。扑面而来的人类历史因山之高和季候想象让我们似乎变得熟悉。

在厄瓜多尔（Ecuador）首都基多（Quito）一下飞机，迎接的 X 女士在检票口热情招呼我们的名字。事先，她做好了"功课"，包括行程。

我们又转机到主要目的地——加拉帕戈斯群岛（Galapagos）。

年轻的达尔文 (Darwin) 从剑桥大学毕业不久，乘船考察。1835 年 9 月 17 日至 10 月 8 日，在加拉帕戈斯岛为人发现后的三百年，"小猎犬号"英国海军测量船搭载着他登岛开始了自己的研究和发现。

今天，地球上人对生存空间的认识和发现已几无"盲角"，加拉帕戈斯群岛因达尔文当年发现和其后"进化论"横空出世而驰名。

可以说，加拉帕戈斯群岛因达尔文生物进化发现而驰名并受到更好保护。达尔文在这里的发现，"为他 1859 年发表的《物竞天择的物种起源》一书提供了原动力和信心，他的著作使加拉帕戈斯群岛成为生物学专家和爱好者必去的'圣地'"。

人们慕名为达尔文的发现而来，且沉浸于这样独特的旅游体验中。

那应当是好奇地球上这样"遗世独存"的独立生态系统。

作为被公布的世界首批自然遗产，"人类自然财产保护区""人类文化与自然遗产保护区""生物进化活博物馆"之誉使它成为人类"独特的活的生物进化博物馆和陈列室"。

岛上生物独享孤独,"不被打扰"。

19个火山岛组成,从南美大陆延入太平洋,约1000公里,700多种地面动物,80多种鸟类和许多昆虫,其中以巨龟和大蜥蜴(史前爬行类动物"海鬣蜥")闻名世界。虽地处赤道,因受秘鲁寒流影响,热带和寒带动物共存。

现存一些不寻常的动物物种,如陆生鬣蜥、巨龟、鹕、反舌鸟、火烈鸟和多种类型的雀类。海狮、海豹、信天翁、企鹅等寒带动物亦常在海边出现。被称为"世界最大的自然博物馆"。

——村上春树记述,"科隆群岛(加岛又称)有一种稀有的美洲鬣蜥,能潜入海水中吃海藻。听说这些家伙可以持续一小时不呼吸,通过降低体温、停止血液流动等方式,滞留于大海。美洲鬣蜥是草食性动物,但它们之中的一部分曾经在没有植物的岛上生存,于是进化出了这种能力。达尔文对这种'海洋美洲鬣蜥'的研究,成了支撑其'进化论'的例证之一","证明这些家伙能在海中潜水一小时的人也是达尔文"。

岛上最负盛名的"达尔文雀"(coerebini,亦称"加拉帕戈斯地雀")好像应了X女士与胡安(Juan)的热情。我们在房间刚安顿好,一出门,即在门前的花园前看到它毫不陌生地跳跃飞翔,始终不曾飞出视野。

它是这儿的主人呢!且曾与达尔文无比亲昵,并成就了达尔文在这里的惊人事业。

此鸟唯安驻此岛。勿言其娇弱,它对环境的挑剔优选和适应,在小小雀跃和鸟喙啄食中竟承载了"物竞天择,适者生存"的大道。达尔文对生物进化的发现和启示由它而来。

它跳跃的轻巧,身姿的美丽,黑色靓柔的"衣裙",红色或淡黄色的鸟喙不由人青睐它!

"达尔文地雀"(coerebini)!

达尔文观察所见为土褐色,亦称"仙人掌地雀"。今天跃入我们眼前跳跃自如、安宁而欢喜的"达尔文雀"着黑色。

X女士"点睛"的介绍,生动着我们的生态之行。

海狮湾岛。在遍布白花花粪迹大石上"蜗居"不动的大鸟们、鸥鹭们,在太平洋的风浪与宁静中栖守家园,岁月静好。

海狮们作为这一岛上的"庞然大物"独享着东部海岸湾流的安静。与我们住宿的象龟(Giant Tortoise)岛似漫步热带田园乡村一路领略象龟家园的感受自是不同。

加拉帕戈斯,西班牙语,意为"巨龟"。可惜的是象龟作为现存体形最大的陆龟之一,被发现初期约有25万只,到1970年数量已骤减至3000只。目前,象龟亚种由最初的15个减少至10个。

"加拉帕戈斯群岛是一个迷失在太平洋的史前世界。"

海狮把粗壮的身体游挪到湾流栖息的领地,似乎亦为我们在无声的访问中感受些许声音。

除此,人迹罕至,无人声的喧闹是这岛的安然。

岛上的"原住民"在我们走访的线路上不惊不扰。亿万年来，太平洋的风浪亦未曾带给他们惊惧。

达尔文的访问所以被吸引，大约在于它一直未曾被发现，"遗世独处"，与世隔绝。

岛上生物及物种不曾与遥远的陆地交流，天然自成，物种独立进化，丰富独特，于达尔文考察与发现的意义不言而喻。

达尔文的发现与其后的学说震惊世人。他的环球航行和在岛上历时五周的考察，亦使我想到"鲁滨逊"的漂流。

真正身在无人的岛上，空旷的寂静有时让你倍感了无生机的压抑。完全动物的世界，无人声的寂静，其偶入耳际的鸣叫亦十分寂然。

不能带走岛上的一粒沙一颗石，未有相关保护的"通行证"一步都不可踏入。

岛上"达尔文研究所"其研究的形制均十分严谨。曾经，在掠食和疯狂剥夺的"天堂"，巨鲸几乎绝迹，象龟曾被百只千只驮运拉走及品种减少。"人类涉足加拉帕戈斯群岛后，那些不知人类险恶的动物或供人取乐，或葬身人腹。19世纪之后，捕鲸船更纷沓而至……鲸鱼已近绝迹。1865年之后，再无捕鲸船前来。"

达尔文（Darwin）航海日记中写道：今天"完全以龟肉为食，胸甲带肉烤食，像高乔人烤带皮肉一样，滋味颇佳；小龟做汤甚鲜美"……

村上春树亦在文字中为达尔文对美洲鬣蜥潜水时间的试验叹息，"科学难免有不人道的一面"。

我们回到岛上,立时鸟语花香,田园妩媚。驻地在岛上的一个坡地,前后几为高大的热带植物遮挡。空隙处,眼界一宽,"面朝大海,春暖花开",澎湃的太平洋海面即舒展于眼前。

因不识"水性",在这大海上,我们亦稍留下一点遗憾,未尝试潜海一泳一乐。我们还是缺乏了达尔文的勇气。看着同船的几个人有备而来,船开到看见"海狮岛"还有一程距离处即降速。他们换上全套泳衣,有的戴上潜水镜由小艇接应便下到海里,在壮阔的太平洋里成为我们几位船上人眼中的浮游者。身上绑着彩色的气球。游向海岛的距离似乎不可丈量,游程漫漫,安静的海面有时听到他们的语声。交流,匀速,等待,一同向海岛目的地游去。

潜海,这里也是全球最好的地方。

离开小岛,我们在出入园地方买了咖啡豆和咖啡粉,袋上是加拉帕戈斯岛的标记,印着巨龟图标。

十分干净的园厅前排着几个巨大的陆龟壳,既是加拉帕戈斯群岛的标志象征,亦为旅游的招牌。有几个游客先后俯身在大大的陆龟壳里拍照。壳内可并排容纳四五个人。

在家冲泡带回的咖啡,小小的深褐色签着点绿色的纸袋成为回忆这趟遥远旅程的媒介。

咖啡清香似乎传达着它的特质。有机,纯净,稀有。从未杂交过的种子,独一。肥沃的火山岩土壤,清纯的淡水、湖泊、溪流，强烈的赤道阳光及海平面与岛上海拔高程形成急剧的温度变化，使之珍稀。

天然稀有，何止于我们带回的咖啡呢！

回到厄瓜多尔首都基多，虽亦身在高原，因靠近赤道，四季如春，气候宜人。陪同我们的 X 女士和胡安对这里情有独钟。她还准备卖掉在圣地亚哥的房子来这里。这里的气候可能像她的家乡昆明。基多被誉为全球十佳春城中的代表。

从北半球到南半球，在南太平洋南美大陆西海岸，从高原到高原，在高峻的山地之国，因高原我们亦多了亲切感。想来 X 女士亦有这样的情愫。

我们在基多的晚餐，X 女士特意安排了一个观景餐厅。

这里闹市区的高地建筑似乎价格更高。山丘高处可居高临下一览美景。

基多之夜，万家灯火呈现在眼前。

餐厅很像我们在高原上的餐吧。在青藏高原走进每一个山谷河川，都有这样别具风情的餐吧和饮食。只是这里是西餐，兼具南美特色。

窗外，灯光高高低低沿山脊谷地排列，闪亮得十分好看，像布置着一种节日气氛。

市里的一位议员和我们一道餐叙。胡安和 X 女士为"中拉联盟"做了很多工作。

辑二　青稞的守护　｜　119

在圣地亚哥，我们结束访问回国前的最后一站，X女士在家里为我们饯行。

在"天涯之国"，又是高原之城的智利首都，城市里的阳光，让我们觉到熟悉的干爽，尽管它地处赤道，全年享受直射阳光的热烈，干燥的气候中带了潮润，不似青藏高原般那么干燥严酷。

"熟悉"的山，在高原人眼中。排列的山貌形状犹如我们生长的高原城市夏都。

黄昏，傍晚，胡安在阳台的烤炉上烤好了肉和海鲜。

晚餐伴随来自远方"乡愁"的歌声。

胡安少年即随智利国家代表团到访中国，深情中拉友好。在我们的话题和歌声里，他深情地品出"熟悉"的悠扬和音韵。他闭目感动地聆听我们这边小伙子唱"拉伊"和民歌，亦沉浸于他为我们唱的智利最负盛名的一首歌中。智利人熟悉的这首怀想略带忧郁的歌曲曾因他姑母演唱而驰名……

2022.11.8

对　岸

我与Z老师住得近了。他就在对岸。

与他约了去游泳。一直也没去。

对岸在我眼里成了一个沉默的所在。

当时大学毕业由外地回来,相见之下,他把我留在了这个单位。

他在我眼里显得深沉。其实在单位他本话语不多。但他又并不沉默,也不惜字如金,说话办事一板一眼透出严谨,又不让人觉得刻板。也许他的灵活就在这样的板正中。

当时,他30多岁,看着比我大不了多少。少言,性格稳当得严丝合缝,同时又不"老气"(现在想来是没有他在那个工作上易生的世故)。

这些莘莘学子说着北方人当时听来拗口的普通话,但对他十分信赖。他说其中我起了"纽带"作用,因我们是同学,大家的诉求得到了关照。其实是他关照了我们。那些远离了南国来到高原的一众学子诚惶诚恐心怀热望还要抑制远离家乡好地方好气候的心结，平复心中多种失落盼望离别孤单的心情。

谁让我们有这样的好青春好年华！初次遇见这样的选择来高原奔波生活恋爱成家！这些一股脑儿地到了眼前！来了，在高原和生活的大门口，先得细缕了心情办好眼前事。

他在众学子眼里是不动声色办大事的人！那几年，他就这样接待分配了各地上高原的大学生。

后来的"孔雀东南飞"大多因为先来了这些"孔雀"，又带走了高原的很多"凤凰"。高原有如此各路人马滚滚而来的盛况得益于开发建设的吸引力。

像他一样，我属于"回乡"。我也成了接待大家的人。可能他因此将我留下了。

在贺兰山下从军挖过战壕，又当文艺兵演过样板戏、跳过芭蕾舞。工作后赶上恢复高考上大学。这些际遇也让他接手这些新来学子时波澜不惊心中有数。

所以大家看不出他的年龄和深浅。直到多少年后，相识的同事说到当年从胶东半岛志愿来高原遇见的第一人是他。为找所学对口的工作，Z老师给他安排满意了去报到。听这样言说的至今还有留在高原的。一如当年先后纷纷又回乡的也要到他这儿来办手续，慎重研究了，他和单位放行开"绿灯"。

我跟着他一道工作了三年多。期间先后去盐湖、油田、矿山。在远离省城数百几千公里的地方见到他大学的校友。

在盐湖的晚霞中走来的女生，湖光水色中映射着光影的美好，衬托着她走动的剪影。只要在盐湖待得住就能出成绩。盐湖的外文翻译和接待由她承担着。油田的另一位校友，见面前，招呼着的人已经介绍了他的成绩。圆实的脸膛，皮肤有点儿黑，江苏人，"青二代"，也是"油二代"。西部阳光灼晒的热情为他的肤色增光，质朴浑厚。后来他成了油田作家，狠挖写作"富矿"，产量颇丰。

他们和 Z 老师一样有一份沉稳和踏实。话语不多，没有熟悉奔放的热情，工作一丝不苟，还透着大学毕业的矜持。也许他们有一样的性情？

很多年之后，Z 老师打电话说他妹妹来草原看看，问我到了当地可否有个向导引领一下。才知她从内地来不是观光，而是"返乡"以解乡愁，海拔 4000 多米的草原腹地是她的出生地。他父亲当年从部队来高原扎根草原，妹妹出生于此。她在内地生活多年，对出生地魂牵梦萦，多年未上高原，来了一定"回家"看看！我来草原工作很少见到 Z 老师，他打电话说这样一件"家事"也是唯一一次，并使我意外。在高原的我们这一代都有父辈的故事。意外的是与 Z 老师竟还有草原的缘分！

"地窝子"这些原址都在，草长得很高。草原上的那些故事都在清洌的风里。空气的洁净透射着当年的记忆。

他在生活和工作中从来不是吵吵嚷嚷的人。所以，常常沉默着。就像他住在对岸，跨过这一条日夜不息奔流的湟水河就能见面叙旧聊天，何况，河上有方便又好看的桥。但 Z 老师似乎喜欢就这样默然独享生活。心中激情如家园前的湟水自由舒畅。

　　沉默如岸。

2023.8.26

小　桥

原是一个农村的大队(村)，叫"小桥"。小桥扩张生色起来，是在河边山前新建了院落，安置了四面八方各单位来的人家。

这里也算城郊，河对岸就是小桥大队。

为何叫了"小桥"，大约离不开桥。记得这里出大院走一段路有一座木桥往东连着大路。大路在地图上名"宁张公路"，在过去清简的日月是人们去张掖拉蔬菜的地方。也是大货车常年特别是冬季跑着的一条热闹的路。

这里的人们自有生活的热闹。和桥东南城里居住的人们一样，口音天南地北，相互间自有熟悉和亲切。人们也见多识广。跑车的，搞建筑的，在市场里当营业员的，一应这个城市开始建设中需要的工匠都聚了来。

小孩子眼里的大人都了不起。王凯大哥30来岁，已是建筑公司有名的几级工匠，且子承父业。他的父亲是八级木工，带着全家随建筑公司从大连迁来。他是家里的长子，英俊爽朗。每天下班骑着自行车进了巷道，在一见他来跟着嬉笑的孩子们中间穿过，跷着腿作惊叫状，口中说着一句电影里鬼子坏蛋的口头禅，孩子们手持木刀木枪一路跟着跑，看他秀车技。他新婚的妻子小G姐都会笑迎在家门口，且数落着他。

他家里床底下还有一箱子好书呢！

夜夜广播里连播小说《矿山风云》，小主人公黑子的故事吸引着他。他央了母亲晚饭后去王凯大哥家借书。他笑容温和，没有了白日的俏皮，和小G姐弯身从床下拖出装着书的箱子来，让第一次要看小说的孩子挑拣。

一样护爱着他的还有房后的Z婶。如按她家乡上海或江苏方言，当称"婶娘"。她随和周边人的口音，带一些山东话的称谓，算是入乡随俗，她周边北方人多些。她身边的孩子们熟悉了她略带江苏口音的上海话，和父母亲的北方话一样亲切。话说她从上海来。跟着Z叔。Z叔是江苏人，憨厚，朴实又文雅，话不多，和王凯大哥的声张俏皮热闹不同，他每天下班都是从大院宽宽的道上推着自行车拐进自家巷道的，默默地，安详地。他在建筑公司也是有名的大木工。他方正的脸膛上宽眉大眼，有时饭间父亲盛邀他到屋里一同小酌，清淡岁月里的酒也清醇。大约是青稞酒或竹叶青"杏花村"之类，瓶子都是里外透明的玻璃瓶，酒看得清澈。他话不多，对父亲玩笑的话语常温厚一笑。

他还在上班的年纪就去世了。房前屋后的邻居大婶和姨们拉拽着悲痛欲绝的Z婶，她激烈地把头撞到墙上去，被身旁的人围着劝慰。她们都是和她同在一起干活的人，算是"工友"，也是邻居。大家都一起住在这个大院。这让孩子的记忆里浮现出小人书里祥林嫂撞头的情景。

她慈祥,话语温和。她额上褶皱深密,像她南方家乡细密的河汊,仿佛映照着她一路走来平凡又不寻常的生活之路。她和院里同伴的大婶干的是在风里雨里顶着风吹日晒拉架子车"运输"的活儿。人力作为机械运输的补充是那时最不惜力的劳动。她们有一张"社会闲散劳动力"的白皮对折的小"证书"作为劳动用工的补充。有一份出力的活,也是家属跟了来西北的生计。看运气,有的有点儿关系的成了"固定工"(正式工)。有时,在路上遇见她拉车,总看到她额头上的汗和搭在脖子上的白毛巾。她总会放慢脚步露出慈祥的笑容跟孩子招呼。后面跟着的大婶便双脚顶住地面"刹车",放慢"车速",她们作伴儿在风里雨里。

一天下来,她们拉着空车回院里,空荡荡的车上消释了重负和吃力,回了家她们就缓缓气放下了累。她把从原来家里出来时个人生活的遭际都丢给了从前。她带着孩子和Z叔日子和美。他们宝贝着自己的女儿。女儿是大院最好看的女孩儿,上了中学,学校演出她扮喜儿。有个别胆大调皮的男孩子找她,她一脸正气不理不睬,端庄"高冷"。她的二哥画画儿,也让房前的孩子们见识了他的画工和技艺。一张大大的有点儿厚重的白纸贴在墙上画出了小方格,身背钢枪手牵骏马的女民兵按比例一笔一画在那些方格中渐渐清晰。

孩子在Z婶家玩耍,一天天看着他宏伟的"工程"竣工。身边有小孩子看着,他仰头在画作上的神情和画笔愈认真,全没了傍晚几个孩子在院前围着看他学《半夜鸡叫》木偶电影"周扒皮"的滑稽和听他讲鬼故事的吓人。

孩子的母亲常在晚饭后带他去Z婶家。Z婶和母亲一样疼爱他。孩子冬天参加学校在区里的演出，Z婶为帮着烤干洗过的海军衫，围在自家的锯末炉前守了大半夜，不停翻转着那件孩子执意要穿的演出服。孩子的母亲住进了医院。夜半，父亲从西山根下很远的医院骑车回来，Z婶常常在房前孩子父亲拍着孩子的窗户呼唤他的声响中醒来，披衣走出自家的屋子来到窗前一起呼唤，把他从如深如幻的睡梦中叫醒。

夜，童年的梦境难以醒来。

对岸山上的夜往往清亮。星光照见山野，照见农家，也照见河岸这边大院里的人家。只是依山的农舍不像这边一排排地齐整，在山坡上高高低低错落着，也就有了些诗画乡趣。

一条清亮的河从山弯中流淌下来，河里小虾小鱼常被孩子们捞住。小鱼儿是高原上的孩子最熟悉的石板鱼。在清亮可见的水中喜栖平滑的石上，细窄的身上长着虎皮花斑，鱼尾轻摆，游得欢实神速，也是捞它的那些孩子们最欢喜的"狩猎"。

山坡上农家的孩子一般不会下来参与这边的"捕捞"。这样的童趣也许他们在山里水的上游独享过，又不被夸张的热闹打扰，安静。

他们的热闹在过年。山坡上平日里宁静，农家院落之间的往来也不显热络，大多扛着锹锄进出大门，有的拉着车，少的有手扶拖拉机，这边院子里大些的孩子叫它"弹弓叉"。在小孩子眼里，驾驶它的农人得好把式，他们觉得它有野性呢！那得用多大劲握把啊！只要听得山坡上"突突突"地发动了，看见它不是往下山的柏油路去城里的街上拉运，就是开进蹚土没脚的山路去了田间。

贴红是最美的风俗年画。农家有的岸这边大院里的人家没有。过年的时候，母亲有两次领孩子去他们家里。清亮亮的小河结了冰，母亲应当是领着走过了冰面。水流时，虽两岸相望，得绕行。河面不宽，岸高，两面走动须到院东路口跨过那座小小的水泥板桥，沿山坡走上去。

每家院子的大门两侧贴上了对联，门板上对称贴着门神，成了河这面孩子眼里的神奇。这边大院都不兴，也少见。平日谁家要用点红纸可能还得到邻居家寻。农家门上和家里的大红纸格外暖色耀眼，平日寻常的庄廓院子一下子亮堂起来！

进院，屋舍中堂总有一个漆着绿边的大红面柜，面柜上放着细心盖了绣花帕子的茶盘，红的粉的手工的花束插在瓶里，墙上贴着穿红肚兜骑在金色鲤鱼身上的胖娃娃，面色粉白透红，也像极了农家在地上跑的娃娃！

绿色的香豆和红粬姜黄着色调香蒸出的大"月饼"和花卷馒头是青海农家的特色，就像母亲们为自家爱美的女孩子把"海娜"叶捣碎了汁液包红指甲，他们传承着美。距离城里后来的女子们纷纷美甲，乡村里的女子们早美了多少年呢！

乡土里的美富余着生活和精神。庄廓院里非商品化的美幸免被"割尾巴"。美朴质地保留着。

夏天，庄廓里都有一小垄地里开着牡丹和月季，还有茎秆纤长清濯如莲的秋英（也叫"波斯菊"）开着红色粉色黄色的花儿，花瓣舒畅。这在大院人家的眼里则是农家遮在院墙里的艳丽。红杏开墙内，鲜妍自芬芳。非进去院里似不可见，厚厚的黄土夯筑的院墙遮挡在了里面。

亦如西北那时的气候，冬天，人们无疑要包裹在厚重的棉袄里，农家的生活也只务劳着一亩三分地。

河这边的生活与对岸相隔着。母亲与他们怎样相识的，已不记得，庄廓院年节上的喜庆却别样地新奇。

河那边的孩子相隔着看见这边孩子的折腾。他们在夏天的日头里几个人挤进汽车驾驶室，把衣服搭在支撑开的前挡风玻璃上"纳凉"。这一辆百货公司的"嘎斯"车跑张掖，跑花石峡，跑茫崖，领头登上汽车的孩子的父亲风尘仆仆，却也是美食家，烧一手好菜，他在自家的院子里守着一个小小的蜂窝煤炉子烧出香喷喷的红烧肉，抓着火候炒出口味上佳的醋熘白菜，把家乡淮扬菜的味道做得赏心悦目。孩子们在他午休开回来的车上无拘无束，想象驾驶的快乐，幻想远途的美丽。和他一样午休把车开回来的还有他家邻居。孩子们在那辆小小的水泥翻斗车上一阵手摇脚动地摆弄，它瞬间滑行开，他们身手不凡纷纷跳下，眼看它滑行得愈来愈快，翻身掉下岸去。这些孩子的童年还没有武打电影，而学武术有老师，使不少家长和孩子心动。

电影院里常常爆满，两面墙上对称的风扇叶片"哗哗哗"有节奏的掀动的声音，使大家都记住了电影散场进场的节律。

它的声音轰响而富扇动的节奏。

这座影院隐在后来几经拆建又新建了大型商场的身后，很多年都在。

有人后来曾寻着看过它，也是文物了。时间久了，不知它是否保留下来，亦如有的地方修旧如旧成为记忆并可以参观了？

2023 年

你有一台收录机

孩子们在他家门前的空场地上"演出"。策划、导演、演员里有他妹妹弟弟和这几排房的孩子。节目自学校搬来，观众是各家的大人们，河对岸农家孩子也有过了那条小河来的，河岸那边站在岸上的也成了观众。众演员因观众热烈，演出自然带劲儿，一个节目接一个节目在掌声中轮换着，他妹妹做主持人。小演员忙着换装，后台是他家的院子。

演出在各家晚饭后。夏天天长，大人们围观着饶有兴味，看着自家和一个个邻居家那些小家伙。报幕开始，恍若河岸敞亮的天地间有一块丝绒幕布被徐徐拉开，孩子们在大人们笑容霭霭的观赏中全变了平日嬉耍的模样，他们认认真真像模像样地成了"演员"，郑重其事地表演。

压轴一出情景剧是《小蜜蜂与大黑熊》，表演勤劳的小蜜蜂团结一致打败偷吃蜂蜜的大黑熊的故事。大黑熊出场，音乐慢下来、低下来，以衬托剧中这个唯一大反派的笨拙贪吃不劳而获。小蜜蜂出场，不论热闹的采蜜劳动群戏还是与大黑熊正面冲突斗智斗勇的独舞,音乐都欢快跳跃明亮。排演时,他就被拉来演大黑熊。演出这晚,他在自家院前热闹的"舞台"上,动作虽不那么圆熟有点儿磕巴,但也惟妙惟肖。他没有学校演黑熊的那个孩子胖墩墩,却也找来厚大的一副手套戴在手上作熊掌,在黄昏的舞台上做着笨拙的动作,滑稽张望,贪食盗蜜,憨肆饕餮,极力夸张着剧情,使观剧的父母对孩子们报以会意的笑声……

平日,他父亲在院里做着美食和孩子们各得其乐。

他弟弟从未像他一样留过小辫儿,为此他还得了一个绰号,前排房大一点的几个孩子把看熟的样板戏里一个反角的绰号恶作剧安到他头上,用以表示对北边依山靠河不掺和他们的孩子的排斥,这样叫了来以示嘲弄以获开心。校园里演黑熊的男孩圆胖娇憨受宠,他绝无那个孩子的圆胖,后脖颈窝留住的这一溜乳发在一次次的理发中被细心保留着也是父母的宠爱。大致,像他这样留住乳发的孩子一般更多为父母疼爱。他有点儿招嫉妒,大约是他领着北边的几个孩子玩得恣意,毫不掩饰自己领着头的张扬。就像后来他去了地质队,在那里恋爱不顾忌,在别人看来好像就是狂。

在地质队像他这样前后跟队上的女孩换人谈恋爱的不多。他算外来的,在队上人异样的眼里,他这个外来户甚或有点儿"闯入"的感觉,竟吸引着他们的小妹。地质队里,这些如花儿一般的姑娘不管高低胖瘦、温柔腼腆还是大方开朗都"稀缺",是父母的掌上明珠。哪个姑娘跟谁谈恋爱了,倍受家人朋友关注。单位自内地搬迁来这祁连山下的牧场和油菜花盛开的镇上，邻里间亲如一家。他这样一个生人竟毫不收敛不知深浅地如此"耍帅"，外向，开朗，热情且张扬。

他从队上回家，给院里同伴看过在照相馆照的照片，和同龄人一样头戴时兴的军帽，中山装，风纪扣系得严整，腰上扎了皮带，一双马靴，腰间还似斜挎着一把军刀。腰身挺拔，军人般英武。他并无自诩自矜，只是讲他在地质队和那些年轻人的生活，但院里小他三两岁的同伴孩子听着新鲜。他们周边鲜有地质队人家且他是他们中间最早工作的，有时也不吝掏出钱来请他们打打牙祭。在父母亲养家按分角开支的生活中，一个孩子用积攒的元角为自己感兴趣的小工艺、小无线电、军棋、象棋、小玻璃弹球、木枪、剑、戟或糖块馋嘴作一次"奢侈"的投资都会带来不小的精神上物质刺激的愉悦。他在同伴中就更显大方。而他也从不觉显摆。

他带着自己的弟妹成长。也当着"孩子王"。前后平房的孩子们在他家院子里进进出出。他父亲开着"嘎斯"汽车，每每于午间回院里，停在唯他们这一排房河岸前得天独厚的空地上。

夏天午间，车上车下，领着三两伙伴坐进驾驶室，他别出心裁脱下外衣搭在可松开螺帽朝前打开来的风挡玻璃窗上遮住烈日，使驾驶室内生出一片荫凉和惬意。

这样的惬意和乐趣渐渐多了对成长中友情的记挂。他的良善后来被成人的生活冲击着。他自小驾辕着一匹车马，孩子们前呼后拥吃喝着，热热闹闹的，后来渐次，他一人孤单起来。

母亲依然是他的知音。他自小盼成长，那些小小的疑惑，母亲听了，说话间总能让他小小的心灵有了明镜。在家甘当家属的母亲，大约是父亲疼爱，为孩子没让她出去工作。在老家，她是村里不多的识文断字当过学生的女子。原本，在食品公司做营业员的大姨把她从老家带出来找了工作。

父亲开车，母亲在家理事，院里孩子们在他家里没有拘束。家里亲戚的走动往来像小孩子们入迷的小人书一样带着故事每日新鲜地演化着。夏天姥姥被接来了，她脚面上的裹脚布漂白得干净，笑容慈祥，后来表姐来了表弟来了，先后都找了工作，表姐在院里说了对象嫁人，表弟为找媳妇儿回了老家……分离在老家，高原又相聚，天地宽敞，心情明朗，选择了高寒和风沙，勤谨与拓荒的大人自然使孩子自小熟悉了身边的风沙雨雪、少年伙伴。

在古城新建工地上见到他，他从车上下来有点儿尴尬地冲我笑着。在翻斗车的驾驶室里还有他的妻儿。驾驶室夏天温度不低，三人挤着更热。工地一派繁忙，建着古城西门口的第一座高楼。我不意来看他，他却有点儿手足无措。他从地质队调回省城到了新建的机械施工单位，妻儿挤在车上当是喜悦，分享他的快乐。妻子还在地质队，难得与他来城里团聚。施工现场一片繁忙。为不打扰他们一家这样的团聚和分享，我在工地边上跟他简单聊了几句就告辞了。

他曾邀了我去安在城东边的家里。几样电器摆在客厅，音响体积和功率比时兴显得瘦小一圈儿，无声摆在桌上。他和妻招呼着我们，少年的机敏热络、青年的英武洒脱，在他身上都丢了踪影。他调动回来，好像多少年陌生了这个城市。妻子的招呼殷殷谦和，我们亦不去猜想他恋爱年纪在祁连山下旷原山野中曾招眼的故事。同伴里已成老板的一位在酒盏中乐呵呵数落着他的善应酬和交际，数落着自小在那河沿儿的院里长大的他的本地话比父母内地的家乡话说得更好。几位都操着古城地道本地话，他说起来无疑更地道。除却这里，他还在祁连山下好牧场的矿区摔打。

他说着感激的话，请他多关照，他去了会出力，"咱们是自小长大的哥们儿！"童年的伙伴让他去当帮手。后来，他自己又"下海"……

——我衷心地谢谢您
一番关怀和情意
如果没有你给我鼓励和勇气
我的生命将会失去意义
我们在春风里陶醉飘逸
仲夏夜里绵绵细语
聆听那秋虫它轻轻在
呢喃迎雪花飘满地
我的平凡岁月里有了一个你
显得充满活力

秋虫，呢喃，这样的绵绵词语曾在录音机的反复播放中听不出。为这几个词,我们在他家里反复倒带,最后记下也是含糊的。

　　他是院里最早有录音机的人。他用在地质队工作的工资买了这台录音机。只要喜欢,父母不反对,但这是置办大件,需一笔不小的开支。"发烧"和"发烧友"一词尚未出现和流行,邓丽君柔情"呢喃"的《北国之春》由磁带转动一遍遍从录音机中播出,轻柔的声音与旋律,生活语境中缺乏的词语意象流淌而出,使我们在高原的一个小院和屋子里听着,不由为"我的平凡岁月"和"雪花飘满地",为"显得充满活力"初入社会对生活而心动。

　　青春时光,高原雨雪交替的季节,这样的"呢喃""仲夏夜"似乎离高寒荒冷很远,甚而有些"旖旎"。他在他们一遍一遍的倒带中脸上始终挂着兄弟兼朋友的笑容,为帮着记下歌中听不来的几个词语。

　　其实自年少分开,他们也有一段时间不见了,他从地质队休假回来,另外三两人也已进了工厂,他们聚在他父母的家里,在这台大家眼热的录音机中偶遇灌进青春耳际的这个歌唱。

2023.11.15

辑二　青稞的守护　|　137

父亲的心情

父亲向来用好心情做事。家里到单位自行车单程要骑四五十分钟，回来还有大上坡。他一路骑得快。从小自行车骑得好，是他拿手的技艺，这在父亲上下班的时间里正好是他愉快心情的锻炼。

来到高原，和大家一样规铆严谨一丝不苟地上下班。工友往往不苟言笑，父亲一个轻松幽默逗笑的话语常使他们笑将起来，好在人在车间工房，笑时习惯了爽朗，不用掩口文饰，原本绷着脸的，索性放开了笑，轻松了身子和劳动。

父亲每晚餐饭都喝两杯。他年轻时就做得一手好鲁菜。看他在厨间做饭，不觉那是日常的劳役和琐屑，酱料盘盏葱屑姜末都成了艺术品和音乐声辉的交响，声势并茂手下娴熟，菜样品貌样样地道。做好饭，他收拾利索了，吃饭时愉快地端酒盅喝几杯。

邻居常来串门。饭时，不论大叔大婶，父亲总会将酒盅端到客人面前请他们喝。叔婶们都是饭后来坐坐唠唠的，一般都笑着客气推让，但知道拗不过父亲的热情和幽默，都会陪着父亲饮上几盅。有不沾酒的也得沾沾唇呷上半盅。老邻居间的和谐就这样在日子的光彩中静静汩汩地前流。

老百姓的日子在那些平凡的时光中一寸寸往前走着，就像大婶手中的针线，也像父亲自行车的轮转。

我们在这个城市长大。放学后几个伙伴骑自行车快乐地"撒欢"儿，看晚霞消逝，华灯初上。

父亲带家人去过两次塔尔寺。塔尔寺正月十五的酥油花展于20世纪80年代初恢复起来。城里人们在西门口街南边的长途汽车站排队坐车。到了那里，往往踩着地上的雪泥，虽不像现在这样人多，但也是挤在高原正月的春寒里。

由南一路往北，路两侧的景色在车的颠簸中向后掠去。父亲跟我说，什么时候回老家看看，一路的风景很好啊！

山峦青黛、江水澄碧是父亲的海外童年和少年长成后的生计奔波，壮年携家来到广阔的黑土地上生活，那些迁移驻留、生活经历都被他留在了身后。

山水画图在父亲的生活中清新着眼界，洗浴着生活的胸怀。

我曾留着一个赭褐色的硬皮笔记本，是父亲的。笔记本扉页上印着两名地质队员在野外勘察的图画。很简洁的笔触淡淡地勾勒出远山青黛。旁边是父亲用钢笔题写的一行字："祖国青山绿水是多么可爱！"笔记本是20世纪60年代的。父亲的钢笔字迹在岁月中也由深蓝变成了淡蓝。

这是父亲眼中的图画和心境。

一位我称呼"大哥"的地质队长一家住我家前楼临街，

是省地质局的一栋楼。他带队伍长年在祁连山勘探找矿。有时年节回了西宁来家里看望父亲，父亲总会做几个家乡菜，以酒相待。

在浓浓的乡音乡情中听他讲说些故事，家乡人情俚俗，单位些许趣事，酒盅里两个人浅浅的逗乐话语，在一两句乡音里就透着意趣。

餐桌前的小孩子不懂生活的智慧在父辈的笑谈里，只看见他们的幽默与风趣和一来一去的说笑。

嫂子有时带了潍坊老家的酱咸菜，这在父亲和我们家是每餐不离的口味儿，也是潍县人吃饭不离的特色。后来蚕蛹也上了家里的餐桌，这应该是20世纪90年代了。

父亲车间休息室前的一畦田地种了草花儿（又名波斯菊），是青海农家最常见的。其生长在旱地，茎秆儿纤长青绿，枝头上绽开八九瓣的粉色红色白色的花儿，花瓣儿虽不大，纤茎舒直，亭亭玉立，常在微风中轻轻摇曳，仿佛与人致意着午后和煦的时光，蝴蝶蹁跹，在高原和风中飞动着惬意。

风起了，它们摇曳以对，净洁如莲，亦不会折了茎秆。

午休，工友们敞开了衣襟，一边在工房的炉子上热饭，一边说笑。

车间里的刨花儿是香的，锯末是香的，自家带的饭菜虽简单，也可口香醇。

父亲作班组长，操作新进工艺大型带锯，画线精瞄对直稳劲走准，不出毫厘之差，屡在生产竞赛中拿第一，被报道。在别人眼里这样出大力流汗最多的活儿，父亲在操作台上精准走出行距却是乐趣，且不歇脚。

晚年父亲写字画画装裱从不休息。有一年，父亲回老家，给我带来在青岛买的一个旅游纪念品。今天看来它是那么简单。用玻璃框粘接，里面摆着几件小小的海螺壳。仿佛嗅得出大海的气味儿，听得见海浪拍岸的阵阵涛声。

那是父亲的家乡。于父亲是一个久远的回访和记忆。

童年，父母带了他和家人漂洋过海离乡远去，6岁幼龄去往异国，岁月倏忽而遥远，在父亲的记忆里，忆程如在眼前，长路如昨，又像高原对远离了的人也变得遥远一样。

摆件背景淡蓝色的衬纸上用红色印章盖了四个字"青岛纪念"。在书柜里摆了多年，红色的印迹虽已变成浅红，但依然清晰。

纪念，有时就是这样简单的模样。

2022.5.14

辑三
长江源行旅

吃搅团

秋往深去了。

这是属于土地的季节，也是一个深情的季节。

初二时去了农村，第一次和几个同学睡在一个大炕上。农人和他的儿子背回家来的麦秸秆儿的清香，变成了煨进炕洞里熏烧了的更浓的香气。农人照护好我们，特意在炕洞里多填了些麦秸，怕我们冻着。

十月，秋深进入了冷的时节。

田头荒凉中透着冷气。偶有一天打麦场上因人多而热闹。打场本是场面人多的活儿。农村这样的场地唯打麦场如此平整。金黄的麦穗儿平摊着，堆积着，扬着尘。女人的彩色头巾在浮尘中晃动着，男人的胡茬儿由黑变了灰白，随臂和铣甩动也有了节奏的扭动。人们的头脸上蒙着从粮食上抖下的浮尘，喜悦着。

秋的节律。金黄的节律。

随风扬场！

好天气加微风，秋光耀眼。眼里金晃晃的透着畅快！

农人以这样的心情把我们这样的城里来的孩子接到家里。我们几个也属于被他捡漏的。

同学临来就约好了谁和谁住。有班干部约了班干部，学习好合得来的也约了，有的老师点了去村干部家。剩了几个没约的在村头留到最后。

"还有三个学生到谁家？"村长问。

"到我家！"

——村头剩下的这个农人40来岁，胡茬有点儿密实，憨厚地笑着，扛了一个学生的行李，领上他们一块拐进巷道里去。

三个学生被他热情地领进家里。

家里笑容蔼蔼。女主人的，长子的，还有两三个小弟妹的。长子和他们年龄相仿。和他们住一个炕上，也听他们夜里说话，也和他们说话。城里来的孩子少年期往上长呢，一个早熟些的就热烈地说着身体变化，另两个参与着，长子不吭声，只听。

成长的季节在这样的记忆里呢。

秋翻和小说和聊天的记忆混在一起。挖土豆的活没让他们白来。

记住了秋天萧瑟起来的田地和天空，农家的饭食，还有嘴角泛起的癣。食物和季节在他们脸上表演呢。这也是季候里从城里来了需经历一下的小小蜕变吧。生点儿小癣也是对食物单调的调节和记忆。

菜在秋冬的农村缺少。一日三餐由土豆主打。这也是青海农村家里最好的食物。因为有它，小麦更被珍惜，麦田里的劳动更出力，打麦场的劳动如节日。

孩子们聚了来在场边跑动,麦秸垛带来许多嬉戏的乐趣。

"心疼"这个词可以指一个小孩子捂了心口被大人呵护,真切地感受身体上的难受而非平日母亲挂在口头对他表达的喜爱。

一次嬉戏中的摔跤会让他强烈地感受身体的难受。

他奔跑到豌豆场上,后面的孩子还没来得及捉住衣角,满场的豌豆已让他仰面朝天,眼前大人晃动的身影变成了空旷的天空。等被扶起来,他已号着"哎哟,哎哟,心疼着,心疼着……"

农村孩子稚嫩的童语随打麦场的劳动飞扬在记忆中。农家的勤劳叠映着孩子童年的欢乐。

他们又何尝不是这样记着农村的欢乐日子。

女主人把对家人的心疼放在了饭食上,在以土豆为主食的日子里做一顿香喷喷的豌豆面"搅团"(也叫"燃饭",豌豆面均匀撒进锅里不停搅拌稠糊粘连在一起)是一个家里颇要花些功夫的奢侈的生活改善。

豌豆面在烧热的大锅里撒进去,人要站在灶台前用筷子或小如擀面杖的光滑的棍子不停搅拌。灶下的火要烧得好,填进灶火里的麦秸秆儿晒干了水分松爽地旺着。

夫妻俩在灶房里这样忙活着,心情如燃着的火苗。小孩子帮着烧火。灶房不大,热气飘进院子和屋里。

他们从地里回来知道要吃搅团,稀奇的眼里放出光彩来。夫妻俩可心的笑容在屋里更添了暖。

摆上炕的饭桌比平日更多擦拭了几遍。

油泼辣子的碗和盛着韭辣的碗放在了桌上。

简单的日子和生活里,一碗蘸了油泼辣子和韭花儿的饭食端上手，让他们吃得喷喷香。农家也咂摸着招待城里来的学生的日子。

短时日成了家人。

老师要来家访。他在灶间叮嘱，老师来了，你咋说咋说，要说好呢。

农人拉着风箱，慢悠悠咂着烟卷儿说，我就说表现一般吧。

他们急了些，咋能这么说呢。烟头的火也不咋亮，那咋说呀？

老师来了。

班干部陪着打了手电。

巷道里是深秋的凉和寂静。屋里明亮热乎。老师与农人做完"家访"，难得和他们几个聊起来。虽有在班上时的严肃，却也拉几句家常，随手仔细翻看他的农村日记。

谈话时，农人乐呵呵地说着，好啊，这几个学生表现好啊！

——先前他们的嘱咐担心多余啊！

农人说得好啊！

……

清冷的空气，泥土和麦草的气息扑面而来。

深秋亦觉天地吐故纳新。

麦子收成后，深褐色的土地显得宽阔。

还有父亲母亲在田埂地头打量收获松番的土地，眼望来年的期盼。

2022.10.17

湖

你像一颗定盘星，任周边几经变迁，我自岿然不动，波澜轻轻在微风里为划动的桨拨动。

田边河岸杨柳松柏几经迁移，你的岸护佑身边方圆参天大树数十年在河湟古城，湟水南岸成为一片林涛，使古城的人登临岸北大墩岭最高点也能在城市上空看到你如云的一片绿色。

你还是绿和水的发祥，为数十年后兴起的绿色复制模板，在城市延伸的半径点化楼前屋后、街心花园。宽厚如你，让树和绿更多。先行如你，粗壮挺拔依然是你的杨柳。绿海云涛演示经久的风流，不避风沙，尽管在你的遮挡中遁去身影。每每惠风和畅，岸边最舒展是你。风中有你，把湖面变作广阔的畅想，放开你的歌唱，从湖面吹拂。

你是一位记忆大师，用驻颜的美容抵消时光的雕蚀，在每一位离去归来的高原游子前，你平静无皱的脸上不现波澜未有摧折。

你没有名字，人们甚至没有想起给你一个美丽的名字，就迫不及待依偎你一直陪伴自己在古城的岁月，见惯你，经岁一路走过。

不就是一弯湖嘛！

但引流而入的人们给你美的妆容，给高原人最大想象美的天地。远处的山峦有了镜像，天上的流云映在湖面，钻天杨树拂岸绿柳显着雍容身姿。拱桥，可想象北海、西湖，甚至桂林山水湖岸。但你绝不小家碧玉，小桥流水。你没有巧笑盼兮妩媚自生。你像高原上朴实的母亲，笑容温存，让人们在依偎中一觉满室春光。你虽未施粉黛，但眉目清朗，澄澈明净。

这是你水的性格吗？自有高原的品格。

大人孩子亲你近你，没有烟花三月的娇秾纤柔，如许笑声朗朗的春天在湖面上招呼着被唤醒的杨柳，把高原的一点儿娇嫩撒入儿女眼眸，让他们欣快地回忆刚刚过去的严冬在冰面上的舞蹈。冬天的圆周冬天的跳跃还在冰封的大地上，挂在脸上的"高原红"没有褪尽，就要在春和景明中一脚踩进夏了吗？

夏天是她最好的季节。

人说高原无夏。它治好头疼治好睡眠差治好精神恍惚。

来到湖上神清气爽意气风发。

也许这是高原古城的记忆。这是高原古城的四季。

高原名在山水。

谁会记得这一弯水？

你远行离了这高地。记青海湖，记祁连松柏、北山云杉，记大湖大河……

壮阔山水。青色的海。高高的山……

但园林如它,童年如它,记忆如它。

家门口这一弯湖有时是你最早看山看水和遥远天地的想象。

有所不知是看过了山水的人把这一水小小的湖面放下的。初时构思而今日滥觞,水、水面、飞鸟翔集,使河与水有了更多清澈的想象。

河水使你无畏高原骄阳暴晒,风沙在冬日劲刮,稀释你的冰封。干旱城市多年栉风沐雨雪暑晴寒,方识留下水的造化。如你,名之曰岛、池、潭、海,甚而有叫作孔雀者皆成气象融进自然。

而今,原仄狭了空间的想象溯源而上是江河源流,大湖深静,泽被雪山。

舀自河湟的一弯水,不曾恣肆放大自我的想象。学不会自恋的你只在月夜沉静,用你的微波应答杨柳矗立在夜空中的对话。

夜空下,这样清澈的对话,这样温柔的低语。湖的沉静倾听河水的奔流。

你就是城市的一个臂弯,一如苏州河的青春;你就是年轮深处的一次送别,让高原游子感染深情的祝福……

偶尔你会想起来,伴着父母亲来这里看一次"五一"的郁金香,甚至就为凑这春夏的热闹和园林里攒动的人流,为在这鲜妍的花丛中给辛劳的父母拂去一些单调、荒疏,点染一点春色。葱绿，在高原。

  湖。春天的平静，秋日的涟漪，疏淡而春色朦胧的色调是记忆中的画框，为古城静物水彩画笔上的一抹写生。

2022.11.21

少年与莲

一间斗室是我年少时住的屋子。从三楼望出去,窗口是父亲用木楞子打造出来的阳台,底下架着几道钢梁。我们从窗里上到阳台不用担心它的承重。三个单元四层的楼住了几十户人家,且大多是一个单位的。

二楼以上每家都做了这样的阳台。都是建筑单位的,打造出这样的阳台也是件易事。

阳台是每家的风景,也是孩子们愿意上去待一待的地方。

谁都不觉得日子单调。

从阳台上看看后楼的单元,还有通往粮站的一条小道。

走上一个漫坡,拐进一条委实逼仄的小道,出去后是小学和煤炭设计院。把这些夹起来裹在中间的两条大路是城市里西区的干道,名字响当当。

北边的一条胜利路,南边的一条五四大街。车水马龙永远繁华热闹。

住在这中间那个年代简式的小楼说不上闹中取静。孩子们的天地就是中间两三栋楼之间的一点空地。但对于童年而言,也充满了欢乐。大人们推着骑着自行车上下班，特别是南边来的路过学校操场，一下子要拐进那个羊肠小道骑行就得考验车技。大多数下车来虚心地推着，在这里交汇错车容不了并行的两驾。路过每个月都要去的粮店嗅得面粉和青油淡淡的香气，再经过面条铺，听见压面机轻悠的声音，里面年纪长些留着灰白胡子的阿爷和一位中年一位年轻戴着盖头的两个阿娘永远说着轻柔的话面带微笑。

从窗子里可见学校高大的杨树。虽隔了几道高低不一的院墙，但这绿色是我从窗子望出去唯一可见的高大的绿色。而学校里也是方圆视野中唯一有树的地方。树前的操场因院墙隔着看不到了，繁茂的树叶摇动着，像是老师呵护着教室里那些孩子。尽管我也还是孩子，也能想象那些和我一样的同学在树下操场上的跑动。

我在望得见的树木蓬勃的绿色中于课余在自己小小的斗室温习着课本。

简单的日子简单的功课简单而又在这小小的天地里心有向往的少年的成长。

我曾经很喜欢家里不知从哪儿翻出的一本过去的课本。好像是牛皮纸封面，比我读的课本厚些，课文在其间仿佛活动着一种特殊的教诲，让你觉得亲切，仿佛与你交流着，可听可见，在你的心中流动。书页稍许发黄，纸页厚于我手中的课本。

有几个晚上，在静静的带着暖意的灯光下，我独自诵读着这本课本里的文章，《清贫》《可爱的中国》《爱莲说》。著者书写时一定不是想着这样让人诵读的。他们写着自己的心声。这心声于轻轻的夜色中沁入少年的心里，唯于诵读中感受着一种生发着的语声，来自前人来自古人。声语动人，他们其实是用自己的生命书写的。以后，这些篇章刻在脑海渐渐使我知道它不仅是文章。

一个夏天，小小的屋宇中流动着《爱莲说》的清韵，文字律动着，莲香荷清的影像清葱在眼前。

曾于笔记本上抄写了《爱莲说》。后来看到这篇文章常常被人们书写在各种文化墙上。

周敦颐，作为宋代理学宗师及先儒程颢程颐的老师，后辈大儒朱熹诸圣哲皆崇仰之，其为师为官为学笃行诚与静，以如莲品德为其倡导的理学之论作出了范本。朱熹曾为其重修爱莲池，建立爱莲堂，刻《爱莲说》于石立于池旁，追思周敦颐光风霁月般的人品。

近日读一段写黄永玉老先生和他的万荷堂的文字，"'出淤泥而不染'，他一遍遍在画里题跋反驳周敦颐，'没有淤泥，荷花如何活下来？'"

"他发现荷花不像君子们画得那样干干净净，真荷花里面有泥苔，周围也很热闹，青蛙、水蛇、蜗牛、螺蛳、蜻蜓，全在一块儿。他喜欢这种热闹，这是一种人生的妙。"

"狂风暴雨过来，荷秆固然柔软纤细，但既不会断，也不会倒。它的特质不是与世无争，而是不可摧毁……于无声处坚韧怒放。"（李斐然《黄永玉：人只要笑，就没有输》）。

2022.6.9

夜　话（三篇）

过去的诗页似乎已经打结，随岁月流逝重新展读的时候，发现保存她仍是那样完好。摸摸下巴上的硬胡茬，发觉我们依旧保留着温柔和纯洁。所谓成熟，并不是纯洁的变质，而是她的深化。岁月也不曾使我们变得虚伪，我们依然真诚,肩着担子。

自　白

我多想像诗人那样写一首对土地的深沉的情诗。看一看父亲的背影，我要把这首诗留给未来。

我多想在月色清明的夜晚吟一曲献给母亲的赞美诗。理一理母亲鬓边的苍苍白发，我要把这首诗深埋在心间。

我深深地懂得，一切种子都是那么忠诚地扎根于大地，生长于大地；那么多的岁月都结实地夯筑于父亲的脊背上和母亲的臂弯里。日月星辰伴随过去，现在与未来叠映出生命不朽的华彩，我面对土地，用一生的犁铧去刻写那首土地的情诗。

求　知

　　花枝总是美丽妖娆的，然而花的根须却朴质无华。

　　没有根，何来枝繁叶茂？追求虚华的人总难以认识这个浅显而又深奥的道理。

　　不要为纷繁迷惑了眼，只有把根扎在深深的泥土中，才有根深蒂固的长青绿色，才能迎来一年一岁的花繁叶茂。

1991.9

心　愿

　　盼望岁末年初，盼望这一段年轮交节的时光，盼望着在这个冬去春来的季节，寄发无数心愿，收获无数心愿。哪怕你就在我身旁，也别忘把秘密写在早霞里，投递给冬雪与春雨，投递给椰子树和沙枣花。

　　暮冬雨雪霏霏，青春纷纷的心愿迷离，述说总是不尽心怀，向往总是阔大无边；每年这个时节，都要在城市缤纷的季节卡上，洒染我们走向明天的光与色。

　　别说，在生命绚烂的青春树上，我们只是一片迷离的胭脂红；别说，在城市葱茏的华冠上，我们只是一层朦胧的绿色雾。从不冷却想象，也从不吝惜对同代人的祝愿，从来都满怀热情，选择春枝、夏阳，选择秋枫、冬野，就像选择这些珍贵的明信片。

　　站在十六岁广阔的风景线上，我们向往而又沉思，为什么成熟不随节令轻飘在宣言上，为什么成熟总是饱满如谷穗，沉默如父辈？

  我们将走遍青春，荡漾于远山远水，寻找这些十六七岁放飞的心愿。

1991.3

心 河

陈老师终于知道了学生们背后称他为"矮陈"（闽北方言陈读 dèn）。据可靠消息，将这一秘密透露给陈老师的，是他在隔壁班读书的儿子。

陈老师是位严肃有余而笑乐不足的人。有时学校组织集体活动，别班班主任笑脸盈盈，精神飒爽、活泼融洽的师生之谊使班级生机勃勃，意气风发。而陈老师却依旧不苟言笑，严肃拘谨。一次课外活动时间，陈老师因为一个学生违反纪律而把全班同学留在教室里进行训导。同学们一个个规规矩矩地坐着，眼睛却不时地做着"越境"的企图。外面的操场是一个多么鲜活的世界啊，银球紧扣，乒乓声和足球场上"咚咚"的奔跑声不时传入教室里，而陈老师的"谆谆"话语回荡在教室里，丝毫没有停下来的意思。大家如坐针毡而又不敢有声响。有的将双手在裤子上来回搓抹；有的开始在心里"诅咒"老师。"矮陈"的绰号就是这个时候滋生而起的，但大家谁也没想到会传到老师的耳朵里。

下节课到来之前，同学们全都紧张起来，等待着一场暴风骤雨的到来。大家猜想，老师准会暴跳如雷，追根溯源，接着便是逐出教室、请家长、做检查、受处分。上课铃一打罢，陈老师便夹着讲义夹跨进了教室门槛。他走上讲台的那一瞬，教室里静极了。每个同学似乎都可以听见自己的心跳声，大家都在等着那"石破天惊"的一刻。但陈老师略略地看了同学们一眼后，就很平静地开始上课了。没有谁交头接耳，大家翻动书页都是小心翼翼的。一堂课里什么也没有发生，同学们觉得这节课是那么漫长，又是那么短暂。

从这一天起，每当陈老师上课，同学们心里便揣起一个悬念，而陈老师还是什么都没有说过，依旧平静地讲课。细心的同学发现，他自若从容的神态中，有时也会有一丝若有似无的忧郁。"消息灵通人士"又打听到，陈老师离过婚，离婚的原因就是他个子矮，人家不跟他过了。现在的儿子是第二个妻子带来的，妻子又没有工作，有时找临时工干干。儿子患有小儿麻痹后遗症，每天上学、放学，陈老师都用一辆破旧的自行车推着他。每到刮风下雨，全校师生熙熙攘攘潮水般走完了之后，陈老师才推着他的儿子走出校门，骑行在冷清泥泞的道路上。风中雨中，他的身影显得格外单薄，似乎不胜风雨。但生活的艰辛却一点儿也没有妨碍他教学的认真严谨。讲台上，他要昂扬时便昂扬，该徐缓时便徐缓，连贯晓畅，引人入胜，听他的课真是一种享受。

此后的两个学期里，陈老师也从未提到过这件事。他依旧严肃，也依旧勤恳认真。同学们见他不是伏在办公桌上，便是守在教室里,似乎除了学生和工作,他心思中就不再有什么。渐渐地,一种莫名的情绪爬上了大家的心头,谁也没有再提起过那个不敬的绰号。

时间啊,真像一条默默前行的小河,对那些托载其上的东西,它冲刷去一些,过滤掉一些,也沉淀下一些。当岁月教给同学们从更深的层次去理解社会和人生的时候,大家终于悟出,安于贫寒、承受嘲笑的老师,曾对他们、对他的事业怀有怎样的挚爱。师生的心灵间,开始有了一条相通的深流,且在无声地流淌。

1990.3

湟源的街和县署旧事

小县城的地域环境比较局促。两岸山峡夹着湟水。湟水在这一段峡谷中可称作溪。它很清。

就是这样一个局促的小城在历史上却是货物集散地。

这里是一处高台地。结束了黄土高原的延续,开始了青藏高原的隆起。气候冷凉。

山峡两岸陡峻的山峰上长满郁郁葱葱的灌木、松柏和杉树。进入峡谷的人疑惑起来:怎么跟南方一样?好像是我们南方。

当年的物资集散交流,一定挺热闹。湟源人即使不说,别人也会说上这样一句:当年这里被称作"小北京"呢!

撇开这样一个物物交流的地域背景不论,一个南方人在此写下了一笔自己的事迹,使我们对这块土地是贫瘠还是富饶有所感。

那天,走在湟源县城老街上,发现街道两边五六十年以来的民居保存尚好。街巷不宽,两侧房舍相连,现在虽然如此宁静,但如果把那些铺面打开,摆开货摊,街道上走动起商贩,再扯起吆喝叫卖声,当年的繁荣之景将立现眼前。城隍庙和庙前的老牌坊都在。县衙改成的一所学校还在。学校旧址保存完好。石阶廊柱上铺着阳光。来的人扒在校舍的窗扉窥看。安宁的时光虽不能倒流,却俨然能见到当年那些县城里在学堂读书的小孩子的身影。学校是"小北京"旧湟源县的另一个侧面。那些山陕商人和他们之前的商人在此忙于交易时,不忘设立一所学校,聘了人教育子弟读书。

当年湟源县知事发动士农绅商捐资兴学,"将原协台衙门旧址(60余亩)拨归学校,民国七年(1918年)动工修建第一高等小学堂,至民国九年(1920年)落成。""校内:曲径回廊,花圃精舍,自然成趣。教室宿舍,操场门庭,布置得宜"(《湟源县志》)。

老街上的一些店铺房舍年代不一,这所古老的学校校舍保存完好,未作变更。

在一个地方大约学校建筑是最易保存长久的,学校的风范也最易唤起人们对过去岁月的怀想。学校建筑不易遭受破坏与其筑建在人们心目中的理想分不开。

办教育的知县与当地群众也有一段佳话。他在青海几个县署做父母官,告老还乡时路费由人资助,回归湖南故里后,因家遭不幸,湟源绅民得悉,捐助银币两千余元。西北地虽贫瘠,人们却自愿回报他的功德。

现在,路过湟源的游客很多,但人们难得到县城走一趟。县城离开公路,建在一片高台地上。"青藏通衢",它已不再是货物集散之地。地处日月山脚下，又名"湟水之源"，它成了一处旅游之地。那所老街上的学校也已经不再是学校，陈列在那里成了一处文物。

2000.9.4

窗外是绿杨

　　换一处座位就换了风景。

　　临街的大玻璃窗将街上的画面和动态映照成了座位上客人眼中的风景。复式二层凭栏成了最佳的观景座位。

　　屋子不大。是当下城市里年轻人最时兴的对着电脑边阅读边工作甚而边画图的咖啡座模式。

　　趁着这儿座上的人离开，我们从楼梯旁换过来。蓦地，窗外的风景扯动思绪。

　　树和它的绿色已然在秋日里摇动。

　　心若街景。安静而流动着。

　　店墙上曾有一幅南美黑人老农手捧着咖啡豆的照片，画面让人联想到罗中立的油画《父亲》。楼上楼下的座位咖啡香气轻漾。

　　窗外树叶轻动树荫婆娑，将思绪从店内咖啡香中拉扯出来。

绿树与咖啡似乎拉扯不上。墙上的那幅画让人想到劳作。好像田里的人们手里捧着丰收的青稞。年轻人从饮着青稞酩馏的作坊或酒店里将座位搬到了这儿。

只因绿树牵动视线，一下子扯出思绪。在高原亲近的是这可贵的绿色。

我曾在夜色中打量着环绕小区院子的白杨。

大院儿原是青海建政时建起的。在原来的一片临湟水的河滩地上。经历了两三次大规模的拆建，原本两三层、三四层的单元小楼都被拆去，成了排列的多层和高层。电梯进楼，人们住得高了。窗前的白杨树和楼房比着高。它们在院子里有几十年了，成了这老院子里人们的记忆。岁月流转，大院房屋几经变迁，其方圆格局经纬却由这些白杨经岁沐寒戴月送冬迎春弥坚守护。人们敬之爱之护之。院子里的春寒秋冬它们最先感知，雨露霜雪它们静默写意。雨来，它们蓬勃如鼓如乐浇灌夏日的凉爽和秋天的思念；雪落，它们寂静无声，让身旁相伴的松柏傲雪凌霜，为春天储蓄生机。

四季，叶繁叶落，静静伴随生活行进流转，不知不觉。它们似多情，枝叶光亮闪动，让人感触着盎然生机。它们茂盛与萧瑟，有时，使人在岁月中忘记时间步履匆匆。恍然中，高原的时光似乎又由它们提醒着。

生命岁月，时光流转，高原风物！

一个秋夜，我于院中白杨林环绕中将目光望向夜空，欣赏高原夜色的深蓝。不成想，白杨的群梢在深蓝中绣出剪影，让夜空显得馥丽。它们在夜空驰骋着想象，群梢在高远的天际轻轻拂动，夜声悄然似拂动着它们的话语，它们仍于夜色中簇拥着热烈。

这夜竟是有声的，奔放的，热烈的！

我也见到一棵树的孤单。

在一所老学校的门口。是它，一棵大树。榆树。守着学校的大门和悬挂在大门柱上的校牌。校名是人们熟悉的一位书家题写的。当年风华正茂从京城来到青海，在那个年代，他们曾是一批人。也许与校门前的这棵树一样，他们在高原深深扎根，没有再挪动过。经风历霜，他们受到师生的尊敬。学校扩建改建，这棵树被保留下来，成为学校文化的一个见证。树干已经很粗了。这所学校建校已逾百年。一棵古老的树。

参天的榆树。树冠很大，在校门前和围绕着自己的空间里用庞大的绿冠遮出荫凉。它壮观得不由使人心生赞叹！

经常，人们因为树冠过低、枝条过长挡了视线而进行修剪。那些家长常常站在它巨大的树荫下等着放学的孩子。孩子们早习惯了在这棵树下望见父母。

我的目光向上，不意中却看到了它的孤单。

有时，我们仅仅看着一棵树，为它的绿荫、脚下的土地和蓬勃的生命力而赞叹！有时，我们往往又将目光伸向远方，广阔的天空下一棵在眼中原本庞大而茂盛的大树却分外孤单。

我在不远处看着这棵大树。近距离顺茂盛的枝冠向上望去，不意间打破了想象，甚而有点破坏了我对这样一棵大树用庞大的树冠遮荫所扩张开的意蕴。在广阔的天宇下，它不仅一下子孤单起来，而且也变得渺小。学校的黛瓦粉墙原本由它遮护着，此刻，在这样的视野中，也使它显得孤单起来。

也许，这是我们此刻在自己和一棵大树的足底与广阔的天空下感受到的相对论。

但我不因天空的广大而轻视这棵大树的茂盛！在脚下的土地上生长着，它遮护着，用自己的荫凉为校园和孩子成就着心中的风景和记忆！

荒疏而渐浓的绿色繁兴着高原古城。

曾经绿色短缺。人们在城市和眼前的绿色中看见时光记忆。

气候干烈亦有树木适宜。如白杨最早之于西北的土地。日头下有了树荫就有清凉和温存，城市便更多了韵致和性格。城市什么样的水土和脾性，看树便会多一些直观的了解。高原古城西宁人比邻近的兰州抑或往西去一些的新疆和南边的宁夏有些区分呢！尽管大家都为西北老乡。大约因夏季暴晒的日头烈、紫外线强，西宁人的直爽和热情易感度和直观性更强。要不我们怎么这么喜欢那些街上和窗前的白杨树呢！

古城公园最早的风景就是白杨与柳树。

白杨树植成行，林荫小道上有了恋人诗意的散步，柳树绕堤，湖面上的小舟随风动清涟有了惬意。后来种花修亭，日子丰富多彩起来。人们在这样的绿树红花中把时代的记忆节拍与歌声里的白塔红墙重叠起来。

"小船儿轻轻飘荡在水中,
迎面吹来凉爽的风……"

这也是高原。
用白杨在心中写就的惬意和性格。

2022.8.29

红炭与草庐

天气虽冷，山上清冷的空气似亦能嗅得林木清芬，为寒冷中的阅读添一分清澈。

山谷，一个读书的好地方。

不仅空气好，山野清芬葳蕤颇有气势。

冷冬，山中林木在霜雪云雾中挺翠，林翠雪白夹着山谷时时升起雾霭。顺青翠山麓望去，萧瑟中却含风雨阴晴的故事，给人以藏龙卧虎的想象。

——所谓山不在高有仙则名，此地是也。

来这里接学生，先接触了老师。年轻，方脸，肤白，热情，办事周正，学校信任，学生信服。和我曾就读的学校一样，班主任也是留校的，还在系里兼职。

山中雨水充沛，云雾遮阳，气候湿热，滋养了他的白净。

学生多来自周边山区，脸上挂着日晒的颜色。考进师专的学生高中寄宿，在校园里青春蓬勃都还带着山野的气息。

学校建在山下，躲开了城市的喧嚷。

要接的学生果然应了"山人"故事中"身在曹营心在汉"那句话。

甫进校门他们毕业就去高原——未曾离家的年少学子对那里满是陌生和新奇。这三年学习一直是心里的纠结。

排解忧思最好的去处在山上。

他们本来自山区。家，父母，兄弟姐妹，为支持他们上学花费了多少辛劳！就为他们跳出农门像前脚走出山里的孩子一样避了辛劳捧得铁饭碗呢。

但是命运却要他们走那么远！

那里的山和家乡的山里一样都需要老师！他们有幸被选择。

他们中间有纠结厉害的，也有无所谓觉得没什么的，为解闷为读书为赏雪看景为抒发思古悠怀为观赏家乡和学校山野美景，有时就跑到门前的山上闲逛，去找他们的先生，最好的老师，最好的励志人物。

——非淡泊无以明志，非宁静无以致远！

先生名句。

为学习，他们将它挂在教室或宿舍床前。

《诫子书》仿若就为他们这些山下学子所嘱，先生之殷殷，先生之亲切！看似寻常，语近意长，有人须走了很长的路。

话镌在山上石牌。游人稀少时，宁静本身透出力量。人默读默记。

行者默然。

身在山中学校，很多同学可背诵默念《前后出师表》，心中景仰在山上和傍山自己的校园。

可淡泊山中，学习时光。

有时，宁静的思绪往往为远行而怅然。

虽在山中，但亦为稻谷飘香鱼米之乡。高原山远地偏。

在学校，其他班级和专业的同学打球时打球，野炊时野炊，跑步时跑步，学习时学习，泡图书馆时便专心致志泡。

他们却常有一份远游之思浮上年轻的脸庞，有那么一些惘然牵挂。

假期回家，父母亲也记挂着学习的时日。

好在山里长大的孩子从不怕吃苦！怕么子？！大不了，就多吃点子苦嘛！

爹娘啊，莫牵挂，请放心！

这是自己的选择。为学，为家，为父母，为弟妹，为好男儿的远志。

——这是山上的自话自语吗？这是与自己的心里对话哦。这是男娃子对自我的鼓励哪！

打算出远门的学生娃子就比他们多了一些成熟。

门前的山因"隆中对"声誉日隆，夏天游者渐多，旅游方兴，藏之名山以偏宁静已不可得。

冬天的寂寥让来接学生的人在山上访问了这些古老的牌匾，小径，幽深的水塘，方圆稻田。进去草庐一排建筑，葳然感受心中气象。故事遥远又鲜活，眼前手掬得呢。

弯弯幽幽，小路深静，仿佛见得先生友人往来，谈笑相约。还有幸遇夫人黄月英相伴举案齐眉。

一村一田，所见非高拔飘飘的"仙气"，而是温煦田间草庐读书精进，友朋诗酒聚谈中识见的知遇。

"三顾"两不遇，先生访友外出，可见闻达，友情滋谊。今日游间让人羡慕。

先生于此山上，完成了出山匡世的"基业"准备。

虽离襄阳，随叔父隐于隆中，身居草庐识有书卷友有贤达室有妻惠山有稻香林茂。

学忌僵怠思忌枯坐友忌慊啬，而"思接千载，心怀天下"。

所谓先生气定神闲，为智慧化身，当在这山上寻寻以"山人"自谓的气度。

出山待学子。

学子们出山无疑，关心到高原后的去处，城乡殊途，听说还有草原。

高原惜才，大多将他们留在城里。只是他们心有未卜，志忐在离校之际。

历史人物和故事近在眼前，山路亦在眼前，学子们奔赴高原，六出祁山成了西进必经之途，不妨"到此一游"了，如现寻访古隆中多起来的游客。

班主任老师操心着屋子里的炭盆，让炭火着得旺一点儿，以祛寒冷。

元月，山里无人来。招待所里只住了高原来接学生的两人。学校和班主任的热情也在这炭火中持续着。

山区这座专为培养老师的最高学府复校新建，其兴旺生机冬日未有瘦减。

古隆中盛名及地理已然得天独厚。

烧暖气或架煤炉的冬天和披衣盖被缩手握书挨紧一盆炭火的湿冷自然不同。

这也将是他们去了高原在冬天遇见的不同。这里屋中多架了炭火，山里出来的学生在教室宿舍无需这样一个炭盆。习惯了家乡山里冬日的潮冷，他们依然自在。

古隆中隆冬之寒，诸葛先生的耕读耐得其寒，妻贤如黄氏来添一盆炭火，温文微煦，有访有友有雪有吟，绝不乏味迷茫。

有了温度的历史独具人格魅力。

一部《三国》道不尽，其中自"隆中对"以出的诸葛孔明是多少谈说史今读者眼中近于完美的理想人物。

2022.11.20

山岗上的乡镇

高原东部多属干旱半干旱山区,乡镇院子多坐落于山脚、半山,且大多在路边方便进出。即使有的需走进村里去,通达的乡村道路也较方便。乡镇院里或院前都有或大或小一处场院。

院子中间国旗在空中飘扬。

乡镇院子一般不怎么大,也就是老百姓家几个庄廊般大。四合院的形式。一排或挨着前后两排是乡镇干部的宿舍。一排朝阳的是办公室。另外有会议室活动室等。

有的干部就在宿舍兼办公室里办公。

干部勤不勤快,往往看一眼床铺就知道了。有的被外人特别是领导突然未请而入说是检查工作看到自己乱堆的被子不免难为情。

他们习惯下意识地抬起一只手来摩挲着自己的头发。有的可能头发也凌乱着。有的不免脸上也浮起红晕。

勤快的,桌铺十分利落,工作和读书笔记井井有条,从一个侧面多少能反映这个干部的面貌。

乡镇干部青年居多。90年代初的乡镇青年干部大约有一半儿。

乡镇是年轻人历练和成长的舞台。

其时，办公和生活条件相对简陋，人也简朴。

在乡镇工作要耐得住寂寞。

孤夜要守得了，马匹要骑得了，帐房要住得了，清苦要受得了。

这样的日子对年轻人无疑是锻炼。

一次下乡来到海东靠西交界某乡。

车子挺费力气地攀上一个山岗，路边拐弯一半坡处地势略开阔，坐落着乡政府的院子。

这个乡在海东地处高寒。这里人口不似山下川水地乡镇那样稠密，乡上跑腿的事情大约也不那么稠密。

院子里多少有些冷清，但打扫得干净。有的干部下乡去了，进到办公室兼宿舍的房里见到一个青年干部，分来乡上有一年多时间。桌上放着学习书籍，话虽不多，比较清晰，透着在这山岗上的一种安静。

小伙子家在川水条件较好的地方，中专毕业分来这里，忙完了事情，业余就在宿舍看书写字。农村学校"普九"（普及九年义务教育）任务主要落在乡镇，这里海拔高，以往学生入学率不高，乡镇干部的任务就重。年轻干部本乡本土长大，上学又回来当了乡干部，能在老百姓中现身说法示范。

小伙子站在办公桌前认真答问。

宿舍里放着几本书和几张写了大字的纸。脸盆架上搭着干净的毛巾。

其他几位干部与我们说着话，走出乡镇的院子，从他们的笑容里，能感到山岗上老百姓的日子静静长长。

这里的人们生活虽还不十分富裕，但乡村的宁静让他们觉得日子踏实。

乡镇干部为操心孩子们上学跑遍一家一户，是这脑山半农半牧人家和牧场庄稼地里真正的"希望工程"。

单位选派干部下乡，我到古城北边靠近祁连山脉的地方当了几个月的乡镇干部。虽未如我所愿和同来的干部一样住到老百姓家里，和领队住乡上，但也跟着他跑遍了村子。

这里一溪水，一盘磨，一坡林，一条路。

乡镇前挨着的两个村交通便利，人口较多，是大村，去山上和山后的村子就得翻山。

弯弯曲曲盘旋走着细细窄窄的山路，领队披着大衣，也不顾年长，微微喘息着，走到老百姓家里一杯清茶一口馍馍家长里短庄稼收成外出打工日子光景地聊着，多少也听着他们家里的故事，有在这儿住时间长几代人的，也有来了二三十年，当年从西宁下放定居下来的。

这里收成欠丰，山坡上可养殖牛羊的半草场有限，乡上组织劳力外出到县上新办的几家企业务工，有的进了城，有的去了新疆摘棉花，有的到了沿海进服装厂缝纫，大家都要把日子越过越好。

乡上姓蔡的书记陪着我们在农户家里走访，大家盘腿坐在烧热的炕上,掰指头和主人家算着收入账,说到心上的,他脸热心热。说到还想不明白想不开的,他常憨憨一笑。

蔡书记毫不见外毫不客气有时也是数落一番,说得他自己也着急起来。

院子里,户主的女儿回门,蒙着粉色的头巾和她母亲在不大的院子里忙着,一会儿给我们端进来馍馍,一会儿来添茶。

这些年,这个半浅半脑山区的乡镇远近有了名气。

山深幽处的青海冷杉、云杉、松树等高山林木,使靠山的村子四季春华秋实,有了诱人的不同意境。

自高山上奔涌清澈的山泉一样的水流贯穿全乡主道成为难得一景。

山上林木葱郁,乡间清流奔涌,庄稼地里套种着玉米,建起了蔬菜大棚。乡政府建了三层楼房,办事功能齐全,已非当年面貌。

水依然在院前畅快地流着,水磨已不见踪影,磨坊里的麦香也就闻不到了。

假期去祁连,我们把车从大路上拐进来,到了乡政府,楼上楼下没什么人。门廊里墙上贴着两排乡镇干部的彩照,大多二三十岁,青春年华。

值班人听我们讲明来由,开了门让我们到楼旁的院内看看。

想想,当年县里专门下派到乡上姓张的科技副乡长 30 多岁,现已快到退休年龄了。管图书室的老铁是本村人,有一次我找他到图书室借书,他拿了钥匙披着衣服带我去开门,只感觉书深锁屋内尘封架上乏少问津，数册世界名著经典小说都在沉沉的寂寞中。

小说的世界可能离这儿太远了。

2022.4.10

太阳岛

很多年没去了。

3月初有了点时间，马上买票准备了行程。

电话告诉了姑。她们很高兴，准备好第二天到机场接我。晚上我又退了票。

电话里，姑也说，夏天来更好。现在还是冬天没啥可看的。夏天可以带你走走，也到太阳岛看看。

我说，冬天来也有冬天的景。再一个，这些景都看过了。我主要是来看看您，看看五叔。

虽取消了行程，但心里记挂着老人。

在我的眼里，他们都是不老的老人。姑和五叔虽已是老人了，但精神矍铄，总有那么一股精气神。

前年，姑也赶时髦去了海南过冬，是哈尔滨老年大学组织分校休养中破例同意随去的。80多岁的老人，她是其中参加活动唯一的一位长者。家里的姐姐陪着她。休养地在三亚东北的琼海。每天去海边转转。因为年纪大了腿上力气不够，行走多少有些不便，姐姐都用轮椅推着她。

从姐姐发来的视频中看到，在日间的卡拉OK大家唱活动中，姑的声音还是最高的。起劲儿的地方，她不由自主成了指挥。那些耳熟能详的旋律在建党100周年的喜庆氛围里抒发着她们在气候宜人的南国海岛上心情的舒畅。

哈尔滨的姑娘会打扮。姐姐陪着姑在这里休养，虽然没带太多衣装，但发给亲友的照片上也能看到亮丽的色彩。姑也是穿着深红色的衣衫，在碧海蓝天中精神饱满。

这是南国的色度，让人热爱着，留恋着，美丽着。

姑在岛上住了4个多月，家里的孩子们用他们的心愿为自己的母亲奉上在南国一游的生活历程。

前些年，为陪伴照顾偏瘫的姑父，姑多年没出过门。

那一次到哈尔滨，姑父还能走动。他跟我说话，从脸容上总能看到开朗的笑。他是老民政人，热情爽快，又谦逊内敛，脾气好。都说是姑当家，但我看到姑对姑父的照顾无声体贴而自然。姑父脑梗后在姑的精心照顾下行动已能方便自理了。他吃的多种药，姑都精心分类，放在分了一小格一小格的药盒里。一到时间，姑倒好水分好药照顾他喝下。姑父还工作的时候，到家就是斜靠在床上看书。我前后去过两次，都看他这样半靠在床上看金庸的武侠小说。他的书柜里整齐排列着一套金庸的小说。他看遍了。他是金庸迷。

姑和姑父年轻时在我的印象中是在太阳岛上。

一个半坡地上长着北国疏朗的树木。

风吹起姑父敞开的衣角，年轻的姑父爽朗地笑着。

两人都穿着浅色的衣服，姑父是中山装，姑是女士翻领的列宁装。

黑白照片记录了林木的茂盛，初夏和煦的风，姑父年轻的笑脸，姑的自然自信。

一帧照片让我感受着他们在20世纪60年代初的生活和工作。

姑父这一生追到姑是他最大的幸福。他们相濡以沫相互陪伴在平凡日子里走过风风雨雨。

姑在道里区有名的柳树小学做了30多年的语文老师，一直到退休。姑父在民政上也是一干数十年，热心办好事解难事。他们两人退休后带着孙女小虹坐了几千公里的火车来青海看望父亲和我们。

我第一次去哈尔滨好像是带着遥远的记忆去的。

见到他们的时候也不陌生。他们在我童年就看着的母亲保存的影集里一直那么亲切熟悉。

所以，我也是带着熟悉的陌生和陌生的熟悉来到他们身边，来到了"熟悉"的太阳岛和哈尔滨。

2022.4.15

五　叔

家里有长辈说五叔没有我父亲长得好。"好"是家里老一辈人的话，就是好看。论长相，拿五叔和我父亲作比较，说明他本就好吧。五叔个子高，身材魁梧。他退休后来青海已是六十多岁的人了，头发依然浓密，没什么白发，看不出曾经岁月的艰辛。

五叔是家里的知识分子。一直在哈尔滨市郊一个县城的专科学校教日语。他在外专学校读书时练过剑道，参军在部队作参谋，后来从部队转业到了学校。

五叔所在的县城离省城有五六十公里，那时交通不便，人们走动很不方便，父母亲自来青海后，亲人间几十年基本上未能见面。

我大学毕业参加工作后去看望五叔是第一次见到他。他当时侧靠在里间一个可以说是逼狭的屋子的炕上看书。屋子虽窄，但当他挺身抬起头来看我时，他一直戴着基本上从未变过的深咖啡色粗框眼镜后面深沉的眼睛，让人感到的是历经岁月的深沉。浓密的头发有一绺顺滑在额前，自带潜心于书中的风度。五叔在我的眼睛里一直有他这样的风采，很像20世纪50年代末一部轰动当时描写青年知识分子追求革命电影里的男主角。

五叔蛰居读书的外间热热闹闹锅碗瓢盆交响，是一个小饭店。新五婶开的。新五婶是外侨身份，仰慕并嫁给了五叔。外间有人替她张罗饭店，五叔在里面的小屋里看自己的书，有什么事了帮她张罗一下。那时五叔已经退休了，是这个县里的名人。县城不大，在省里设立较早的这所专科学校是县城的最高学府。学生及家长尊敬五叔和他的学识，加之他厚道。五叔在五婶去世后独自带大了四个儿子。五婶是县医院的医生，为人热情开朗，他们结婚后一直带着五婶的母亲一道生活，家里孩子多人口多，和县城里的人们一样普普通通地过着生活。有一年，五叔来信说到家里的困难，想买一辆两轮车让大儿子拉货用，父亲筹钱给他寄去帮着解决了当时的难处。生活困难年代，身在农村四叔家的孩子进城有点事找他，五叔大多挺为难。他们觉得五叔在县城，又有名气，帮着解决点家里的困难是应当的。但五叔不愿求人，自己的儿子们也都靠自己。

和新五婶结婚后，五叔的日子少了一些沉闷，随着新五婶新开的小饭店开始红火热闹起来，生活由新五婶操持，五叔省心有了更多时间看书，基本上"两耳不闻窗外事"，儿子们各自成家也都有了自己的生活。

这次来，没有见到新五婶。她去大连了。中午，五叔和我在饭店的一张桌上吃饭。他拿着刚刚时兴的听装易拉罐啤酒，拽开口倒进杯里。叔侄俩在中午小饭店客人满员的喧哗中边吃边唠。夜晚,躺在炕上,五叔谈兴亦浓,讲着那些犹如故事的家事,我听着,那么悠长生动。无奈几天旅途劳顿,加之到了东北大平原醉氧,在他娓娓的话语里我虽不时应声,但撑不住眼皮打架,耳旁的那些话语时断时续成了催眠曲。

五叔退休后来青海教书。一是为了看望父亲,老哥俩在高原聚聚。二也是父亲为让五叔散散心解解闷排遣和新五婶分手后的孤单。我们帮他联系了一家外语培训机构教日语。五叔还翻译了几部日语小说在杂志上发表。新五婶挣了钱要去大连和女儿女婿团聚,她动员五叔同去那儿安度晚年。五叔也动了心。但五叔的孩子们坚决反对。与新五婶组建家庭共同生活的几年,是他生活愉快精神开朗的几年。虽然腹有诗书沉潜书海的五叔平时话语不多,但他待人忠厚也让外籍的新五婶十分钦佩难以离舍。她把五叔以往的两幅水彩画和油画挂在家里的墙上,有的客人见了为之赞叹,五叔也从不说什么。其实,在学校的时候,那些宣传画都出自五叔之手。新五婶热热闹闹地开着饭馆。五叔帮着操些心,但多是在屋里看书。她要走了,此前对父亲的婚事未反对过的儿子们不同意父亲离开,父亲自己拖家带口把他们抚养大,他们要自己陪伴父亲晚年的生活,父亲要与他们在一起相依为命。

在这座县城里,不论生活怎样,他和大家一样普普通通,但又是那样不同。是他不言的经历、知识在岁月中长期沉淀和蕴藉。

五叔留下了。留在了这个他作为名人的县城。

来看望他的时候,我下了火车,在站前随便拉住一个过路的人，说出五叔的名字，问他的住址，这人马上告诉我，在第几道街。这也是新五婶说到五叔时的骄傲。其实，也是五叔的孩子们的骄傲。

2022.4.15

"青二代"

前两年,有一天看到几十年没有见面的小全发来一条短信,说要约着坐坐聊聊,且说,都是小时候的朋友。

他小我几岁。出门跟孩子们玩儿他总跟在我身后,我也当他是小弟。他和我同进家门,院里的孩子都当他是我家里人。

父亲曾将我们的一间半屋子借了半间给工友于大叔,他把在山东农村的妻儿接来,一下子全家四五口人住在了仅几平方米盘着一个炕的这半间屋子。小全小红慢慢长大入学,全家人后来解决了户口,又搬至单位新建住房的一楼。

过年,我去拜年,在他家一楼光线昏暗的厅室里听于叔跟我唠着家常。

他一如从前地点燃烟斗,熟悉的旱烟草味弥漫在屋子里,他的身上也带着这样的烟草味儿。

屋子里光线虽暗,他抽着烟斗,话语在一明一暗有节奏的光亮中不紧不慢,闪烁着他生活的安心与从容。

于婶坐在旁边,手里纳着鞋底,温和地插着话。

她端水给我,粗糙的手指总戴着顶针,有的手指关节裂了口子包着胶布。她40多岁,头发已花白,虽来了城市还是那么朴实。

小全记着童年的欢乐。也是一样的"青二代"(青海二代)。

现在他的孩子都已长大,想来作为新一代的大学生在高原或离开去了别的地方。

2022.6.14

逃·等

三毛去撒哈拉大约是对小时候逃学的延续。

爱可以在自我放逐中寻到自信。小时在老师那里受到的打击也许在这样的流浪与放逐中渐渐遗忘。忘却可自选。如三毛。在爱人的疼爱中找到爱和自信。

简朴的时尚风靡为一代人眼中的奢侈。人生可以是这样的奢侈。奢侈的浪漫。而浪漫是年轻人眼中恒久的风景。所以三毛成了时尚，且时尚至今。虽渐渐有些远去，但人们还是接续着读她听她。

这样的人生可信吗？今天去看。

但她在远离熟悉生活的地方把自己过成了风景，把自己和爱人过成了读者眼中的童话。

心中有风景，日子就有这样的诗意。

可以穷穷的，但富有着。

三毛的童话亦未破掉。一如年轻人在她这样时尚的流浪中。只是不多，许在很多人精神的流浪中。

三毛也许一直在逃。看到她在成都街头独坐,那张三毛流浪风格的照片。黑白的。解读的人说她满眼的沧桑悲凉。三毛为人生而人生。

人们热衷于她。今天,那些鸡汤式的名人名言里,三毛的话亦为人津津阅读着。一些也被作为至理名言。阅读的人们有些离不开她。三毛的书随时不同版本刊行,成为架上时光中的经典。

也许她讲述的经历也装了读者的寂寞。生活里的那些小小意蕴被放大为两个人才有的对生活惊喜的发现和心中的抚摸,也许读者亦曾独自体会。也许在照片里也有一个这样三毛的自己。乐于做自己生活中的主角,三毛用她自己作了追求。

三毛为自己和读者写了许多快乐,但她不快乐。也不掩饰自己的不快乐。快乐和不快乐是一个人的两面。把不快乐转化成快乐需要我们在生活中的能力。这样的不快乐不能更好更多转化,三毛就搁笔了。所以写作于她是快乐的。写作中的快乐也是她在沙漠中生活有幸觅得的快乐。自然,她遇见了要遇见的荷西,遇见了自己生命中的快乐。

疗愈童年曾经的受伤,一个小孩子花费了自闭的代价。一个世界敞开的时候,一个人遇见了要遇见的人和展开的生活。

一朋友的妻子出差从外地回来,打了电话给在西部工作的他。知道妻晚间到家,他说,晚上我去车站接你啊!妻意外喜悦,"你在西宁啊?"他答应了"是"。晚间到达,妻放走了单位来接的车。几个同伴上车叫她,她说,你们先走,我家里的接我!

她在车站耐心等他。生活中经常是妻等他。出门等他，去商场等他，周末去岳父岳母家等他，两人从各自单位出来约了地方碰面等他，甚至谈恋爱时也多是她等他。尽管他经常要自己快点儿，但常常落在妻后一步。夜色已晚，不见他人影。下了车的人早已纷纷散去，路边的街灯寂寞下来。

车站前的广场上阒无人声。她站在路灯下看着远处和空荡荡的路上寂静映出灯辉。

妻拨通电话，"你在哪儿呢？"

电话那一端，瞬间他万般歉疚自责，"玩笑开大了！"

妻独自于车站的冷落中还是温和地笑着，"嗨，你呀！你这玩笑开的。我们单位的车都走了。这会儿打的车都没有了。"

他还在500多公里以外的西部！

电话线那一端虽有时差，也已入夜。此刻，无论怎样奔驰也挡不住心中歉疚。

他原要把电话里的玩笑话告诉妻，不知怎的就忘了。说要去接她，知道她高兴。他到西部工作，车站上，妻有时间也送他。但他把这个玩笑忘了告诉她。这是他与妻开的最大的一个玩笑。他歉疚着。她仍将此当成他的玩笑。

2022.7.8

高原，静静的雪花……

　　那天下雪了。

　　静静的路灯照亮了雪花，飘到你风衣的帽子上。你穿着那件蓝色细条绒的棉衣，里面是卷羊毛的羔皮里子。

　　雪花儿飘舞，你把几枚新的纪念镍币放进我的手心里。那些飘舞着的雪花儿感染着你对我的温柔，也要挤进我的手掌。

　　你就这样把你的温柔轻轻地放进了我的心里。

　　你为我把自己的影集编排得有序而心生赞叹。同样，你家洒满了阳光的写字台玻璃板下压着你大学在四川野外实习考察的几张照片。你和几个同学在岩石间攀登，你好像戴着白色的圆边儿遮阳帽。

　　还有一张是你和同伴儿在扩音器的麦克风前笑着，也让我想起在学校运动会上的场景，耳畔响起熟悉的运动会进行曲的旋律。

　　熟悉的刚刚告别的大学生活！

　　如果不是你说，我对自己摘抄周恩来、邓颖超"相互关心、相敬如宾"的笔记已没了记忆。惭愧的是我很快忘记了。很多时候,爆发着坏脾气!现在我想起检讨的时候,你笑笑,"你现在脾气好多了",神清气闲,又意味醇醇。

我有了第一台录音机的那个夏天的旋律就伴着流行的《夏艳》的歌声飘荡在耳际。你和我的歌声也留在录音机里。

> 来吧,……
> 大家欢聚一堂
> 姑娘请我跳舞
> 心里多么欢畅
> 舞步真潇洒
> 歌声多悠扬
> 啦啦啦啦,啦啦啦啦,啦——啦——啦
> ……

你唱的都是快歌。

你按下配乐的磁带,听我朗诵雪莱的《西风颂》、裴多菲的《我愿是激流》……

你唱《小路》。我们那一辈过来的青年啊,就唱了几十年——

> 一条小路曲曲弯弯细又长
> 一直通向迷雾的远方……

纷纷雪花掩盖了他的足印
没有脚步也听不到歌声
在那一片宽广银色的原野上
只有一条小路孤零零

……
请你带领我吧　我的小路啊
跟着爱人到遥远的边疆
……

——一条小路是我们难忘的青春之路。

我们唱着这歌走过来。

歌声悠长。我们在开放伊始的年代，于明亮的阳光下在俄罗斯民歌中感受着青春白桦林的些许忧郁和歌声里投影出的金色浪漫。

这是青春的写照，也是我们开始张扬的审美的写照。我们的精神开始在这样的歌曲中丰富起来，绚丽起来。

高原煦风和畅。我们骑了两辆崭新的自行车一路向北，两侧白杨挺拔。省会到北边的县城20多公里，来回50公里。这也是我们的蜜月旅行。我们坐在田埂上，有一阵小风，居然把两辆车刮倒了。我说，"它们也要在一起亲热呢！"

有一次，想起了西部，我对依偎着我的你说，咱们去西部吧，你跟我去吧。我喜欢那里。那是男儿的天地。

我曾去过那里。

你在泪水中轻轻地摇摇头。

是啊，我们的家在这里，父母在这里。你任教的学校在这里。除了外出上大学，你我从未离开过这个城市。西部好远！

我没上大学时，在头一部小说里写了它——西部！写在我大学落榜后。送别了上大学的同学，我想到西部是自己的去处。还有我落榜同学的原型，他在西部工作到退休。从一名盐厂的工人成为一名法官。

还有小说里写的女主人公，外面的世界……

我后来去了西部。去了我在小说里写的"盐泽"这个地方，在青葱年岁跟单位领导来这里考察，来到我曾经的梦想之地，它——镌刻在青春词典中。

行程。见到两代盐湖人、石油人和新来的大学生，仿佛熟悉的自己。

寂寞、辽阔的天地，似乎永远的等待和盼望，还有不断变成现实的明天……

梦想写作已在笔中来过。好像它一直盛得下年轻的寂寞。来到这里的人从不为流浪而是为栖居。

梦想栖足，可升腾。

后来，到这儿工作，接待一位离开了20多年的西部人，问她这么多年怎么不回来看看。

——"就是觉得路途遥远，颠簸。"

——"那时，得走两天！"

20多年，遥远吗？

我们已然走过。

没想到，我真成了柴达木人。

州府德令哈地震，你专程来陪我。你说，你在那儿嘛！我来陪你，没关系。

我们感受着柴达木土地上绚烂多姿的生活。《多情的土地》是我们熟悉的蒙古族歌手小兄弟在州庆上的倾情演唱。在家里，你打开他送我们的专辑，让我听他唱的《岩缝里盛开的花》。

在家里，你播放的音乐旋律总会扣动着心弦。

这个周末，你要来州上看我，我说既然难得一来，就请一天假，晚回去一天。你说，"不行啊,学生要准备考试,我还有课。学生好不容易准备了这么长时间了，不能耽误他们，要考好成绩啊！""这么多年你不知道吗，我就是这么认真啊！没办法，从小我妈就是这么教育我们的，你都知道啊，我妈当年不就经常揣着病假条还上班吗？"

电话里，这也许是这些年来你第一次对我说的豪言壮语。

前两天，杉杉在微信里展示她上大学时妈妈书信里的话："家里一切都甚好，就是缺少你这个爱说话的小麻雀，显得比较安静。"

她从小总爱跟在你后面问这问那。我们家里总有她叽叽喳喳的声音。

记得她小脸儿上挂着泪珠，我和来客夫妇寒暄于厅堂，你在厨房，我们同时听得孩子在另一屋里"咕咚"一声摔下床的声音和她落地一惊的哭声，你大约早我一步跑进屋里抱起她。你停下手里的活，抱着她在来客前哄着。

在家的时候，我总是捧着书本儿"装模作样"。现在想弥补对她的欠缺，时光已难回，只好跟成人的女儿在电话里说说那时的缺憾！

杉杉在微信里还晒出几张照片。

有一张你们俩都穿着牛仔衣，你和她仰头开心大笑，你手里捧着相机，不知是什么镜头这么有趣儿。我特别喜欢这张照片。和着你们的快乐！你说那是在一个边境城市，是你们去南国旅行的一次顺访。

这些年，你选定了自己的职业，一直做着你乐意的事。我就随着你的快乐。我内心也抱定想你不去做什么"长"。这是我的想法，你没得商量却这样做了。你没奢求。

尽管我们不要这个什么长，后来你还是被安了这样一个差事。你坚辞，未辞了。你在这岗位上又忙而快乐。同事喜欢你。你上示范课，你带学生去澳洲，你带老师外出培训。忙而快乐着。

我收拾旧书，留下了你订的《译林》。

精美又雅俗共赏的《中国地理杂志》随同其他一些旧书刊

纷纷雪花掩盖了他的足印
没有脚步也听不到歌声
在那一片宽广银色的原野上
只有一条小路孤零零

……
请你带领我吧　我的小路啊
跟着爱人到遥远的边疆
……

——一条小路是我们难忘的青春之路。

我们唱着这歌走过来。

歌声悠长。我们在开放伊始的年代，于明亮的阳光下在俄罗斯民歌中感受着青春白桦林的些许忧郁和歌声里投影出的金色浪漫。

这是青春的写照，也是我们开始张扬的审美的写照。我们的精神开始在这样的歌曲中丰富起来，绚丽起来。

高原煦风和畅。我们骑了两辆崭新的自行车一路向北，两侧白杨挺拔。省会到北边的县城20多公里，来回50公里。这也是我们的蜜月旅行。我们坐在田埂上，有一阵小风，居然把两辆车刮倒了。我说，"它们也要在一起亲热呢！"

有一次，想起了西部，我对依偎着我的你说，咱们去西部吧，你跟我去吧。我喜欢那里。那是男儿的天地。

我曾去过那里。

你在泪水中轻轻地摇摇头。

是啊，我们的家在这里，父母在这里。你任教的学校在这里。除了外出上大学，你我从未离开过这个城市。西部好远！

我没上大学时，在头一部小说里写了它——西部！写在我大学落榜后。送别了上大学的同学，我想到西部是自己的去处。还有我落榜同学的原型，他在西部工作到退休。从一名盐厂的工人成为一名法官。

还有小说里写的女主人公，外面的世界……

我后来去了西部。去了我在小说里写的"盐泽"这个地方，在青葱年岁跟单位领导来这里考察，来到我曾经的梦想之地，它——镌刻在青春词典中。

行程。见到两代盐湖人、石油人和新来的大学生，仿佛熟悉的自己。

寂寞、辽阔的天地，似乎永远的等待和盼望，还有不断变成现实的明天……

梦想写作已在笔中来过。好像它一直盛得下年轻的寂寞。

来到这里的人从不为流浪而是为栖居。

梦想栖足，可升腾。

后来，到这儿工作，接待一位离开了20多年的西部人，处理了，征得了你的同意。家里书柜里你的书全是地理。好学生，当年选了这个专业，就心无旁骛。兼容文理科的逻辑——地理学之优。呵呵，这也是你啊！

人到 50 岁时，岁月似乎开始改变人的容颜。你今年出差去江苏，你还在火车上，我给你发短信：注意休息，别太累了。女人到这个年龄是要注意休息的哦！见了面，我又对你如是说。

这是岁月，也是劳累。早晨，你比学生先到学校，中午和晚间，你也得等学生都走了，校园里都妥帖了才离开。

缘，是经年去体验的。

2014.12.21

目　送

女儿很像他。

她小时候，做父亲的逛书店总带着她。她现在买了不少书。在买书读书上，父女俩品书相像十分了得。

一天早上，他在书柜前看到她的这些书，心中的一些郁结就此化解开去。生活中的一种温馨自然蔓延开。

这是女儿带给他的。

女儿在路上看了不少书。都是在地铁上看的。文学仍然在滋养着她。

尽管周边城市滚滚红尘，但未淹没她看书的兴趣。

女儿看书没有文学的功利。她在这方面没更多想法。她看书就是兴趣。这也是女儿的修养吧。

有时，他想对她说，别看这么多书吧。

但未讲出口。你自己不也一直在看吗？为什么要阻止她？

女儿看书比他踏实许多。她一本一本地看。集腋成裘。他觉得在看书上，女儿应该比自己有成就感。

女儿长大了，不知从什么时候。在她上大学的一个假期，女儿挂着志愿者的牌子领路，在这个城市的奥运广场上走走看看，像她幼时手里牵着父亲的手。

但女儿在他面前又总看着小。

小小的脸庞，开心的笑靥。父母亲有很多的惦念。

在这偌大的城市，女儿选了一个安静地吃烤鸭的饭店，为了不去远处吃那排长队的烤鸭，轻车觅得同样的好口味儿，这也是女儿的得意和熟悉呢！

父女俩坐在方方的桌前。周边坐了人，没有喧嚷。

窗外是好看雅致的四合院，后面是清清幽幽的护城河呢！

近处，哈哈，蛮不错的品尝啊！

这家店也开得久了。

女儿摆弄着手机，说这家店网上打分也是颇高的呵！

在这城市里，如果不用手机，可能连车都打不到了。呵呵。

地铁，地铁。城市生活被它巨大的惯性牵着。人们就在惯性中奔波。

一个城市的惯性却是时代的浪潮。

他在地铁站口相送女儿，看到的是这样呼呼的浪潮和风韵。

女儿在地铁口走着，风吹起了她的长发和印花儿的衣裙。

女儿亭亭玉立的背影，蓦然让他看到她在眼中的不同。父女走在一起说笑着时，他总看着她小。

这时，她独自走着。

他看到的是长大的她。

独自面对着生活。

他看着女儿美丽的背影,风吹动着她,那么好看。

人生的况味,有时要独自品。

2015.8.12

校　长

——"人生的道路虽然漫长，但紧要处常常只有几步，特别是当人年轻的时候。"

柳青的名言为很多读者熟悉。

路遥把它写在《人生》的扉页上。

柳青是他心中的榜样。这段话激励了路遥和他笔下的高加林。如果这段话写给主人公高加林，是他走过一段生活之路后锥心刻骨的认识，如鞭打悔悟。

它是路遥写给自己的。他紧紧扣住自己创作不懈的追求，搏以苦难回馈生活，成就时代共鸣。

现实主义结合浪漫主义的创作之路。

柳青是路遥最崇仰的作家。柳青的路是路遥的路。

柳青是路遥写作的精神导师。

这样的浪漫写实是吃创作的苦，以苦为乐，走向生活，为在写实创作中淘出人性光辉。

校园。《人生》《高山下的花环》正热读，上映，人生奋斗的深刻揭示，现实主义题材的震撼，电影叙事的生动沉浸。电影美学课话题热烈。

碧绿的富屯溪从窗外吹来清风，山城学院临水依山，上下错落，秀丽幽静。

清风徐来，课堂上老师话语清新。

在学院许多小径样的台阶上遇见同学。去教室的同学拿着书本或背着书包，却能让你分出文科生和理科生。理科生似乎永远有为解好一道题画好一张图平衡一道方程紧张的样子，他们好像走路都带点儿风，忙忙碌碌。文科生自如，注重衣饰的感觉十分明显。英语系的同学最受瞩目，语音教室的耳麦让阅读和听力沉静而专注，那些女生的脚步自信悠扬。周日，台阶上下都是拿着盆去台阶中端路侧的浴室的。

台阶上也遇见老师。他们更多走门前沿山的车道。教师宿舍修在沿山漫坡。

在校园中心最大的平地上遇见了出行的校长。

礼堂操场都在这儿。由礼堂可俯视台阶下的操场。操场旁秀丽的老式办公楼，一间小型的阶梯教室在二楼的西侧。

校长眼目深邃，鼻梁很高，戴一顶浅色遮阳礼帽，穿一条背带西裤，语声醇厚，使人感到风范中蕴蓄从教多年厚重的力量。

迎新，晚会上璀璨的灯光和师生。

年轻老师带着才艺学识前几年出大学校门来了山城。在座的胡锡光校长是伯乐。学校复办初兴,有才华的年轻教师聚来,一时山城学府人才兴旺,展现蓬勃生机。老教师有几位从发达地方返乡慕名成为学府中坚,在晚会上声如洪钟朗诵《假如生命让我再做一次选择》,表达对第一个教师节来临前"太阳底下最光辉职业"的忠诚。高原来的几个女生脸上带着"高原红",稍施粉黛为大家瞩目,在熟悉的《赞歌》旋律中舞蹈,成为南国学生一睹高原的风景。

校长亲临晚会看中文系和高原班师生表演。接着,他和马腾书记到班上与师生交谈,鼓励大家。

生长自南国海滨,青春选择高原却催生了焦虑犹疑甚至情绪低沉。恋爱,择业,成家,孝奉父母面临抉择。

现实催生了早熟与思量。

立业挡不住青春的脚步。勤学苦读终于要有人生出路。

在那遥远的地方,他们有自己和别人眼里的"恐高"。在校就读也成了克服"恐高"的过程。

这样的过程非有意用奋勇领先的写稿办刊演讲舞蹈书艺运动来展现。那本是他们在校园里挥洒的青春。

他们赢得骄傲。

更多关心来自校长和老师。

校长是他们眼中的教育家,还是大家的"后勤部长"。家乡稻米香浓,落花生脆甘,"锅边糊"和扁肉喷香。学校成了省里高校后勤工作的示范,还开了现场会。

一粥食,一瓢饮,在故园,不改乡思;明月夜,青山照,能不忆青春？

　　毕业之际，高原班先后有多名学生获嘉奖和激励，成为他们离校珍惜装入行装的闪光记忆。

　　在高原，他们与校长通信，校长还寄来他与老伴外语系程素秋老师外出旅行的照片，殷殷话语与学生的拳拳之心在高原起步的旅程中成为温暖的寄盼和铭心的动力。

2022.12.15

雪　域

　　雪山屹立在前方，一路上成了眼里的风景。

　　天蓝云白，远处的雪山犹如海中沉静的冰山，在阳光下矜持而宁静。

　　雪经过了密云挤压风暴吹刮严寒摧袭忠实地守住山巅，保存着洁白。

　　巴颜喀拉连绵的山峰白雪皑皑。

　　五月的天多是晴朗的，雪山在蓝天下衬托着朵朵白云。

　　静默的雪山让我想到写了《老人与海》的那位汉子。这雪山之静默，犹如他简约的笔锋。这雪山之冷静，又像海中的一座冰山。雪原上没见到猎豹这样雄健的动物，被薄雪盖着的草原上散落着黑色的牦牛，十分忠厚地在雪地上吃草。五月草原上的雪已经不会对牦牛和羊群造成威胁。这也是我们可以安然去欣赏的理由。在草滩上经常看见初生的牦牛犊撒欢蹦越，到了成年，则一律变得忠厚起来，没有大的喜悦，只安详地觅食，自觉担着责任。这草原上的生灵，在酷寒中沉默无语，安详于草地的温情中。

上次去玉树，已在十年前。身在青海，我因为工作，去玉树当是经常之事。但屈指算来，这也仅是第三次。这几年路修得好了，冻土、翻浆总算被水泥路面压了下去。一路上都是在草原大山中晃着，牛羊牧人显得十分安静。但似乎只有过了巴颜喀拉山，一路扎下歇武山谷见到夏季草原上漫坡山花烂漫，才觉出扑向草原的奔放，领略草原的妩媚。它不是那么坦荡广阔，陈列于漫坡上的村寨炊烟袅袅，让人在歇武村寨的氛围中觉出家园的亲切。

山上满目绿色，峡谷半山坡上缀满蓝色的野花。这里是由高山向玉树州府结古盆地俯冲的过渡带，有了树和夏天蓝色的野山花。民居上可见木桩，也有的用石块砌了。高高低低，有的往山谷中延伸。谷道两侧盖起了两层三层商铺，夹道而峙，成了颇有规模的集镇。歇武人务弄小块耕地，种上青稞。一些人走出去经商。十年前，曾于此代青老师的娘家住过一夜。她的娘家哥哥非常热情地款待我们。厨间一面墙上挂了大大小小的铜马勺，擦得锃亮。他从房檐取下风干肉，那是我第一次品尝。

从车上寻着高台上屹立的人家，山腰中建起一些新房，过路中好像也能看到住过的房子。

夏天，人静草柔，炊烟无声。牦牛在夕阳中啃着青草。

结古州府在草原深处一片开阔的谷地中，簇集着康巴地缘的一片繁华。它聚集了青川藏三省康巴人相往来的热闹。到了这儿，似乎让人忘掉了缺氧，在谷地中，感受家园的亲切。巴塘川夏季的歌舞，赛马会上一昼夜间好像繁星降落人间的帐篷城，奔流在它绿色胸膛上清澈的溪流，让人如醉如幻，不枉自己生命的境界有这样一回似真似梦的回归。

这谷地，这树木，这人，这坦荡的巴塘川的草原，让人忘掉了一路追寻而来的艰辛。

结古是康巴的一处美地。

自结古向西，去治多、曲麻莱两县。经哈秀山垭口，海拔4500米。被雪笼罩的山丘浑圆似盖，在雪野上露出的山塬其色如铁。浑圆的峰峦用柔和的曲线拉平了山的间隙，山峦居然不见波折起伏。

海拔4000米以上的行旅多被人视作畏途。

它却是世居者的家园。风雨中的帐房，阳光下的草原是祖祖辈辈的牵挂。

离天最近的地方，听得见心灵的召唤。旷天旷地的宁静诱惑了牧人，甘心厮守。

靠山的平滩上见到了它的县城，凸现在草尖欲青未青扯起的一片轻轻的浮尘上。有点儿苍茫之感。随着走近，也越来越清晰。三两座两三层高的楼，一滩子的平房。街两边一溜儿店铺，修车店，川味饭馆。辖治可可西里的治多，沱沱河长江源的治多。占地8万多平方公里，人口5万余。老百姓主要以游牧为生。这儿气候严酷，有人就因一次猛烈的缺氧引发肺水肿，英年早逝。有的倒在从县医院送往州医院的途中。在县委见了领导一班人，"缺氧不缺精神"，办公室和会议室都拾掇得齐整。

县委书记西装领带整整齐齐，去外面，还戴了礼帽。因为长期在这儿，早早地掉了头发。他说着长江源和生态保护，老百姓退牧，可可西里草木返青，人们的生活也面临着新的变迁。

一路颠簸，就为了到达这样一处带来暖意的镇子。遇水避风可歇脚的地儿就是房子扎堆的镇。真是可以不计其名，但你确又刻骨铭心难以忘记其名其程。一餐食，一瓢饮，都与这儿珍贵的氧气一般成为你呼吸的养分。

……花石峡弯在一个山壁间，海拔4200米。也算得一个驿站。我们在兵站吃饭。战士提前在煤气灶上用高压锅焖煮了面条，还做了几个菜。副站长姓房，陕西人，方脸膛，敦敦实实，忙着招呼。灶房里，两个小战士在锅台前炒菜。到了灶房，与他们寒暄几句，一个山东人，一个安徽人，都还是小老乡。

战士忙着端来一盆热水让我们洗脸擦手。大家在这里走，不由得慢行，减去了动作。有的人步子稍快些就气短。

其实都缺氧，战士因为常年在这儿，就把自己当了主人。想想，常年驻守在4200米的高程，对于"缺氧不缺精神"的战士而言，除却忍耐和坚守，还是忍耐与坚守。

军营挨着更高的大山，营地的路上铺着砂石，踩上去，让人有别样的感受，觉得就是这些战士的脊梁。

吃着战士烹饪的面条，我们觉到了香味。

饭菜在缺氧中难以咀嚼出的香味实际来自于他们用心照顾我们漾在脸上的微笑。

副站长和两个小战士的脸颊都印出了"高原红"。副站长拉了小战士的双手给我们看，指甲盖都凹陷了，缺氧。

山东籍的战士要了我的手机号，说到西宁给我打电话。回到西宁从未接到过这个小老乡的电话。高海拔兵站上的一位小战士来一回西宁哪那么容易呵！何况即使来了，他也不一定下得了给我这个城里人拨电话的决心。

战士敬着标准的军礼，一直目送我们的车出了兵站门，还招着手。

我们把从西宁带来的两瓶咸菜留给了他们。长年坚守在这儿，我们留给他们的浅浅话语在高耸的大山脚下却有着生动的回声。这就是那些战士留在我们记忆中年轻的笑脸……

向西，路过野牛沟。海拔4000米不到百十人的一个镇子。

应该说，它是高速公路上那些服务站的雏形。

上了路，司机就念叨着那家住宿的客舍。

刚晃过那房头儿，司机指道："一对四川夫妻开的店。饭菜好，还便宜。老板娘准备了几十床被子，人随到随换，特别干净。一来就端上热水，司机都爱在这儿住。"

还有不少人车在此停靠，晚上住店的少了。这样的镇子还有温泉，清水河。

走过了，让人总感到这里挣钱的人不容易，满面春风。过路的人不挑剔，少了很多讲究，且心中藏一份感动。缺了氧气的人相互间多了一些亲切。

再往前，路过黄河第一县玛多，现有人口2万多，已是生态保护最重要的一个县。如在此过夜就要经受夜间缺氧的考验。

好在路好，近 800 公里的路程朝行夕至。

路过海拔 5000 多米的巴颜喀拉山，不由得，我又想起十多年前天未亮时，从歇武出来，上到巴颜喀拉山口的情景。

现在想来，我不能忘记在黎明前清深的夜色中代青老师把风马撒出车窗，为我们一路祈愿平安的祝福。

宗教的仪式让人觉得庄严。或许就是我们对自然的感动成就了宗教的这样一份庄严感。

一张张纸片上油墨白描了马、象、法轮等等纷繁的图像，于风中旋转着吉祥的祈愿。

那些峨博扯着一道道经幡和哈达的劲旗，身前身下洒落着一层层堆积下来的彩色的风马。

不知是宗教在这高山之巅用鲜艳的色彩围裹出信仰的高度，还是心灵对大自然的崇敬膜拜，把人的思绪扯向更为高远的境界？

一张张风马在车窗边回旋抖转，洒落在猎猎经幡前，撞去了夜幕深沉，撞启了晨曦。

空气清冽，那是黎明的气息。

风无语。

飒飒之声若鼓。

高山之巅风劲若旗。

2005.5.29

坎儿井·胡杨林与手鼓

去吐鲁番路上接近达坂城，看到一路漫坡的旷野上，栽了一片大风轮，不停地旋动着螺旋桨一般的风轮。飞沙走石在此当是家常便饭了。如此，也一下子增加了唐僧经此去西天取经的可信度。否则，"一路豪歌向天涯"就缺了背景。

闻名遐迩的达坂城被新修的高速公路绕去，只能远远一望，看见它站在山前漠地上，在一片绿荫中，恢复到原有的平淡宁静。

吐鲁番，4月的葡萄架还空着，田头上的荫房吸引着游人的目光，蜂窝样的砖孔透出荫凉。那些蜜汁样的葡萄都是在这些荫房中晾干的。"火洲"吐鲁番，4月16日这一天的温度就到了30℃。杨树的每一片绿叶都折射着阳光的碎银在眼前晃动，馋嘴的阳光迫不及待地扒上荫房蜂窝样的土砖墙，舔舐着甜润的气息。

白杨树扯着一层绿烟，日头刺得人眯上了眼睛。

交河高昌故城遗址。高台残墙，颓圮残垣。最早的"高昌壁",曾经"围起高昌郡",后为回鹘高昌王国。公元 13 世纪毁于战火。有官衙,有兵营,有墓地。生与死,都曾在此排列。并且,为避暑,房子向下挖。虽非比窑洞,却也都是土墙土炕,都被日光烤得干净结实。追问这城的湮灭,有一种答案是,它建于高台之上,城门一关,封闭起来,虽易守难攻,却易成一座孤城。粮水一断,便成了绝地。真实的原因,我未去细细考究。但在这样的干旱之地,人却会常常焦虑生存问题。沙漠之地,生之维艰。人远迹存,浮上心头的是苍茫而辽远的大寂寞。

地下甘泉"坎儿井",既是先民留下的活的地下文物,又是今天仍使后人受益的"民心工程"。乌鲁木齐红山之巅矗立着林则徐的雕像。人们纪念他倡导修凿"坎儿井"的功绩。这让我想到苏堤、白堤之于苏轼和白居易以及李冰父子和都江堰……

修凿"坎儿井",先是像挖井一样,从地面直直挖下去,有了一定深度,就得像开掘地道一样,在地下挖出长长的渠道。我们看到的渠道,为了参观方便,上面盖了玻璃。天山之水无声地在渠道中输载着它冰彻的琼浆玉液。

地下湿润的空气传递着先人的气息。直直板板、结结实实的井壁像维吾尔汉子的身板儿,这些湿气就是身上的汗气。今天,"坎儿井"三分之二的渠道仍发挥着灌溉作用。那些锄把子和锹头把回声留给了湿润的地下长道。

在库尔勒,人们用滴灌的办法绿化荒山,想招儿对付干旱,增绿装扮，绿化了市民的心情。还有疏浚后美丽的孔雀河，给了我们意外的惊奇。它宽阔清澈，流量充沛，在这样一个沙漠中的城市里像一个北方的汉子坦舒着粗犷与豪情。夜间，又不乏秀丽，为城市平添一股南国气息。库尔勒人还把它摆到城市中间，使之成为这座城市一道纵贯南北的轴线。这河这水之重被沙漠之城中的人们掂量得十分清楚。它地处塔克拉玛干沙漠的北缘，是这里仅次于塔里木河的一条大河（有地理学家研究，其河之宽、其水之深，塔里木河曾奔流其间），最后注入罗布泊。从此穿越塔克拉玛干沙漠，人们修建了 500 多公里的沙漠之路，南端连接了美玉之乡和田。沙漠与石油共生，也成为地球上的一大自然奇景。新疆也未曾例外。石油，这个人类文明进程中的血脉之源，在天远地荒之处把自己惊天的爆发力深深地储藏起来。

我们在塔里木盆地即塔克拉玛干沙漠北缘去看那一片世界最大的胡杨林。一路行走在戈壁滩上，感受着荒凉和遥远。它是塔克拉玛干沙漠北缘的一个县，远离人世繁华。县里的人多少带些兴高采烈的意味，勾画着胡杨林旅游景区开发的美景。现在我们如乘驾一具老牛车，似乎只能在漫漫戈壁长途中游晃，到这遥远之地观赏胡杨林亦非易事。

一路上远远近近都能见到一些胡杨树。它们蓬勃着生命的张力在田野间舒展着绿色，在农舍前依然为人遮阴。

走进这片被称誉为世界最大的胡杨林，我看到了一场生命抗争的惨烈战争。战争耗时也许上百年上千年，也许又仅有数十年。这场战争隐蔽着的主角也许是我们人类自己。但此刻,我们自己仅做着看客。在这军阵一样有着寂静、有着挣扎、生命较量争夺的生死场,见证着胡杨林悲壮的生与死。在沙漠掩埋起伏的远处,胡杨树等待着春来发芽。在我们进入的密实的胡杨林中,却见枯死的枝干相依在地上叠加着残骸,悲壮犹如武士手中掉落的剑戟,有的甚或就是武士自己。树之残骸向人们讲述一个故事:这里,树与沙漠曾有一场历时百年的浩大战争,最后,沙漠打赢了战争。胡杨悲泣。人们尽管测度胡杨有千年生命,但在与沙漠的较量中,还是希望它屹立不倒。所以,就有了"生而不死一千年,死而不倒一千年,倒而不朽一千年"的讴歌!

在林中,一步一步跨越脚下这些"勇士"(此称更为合适)凋零的肢骸,在这生命不朽的雕塑中有所沉思。百年历史翻至今日,将一严肃命题摆在到访人的面前。原以为与己无关,到此忽觉自己置身无声的诘问中,在胡杨林的倾倒中无处可逃。

初春的胡杨林给人的不是美感,而是对死亡的联想。这片林地其情状惨烈如战后寂静的死地。掉落地上的枝干已非生之存在,生命的踪迹早已远离,土地对它们竟如此冷漠,不再任由它们亲吻。失了生命,土地拒绝拥抱。我不禁为树而悲!

沿着来时车辙压碾的道路走出胡杨林,我更为想见那些夏日身披绿装、有着鲜活生命的胡杨,尤其是它圆柔的绿叶在微风中轻轻招展的姿影。坚强的生命在沙漠戈壁撑出绿色,一次次进入人的视野,使人在短暂的旅程中遭遇并感受它千年生命的欢愉。那鲜活的绿叶犹如我们的生命。它在前方地平线上腾越而出，渐渐地就从车旁掠过，向身后的远际划去。

人为屹立不倒的胡杨频频回眸，又看它在地平线上从视野中隐去。

一边是死亡，一边是新生。一边是千年的凋落，一边是不到百年的茂盛。

石河子，戈壁滩中一座新兴的农垦之城。

它记着历史的时候，不忘诗情。

展览馆里悬挂着诗人艾青的大幅照片。可见，农垦人把诗人当作自己的骄傲。不论这片土地当年是为诗人抵挡了苦难，还是让他承受了苦难，都无一不化为生命的养料，融注在血液中，流淌在对这土地深情的歌唱里。

喀什，艾尔肯清真寺容得下上千人礼拜。在它身前的广场街角，三人击打着"纳格拉"（新疆民间的鼓吹乐），声音单调而又古老。那鼓音让我想起在乌鲁木齐大巴扎（市场）见到的各种各样的手鼓。巴扎售货大厅里，有一个楼层的货架都是手鼓。

鼓是维吾尔族人最钟情的乐器。只要手鼓在小伙儿或汉子们手臂的摇动中击打起来，多平淡的日子都会变得神妙，那些生活中的尘埃被一扫而光。

鼓音悠扬激越，那么地精神抖擞、气韵昂扬。这最简单的乐器，一旦击打起来，就最直接地表达着热烈的情绪。

此刻，在喀什街头，这鼓音悠缓的节奏在耳旁一下一下地

辑三　长江源行旅　｜　217

响着，和着步履，成了生活中的一个节奏。没有了歌舞时的热烈，成了寻常人家日常生活中的咏叹。

喀什，既有阡陌田畴，田园风光，瓜甜果香，又贸易兴旺，辐射中亚。喀什新建的大巴扎仿佛再现了当年丝绸之路的热闹繁华。坚果、皮张、镶着各种宝石玉饰的刀具无不生意兴隆。葡萄干、无花果、胡椒、核桃等等香料和果实，耐久易存。

维吾尔族人对这甜蜜的保存经得起岁长月久。

比如烤馕，似乎就为旅人的长途跋涉而备。不论路途多远，从行囊中掏出来掰一块塞入口中，都如感家人的一份呵护与体贴。

喀什老城申请了世界文化遗产。在各地城建一浪浪大拆大建的热潮中这样一个古城得以保持下自己的旧模样，今天就有了升值的资本。城里巷道深深。热烈的阳光也被藏在这些巷子里的安静挡在外面难以挤得进来。城里的房子奇的是由上向下盖，顺着楼梯，能往下走两三层。不知道这样的空中楼阁是怎样被架着挨到地面上去的。

我们进到一户人家做客，遇到了一个四五岁的维吾尔族小姑娘。我们一进门，她就喊着家人拿录音机。她穿着红色的缀着银片的连衣裙，罩着小马夹，在自家铺了红毯子的炕上跳起来，既有维吾尔族舞蹈之姿，又兼有印度舞之韵。她在电视里学会了"博采众长"。我们每个人的相机里都留下了她可爱的镜头。

在盘橐城中走近班超的历史，因为站在相同的土地上，拉近了我们与他的距离。盘橐应是战时用于攻防的堡垒，既有曲折的回廊式的战道，又可像口袋一样收束自如。班超43岁到此，肩负维边之责，所带吏士仅36人，团结当地人，靖边三十载，回到都城洛阳时，已七十多岁。从乌鲁木齐到喀什行程遥远，其间，跨越天山。汉时班超一队人马到此，一路之上，有过多少故事，都在史家记载中，常人所体味的路途食宿的因陋就简诸多艰辛，于史就忽略不计了。

喀什亦是智慧之地。幽默、风趣，练达地对待生活，这些智慧所包容的因素在维吾尔族人的性情中比比皆是。11世纪，玉素甫·哈斯·哈吉甫，在喀什写出长13000行的叙事诗《福乐智慧》，涉及政治、经济、文化、民俗等方面，其箴言警句通俗易懂，今天读来，仍显见其教化作用。香妃墓的陵墓建筑体现了浓郁的伊斯兰建筑风格，在建筑史上独具特色。绿色的琉璃瓦墙，方正的建筑体现出端庄，圆穹屋顶透着秀丽。其墙面贴砖的烧制技术今已失传。

黄昏，喀什街头，我被一种温暖的感觉包围。夕阳和初上的华灯在路和田头上把行人拢在橘色的光线中。宁静、安详，在日落时分显出它的美。脚下的三叶草十分鲜绿。

此刻，北疆仍一片枯荒，南疆的喀什已绿色鲜明，且悄然发散着初夏的热。田园之美使人对乡情充满依恋。路边田间小院，每一户人家都盛储着田园的热情。

这里的时间比内地晚两个小时，仿佛为照顾我们这些到访者散步的心情，黄昏放慢了步幅，拉长了时间，依然天光大亮。

时差给人以奇妙的感觉。我们在搭着葡萄廊的庭院中散步，在迟来的黄昏中漫步观赏那些舒展着秀姿的榆、柳。在内地，那些司空见惯的花儿叶的也许不曾被我们过多打量，在这里，凡绿色叶脉的植物无不炫然焕发生命夺目的光彩。那些浓绿的三叶草，茂盛地生长着。

三叶草是西部优选草种。此刻，不知是人的目光拂触着这些草叶，还是它们向我们表露自己的心声。在这里，凡植物就那么珍贵；凡绿色，就那么诱人。

绿色与水，是人们在这片土地上须臾不可缺少的宝贵财富。

2006.3.3

大漠·音乐·喜多郎

人常在缺憾中发现美。似乎有缺憾才有美。

在喜多郎叙述敦煌的音乐中,也许,我们不是见到莫高窟里的雕塑和壁画,更多见到的是沙漠,夕阳残照,水井和长路。这些都是大自然中的遗缺。

敦煌作为文明古迹和文化遗存,也成为一个关于文明的符号。

曾经,它就是一个府第,或一处县驿。在这里,你没有凭吊,有的是感受。这里似乎不需要凭吊。在流沙中,它所拥有的是永恒的岁月。

这是大境界。它只能将我们的心境与这壮阔的景致连起来。

你细腻的感知被它的风沙灼得粗粝起来,变得如此之结实。

想在记忆中将这些影像撮合起来,见的是天地间的大风景。这也是他的音乐让我们见到的景致。

但它为什么拥有那么多经卷?古丝绸之路散发着永久的

魅力。文化碰撞或异域文化碰撞的魅力。

想细细描述这儿的景致，思绪流淌在他的乐音中，超越时空，倾听星外来音，包裹的却是地球家园仅有的温柔。

这音乐让我调动对敦煌曾有的记忆，拓展想象，将空间扩至壮丽。

它所拥有的寂寞也都记载了岁月。敦煌和古丝绸之路的岁月全都进了藏经洞。沙漠吹起的风成了它的记忆。

这是一个男性的想象空间，尽管它的壁画上有着女性飞天的图画。她们的衣带携着和风，她们的脸庞那样圆润，美目流盼，让人在她们的祥和中感受到生命欢畅，时空绚烂。孤僻又辽远的大漠原是一座美城？其实，它身为丝绸古道上的一个驿城就足够热闹。这块土地上的异域风情与这些女性的美丽不可分割。

然而，在这大漠之中，我们还是要把更多的空间留给男性。那种记忆就在默默的打量中。

落日、断垣、长河中的喜多郎。

似乎没有什么能像落日燃烧辉煌，让一棵小草也为之壮丽。

这男性凝视的眼睛，多少有点儿眯缝起来的意思。望向远处的视野就有了一些深远的意境。脸颊是一侠者的轮廓，在夕阳中刻出刚毅的线条，头发与胡须被染上落日的金黄，脸膛上透出思绪的热力。身在敦煌畅想。敦煌是什么？敦煌给予人的是什么？除了它的文化物质遗产外，是人于精神上的一种念想。对于前人生活的情境，我们欲寻觅踪迹，仿佛寻着前生。绿洲和水，一脉相承。

敦煌吸引了很多艺术的痴情者。

飞天之路，喜多郎，这是他的音乐飞翔之地。

这音乐让我想起一个女人。一个远赴他乡寻找心灵故乡的人。一个人或许总有自己心灵的故乡。李敖说她伪善，跑到异乡寻找乡愁。一个女子可以这样远行。她勇于寻觅一个情感和心灵可以寄托的地方。她也找到了。虽然最后让它又化于无，让她重又流浪。喜多郎的音乐置身塞外，结实的音像中有它的缥缈，但绝非纤柔。男人的音乐所描述的，毕竟与女人情感上的幻想有差别。在音乐的畅想中，有一份扎实的男人情感。结结实实的音乐。结结实实的男人的情感。

这音乐又感动过一位男性作家。与那女子不同，他在自己的家园奔波。他在贫瘠的黄土塬以及长着零星树木的村落和热土探访先民遗迹，读写西北家园。

这样一个音乐人为何要到中国的敦煌和古丝绸之路寻找音乐创作的源泉？寻找音乐创作的情感的寄托地？

许是少数人的畅想？掩埋着的思绪由他们发掘出来，表达我们共同的思念。

漫漫长路，落霞壮丽，让人见到天地间如我思绪般的飞鸟在翻跹，在追随燃烧的落霞远去，恰似过去与现在的交融。过去如在眼前，现在却正在消逝。

身在此境，在对人类文明遗迹的追随中，让此刻的自己变得辉煌起来，沐浴在天地的辉煌中。天地此景转瞬即逝，只能在心头成为不可再现的记忆。可以再现的唯有这音乐的描摹。且让我们于再现中重被感染，重又置于辉煌。让我们在对落霞的感悟中体味长长的路径。这样一个长久的记忆和惦念。

音乐可表达文字无法企及的意境，而文字却无法对音乐定型。在他的音乐之中，让人觉得这个音乐家与其他日本人之不同。没有川端康成的凄迷婉约，不同于他湿漉漉冬雪中的人与人之间相互守望、期待以及那份幽婉所透出的淡淡古意。不同于三岛由纪夫的刚毅、奇异，不同于渡边淳一在现代艺术中对日本传统文学继承的演变。

喜多郎音乐更倾心于自然，倾心于人几欲飞翔纵然天外的思绪。这音乐带着蓝色的光彩，使大漠成为飞翔的天空。此乐当非一时之流行。自然——时空，人类永远的乡恋。人类精神生活所有生动的体悟都离不开它。

我们完全为自然所感，与那音乐一起。它所表现出的高境界，不是音乐自身，而是自然本身。音乐已与自然相融，使我们觉不到音乐的琢磨，我们完全沐浴于自然，被自然感动，而非为音乐所撼。其音其乐无哗众之渲染，是阔大之自然赋予音乐以神魂。

让人意外的是，与文学不同，自然完全抹平了乐者地域身份的印记。没有熟悉的日本音乐的旋律，它是唯属于敦煌和大地的音乐。

音乐无疆界。

音乐的至高之境使人与之相融一体。这是文字所不可企及的。画作、雕塑亦无法与之比肩。对《蒙娜丽莎》《大卫》，你只能旁观，企图走近它，它不能成为你，你只能表现你的喜爱或神往。而于音乐，你可成为自己，你可与自然一体，风雨阴晴。

2006.11 月刊于《青海湖》

拥抱高原

山，荒寂冷落。一直在童年的眼前。

风景是随父亲去山上挡羊。羊在夏天的山坡上吃草。

草坡和山顶滩上，青草覆漫了地皮，润了眼睛和父亲的心情。他在山上随着父亲有了自己蹦跳玩耍的地方。山顶能望见西北面很远的山，一长溜地排在天边，有时灰色，有时褐色，有时青黛。有时飘飘的云随着山岗起伏，好像有阿妈讲的那些传说故事里的人物，并且都是那些慈祥的度母。

阿爸说，那是祁连山。

——比我们家高吗？

——高得多。

他于是向往着山。

他和阿爸阿妈的家本在山里。但更高的山是他眼中的风景。

新奇的风景居然在他眼前打开。

和他一般大的孩子有的在学堂里。阿爸送他也来学堂，阿妈不让他总跟着阿爸去挡羊。还有工作人员在他们依山而居的山村里走访劝说，让孩子们跟着去学堂识字。

村里仅去了几个孩子。走出了山坡，绕着绕着走出了很多弯，还翻过几座山岗。到了临河的平滩，没有了山上的清凉，家门口常常听见的风声在这里也柔和了很多。

阿爸说，在这里跟着老师好好学。

阿妈没有陪着来。出门时，阿妈一直流着眼泪——阿妈没有出过远门，但阿妈放心让阿爸把他送到学堂，和来领他们的先生一起。阿妈知道识字好。

他走出了山。走到了河地。

阿爸说，这是黄河。

它拐了弯，让这里一下子热起来。夏天的舒服是身上轻松穿得少，好像卸掉了棉袍的沉重。

高原东部的山紧挨黄河。但它们和黄河一样的脾性，在风沙里让自己的身躯打上皱褶，在一个一个皱褶和夹缝中往里往上盘着，有一些杨树一些绿苗一些高低错落不大的土墙筑起的庄廓。

上上下下，挨着一些村子就是他和这些学堂里孩子们的家。

有时，他想阿妈阿爸，口袋里的糌粑是阿妈一碗一碗装进来的，吃着香，跟别的孩子口袋里的味道不一样。

他有时会偷偷擦掉眼泪，嘴里嚼着糌粑。

阿妈没想到他在学堂里长那么高。

像山里家门前那棵高大的白杨！

阿爸没想到把他送出来，羊儿在山上吃草，风风沙沙霜霜冻冻，几经寒暑，他没有再回家。

后来他又被送进省城。一直去北京学了医。

他走路大步流星。

他饱满的额头里装满了聪慧。除却骄傲的家乡语言，他说普通话还有北京口音。他有时跟人聊起天儿来高兴时大大的智慧的头颅也会不由得略略摇动起来，有些自在有些开心有些爽朗，友好，信赖，慈祥。

自在，开心，爽快，果断。

好像他会"念经"，他好像快乐地念着经。

他是家乡山里出来的孩子。

他是村人眼里的星星。

后来又有多少从家乡追出来找他的人。他是家乡人眼里有大学问的"曼巴"！

他去了结古。

结古医院有名的曼巴里有他。

他也是医院里不多的从北京学了医来的曼巴。

医院里有一些好医生呢！结古人为自己有好医生而骄傲。

走遍康巴草原的山山水水。

看到了和家乡高山之上不同的广阔的草原溪谷，看到充沛无比的三江源之水在每一条山谷奔腾，像欢快的马儿，像草原深处悠远的"拉伊"。

这些淘却了心里的不快和芜杂。不管是当了"白专"还是忍受误解，他来了草原，看到和家乡一样的蓝天白云，心中块垒随之化解。

何况，他胸怀旷达，走路如风，待人心润如玉。

牧民百姓、同事、朋友和他拉家常，说心里话。他白大褂前的听诊器听得见心声。

他和H走遍山山水水，骑马在草原深处的路上吃过怎样大的苦，H对他的信赖就有多深。她为他跟他从京城的学院义无反顾来了高原，又随他来到这里。

爱不需要语言。

草原的风雪雨晴见证了他们彼此的呵护。

她是他的雪莲花，在风雪和青藐的草坡上开得最圣洁。他的家乡山高，但没有雪莲盛开。东部山区山下黄河流过，带来湿润和庄稼收成。

雪莲耐寒傲雪盛开在高寒极地。他不曾想自己来到雪莲盛开的地方，并且有自己一生的雪莲花。

她没有了在学院和大城市生活时的娇弱，也没有在省城工作时初上高原的新奇和不适。为他的性格爽直，"下"来远地，她义无反顾陪伴着。

她为他来，也就不计高低寒冻，反正都是高原！

他在这极高之地找到了自己的雪莲。

一生好像为呵护这圣洁的雪莲。

他为她一生攀登在爱的途程，不畏风雪，迎来春暖花开。

医院有几对像他们一样的夫妻，H和他连一点儿磕磕碰碰都没有。他当院长，H接生了多少草原上的孩子啊！她和他一样是最好的曼巴,也是最好的老师。不多言语的她,用跟牧民学会的最简单的词交流。

眼睛拉近了距离。

她们看到从北京来的她和她们一样眼睛大大的,那样真挚!

她倾听她们的倾诉,教会赤脚医生接生的方法。她时时点着头,听她们说话。她语声温厚,看着她们放松了眼神和心情。

这是她在草原上最大的安慰。

她觉得自己有一种找到,在生命里。她不顾家人疑惑跟他上高原。这是她在自己的青春中找到的终身托付,使她不惜放弃在城市和家里的舒适。

她随他一路从省城又"下"到高远的草原,来到这里,一待十多年。

这是生活。

把生活过成自己的,就赢!

草原有最好的风景。除了眼里,更在心里。

草原有美好的寄托。是付出了得到的。

清澈的澜沧江在深山秀谷流淌,成为他们夏季出诊走进牧人家里最好的山泉。毗邻西藏最南端的方圆林场松柏苍翠。人们走出它的荫翳,就能在谷地感受夏天的灼热和村妇开朗温柔的笑颜。

走过最高的巴颜喀拉山,冬季大雪。粉碎了你对草原美好的想象。那些鸟儿花儿和歌儿遁形隐迹毫无踪影。

想象和诗情冰冻，只为长途跋涉的人们平添旅途的艰辛。

鸟儿飞不到这里。

有人看它是铁。夏天，人们在山垭口端了相机拍照。浑圆的山巅在镜头里也将道路弯成弧线，犹如地球的弧线。青草难以装点太高的山峰，低空和气压让飞翔的鸟儿止步。

人们看到峰色如铁。

裸露的山石和覆盖其上薄薄的黑褐土壤在空气稀薄的高程中衬托着背景中的蓝天。

可高，可低，可远，可近？

——立于高空背景中的想象。

高远无染的天空赋予你的！

冬季的巴颜喀拉被大雪完全覆盖成为白色世界。

他们在高原待的时间长，只为冬季大雪封山。

巴颜喀拉的雄伟和攀上它的艰辛让草原深处的人们在严冬"蛰居"，等待来年春日青草返青氧气增加呼吸舒畅。

春夏他们离不开草原。有一些孩子在春天里出生。牧民夏季转场，他们也到了县乡（公社）培训巡诊。

巴颜喀拉山脚下和长江、澜沧江源冬季漫长夏日花香的长长旅途，有她的陪伴使他呼吸舒畅。

他把自己的感动放在对她的全部呵护里。草原美好的夏季可以冰释他勤专和直言被误解的块垒，牧民真挚的笑脸使他的医术有更多信赖。

这儿也是自己的家乡啊!

远隔千里的长途不曾改变他对家乡的热爱!他在这里看到和父亲一样亲切的面庞,听到和母亲一样的关切!

高山深处就是自己的家!他们如此喜爱亲近大山。他们总是追着大山行走啊!

游牧,游牧,怎能离开山呢?

他从医离不开他们。虽然不曾相守自己的父母。

更宽阔的草原在他眼前。H和他一样热爱这里的风景。

他们去过几回的文成公主庙依山傍水。

庙前一条清溪水流潺潺十分清澈,像在深幽山谷诉说涓涓细语。流传了千年的佳话,使这片草原亦显温柔,如公主带上高原的种子、佛像和经卷……

山谷的秀丽安静地掩去高原的粗犷和冬季的气候恶劣。

当年公主于此歇脚也是休憩的佳处。

据说,当时这里天空蓝澄如镜,雪峰洁白挺拔,森林茂密翠绿,漫野的小花儿五颜六色,山涧灵泉潺潺而下,文成公主被这风光所迷,便停留了下来。

这里,有勒巴沟摩崖石刻、岩画,有文成公主亲自督建的佛塔。

由此往结古经巴塘川水草丰美。巴塘山下最开阔的地势让人们为此自豪。

这里跑得开骏马,扎得下帐房,可云集市集商贸和人海。

赛马、跳起"卓"舞,三地通衢,草原帐篷城一时盛况。

只是，那时这样的活动成为遥想。待兴，已是他们调回省城多年以后了。

格桑花儿盛开着草原上永远的美丽，使人不惧冬季风雪弥漫气候严酷。

他们和草原上的人们一样，不觉这是生活中的耐心而是美丽的轮转。

不好吗？

——风雪中有它的性格，荒冷中有它的奔驰。

没有风雪不见雪莲盛开。没有严冬便少神奇的冬虫夏草丰收。

他不曾想到多年后在荒冷的可可西里，他会带队为科学家深入无人区的考察在那里的西大滩为他们壮行。

但他知道 H 是他一生呵护着的雪莲，不仅仅盛开在心间！

2022.12.9

田野，田野

从师专毕业分配到古城北边半浅半脑山的一个县城去教书引发他的想象。

空气，树木和清澈的天地。
全班同学曾去那儿郊游。
出城北去数十公里。
山，茂密的杂树林。山涧，溪水清澈地流淌。
野炊。
支了灶。
林间升起炊烟。还有来帮着搭手的村和乡学校几人。
山林间自由组合徒步。
中学时光的郊游。
周日。
去这里当老师的是中学同学。
她是班上女同学里穿着最朴素的，甚至不能再朴素了。洗得发白的蓝布中山装，男式的。全班只有她一个女同学这样穿。是捡她弟弟的衣服这样穿的。

皮肤也算白，脸上有点儿小雀斑，和同学说话笑起来嘴角露出小小的虎牙，和她泼辣的性格一样厉害。

她是家里长女，按理上面没有兄弟把做好的中山布褂子穿小了再留给她。而她穿过的衣服应该是留给底下的几个弟弟穿的。

身为长女，她在家里帮父母挑着"担子"。她文科好，和几个成绩好的女同学要好。我陪着一位对她颇生些情愫的同学去过几次她的家里。

可能是信了西教要向人传道说教，她母亲讲述着慈善体会。

她在母亲面前话少，笑笑的，对我们很热情。她父亲是建筑单位的工人，母亲是家属，一口乡音。

她家左右楼是建筑公司家属院，各家大多从内地来，口音以河南山东江苏四川居多，也夹了古城本地周边乡村的口音，听起来乡土而亲切。

她考进师专。和她要好的另一位女同学如愿被广播学院录取。

她们被热烈地送走。

古城火车站靠在一座红崖的山前。

山俯视着城。

车站是苏式建筑，是古城地标建筑。

像这座红色的山一样，重复为远行人播放欢快的送行曲后，空旷的站台留下被俯瞰着的寂寞。

眼前的空旷照亮寂寞的想象。

一封封书信传达着友情和记挂。

校门外的同学经书信走进大学校门。

校内的同学对留在社会上的同学诉说着寂寞和苦闷。

校外写去的书信谈说理想，充溢激情。

这是我见到的两个同学间的反差。

考进的说着不如意。校外的进了工厂把身边的沉默变成书信里的热情。

春风浩荡春泥沐雪。

高原古城冬尽春至吹刮着清冷的风。

脚下春雪融冰，虽有些泥泞，风凛冽僵涩但拂动脸颊亦可感轻轻的柔软。

春的消息浮动在心头。

有情愫的男同学似少了与进师专女同学的联络，几经周折去了一个盐厂，在柴达木。

那里如今成了"天空一号"。

热情善交友的同学在这片纯净的天地里如鱼得水，一洗送别那些上大学同学后的寂寞和与父母亲在家里的别扭。

另一位去了柴达木西部矿山的女同学，听说是一路梨花带雨仿若探春远嫁。到了那里报到，其后一星期未出宿舍。怀想从大学一下子跌到属于男性的荒山，花季少女面对矿山铁样的山峦，洒泪独泣山下凄惶，不似男生被命运抛进这样的天地正好甩膀子干出一番事业。作为一个小女子，如果她知道自己后来回到省城经商赚钱喝茶聊天的日子可能当初就破涕为笑了。

后话了。

那么远去冷湖的呢？一位上了高中又退学去那里接班。是石油子弟呢！

离开古城西去，不断升高的海拔和炽热少雨的天气应当减去心理的巨大落差安慰着同学吧！

怀了梦想的有志男儿在西部也自有一番新天地。

大学深造，矿石筛拣，盐粒精选，分别正青春。

青春猝不及防到来。

相思怀春没有给年轻更多时间。

一厢情愿想矫情一点儿的青春流连在时光中滚滚向前。

盐田和矿山来了很多大学生。

前后脚来的年轻人工余热闹了平日星星点点零零落落的球场。

盐池的明亮和贴在风上的盐粒儿将他白皙的皮肤吹粗糙了。

教书的同学见到他说他没变。

的确没咋变吧。依旧健谈。

他说着盐田和那些伙伴的新鲜事儿。她像听着那么遥远的风情，和学校里年轻老师不同，也和那些大学同学来信里讲说的不同。

当时她们都觉得无奈他这样的选择。

他热情不变，毫不以关系变迁为意。

不说工作，盐田上单学习环境也艰苦，自学也得费时找合适的资料。

好在热心的老技术员帮他复习。

他上了在职电大,换休时间跑着省城和盐田两地。

他把家安在盐田边的镇上。镇子变得兴盛许多,街上有这些年轻人的说笑,成了东部山区移民来的农民眼中和镇子上日益新鲜的风景。

火车穿过矿山,让年轻人回一趟省城的家不再遥远。

梦?在哪儿?西部。

回到省城是安心生活。事业好像要在西部干。

也许路远了是梦。

远去圆梦的青春在大学在校园,追逐着知识。

——西部的路好像更远,拖拽着一些心里的纠结冲突和矛盾。

很多人选择追梦!

农民,调庄移民来的有了地和庄廓,转眼有了二代三代人,有了麦田青稞和红枸杞。还有人建议建农垦纪念馆呢。那个纪念馆就大了!

在那些油井沟渠车辚辚马萧萧的白杨红柳梢头听得风沙漫过,还有荒蛮充满魔力的外星地貌。

当年来的人置身蛮荒千里迢迢回江南故乡探亲可不就被家人看作风雪夜归人和几近于稀罕又陌生的远方来客?

梦在西部。

追光追风追热的为梦而来。

亦不乏离去的。

这里召唤青春。

亘古土地召唤探宝人带了梦想激情和付出的勇气来。

还有热爱。

属于西部人的热爱。

西部接纳了当年梦想失落的他和她，用风沙和荒蛮为青春镀金成色，为热爱土地的人换了头脸，变苦为甘，把日子过出光彩。

在这里，苦日子变成好日子。

西部是梦。

年轻时的梦。

2022.10.14

辑四
高原捎来的书

世界杯与安妮·埃尔诺的叙述

世界杯横跨这一年的 11 月至 12 月。有点儿漫长。

电视从四五十年前由奢侈到普遍兴起,足球赛事从此霸占屏幕,从小方寸黑白到越来越大的彩电。从无例外。越看越上瘾。这是当然的。

世界杯是多少人的守夜。甚或,比一些节日还热闹期待。从挤着看到一个人看。

球队变着,偶像变着,年轮变着。

不变的是万众熟悉的球衣,已然换了又一代而永为球迷热爱的球星。

——"哪怕穿蓝色球服的法国队在朝鲜的世界杯赛中被击败。我们在回归自我。"

这次是多哈,卡塔尔。

21 届解说有一些让人记住的诗话。决赛刚落下帷幕他就出来谦虚,"我不是诗人,我只是挚爱足球!"

是言。

热爱足球。给平凡人英雄梦。

生活里的人们需要英雄和自己的偶像。

足球可以是你的人生梦想，给人生挑战最大的想象。

足球经久不衰。

热。

举国欢庆。

冠军。"大力神杯"。金光灿灿。

全世界看着。

《悠悠岁月》写的并非如书名这样满含诗情。

获奖的安妮·埃尔诺年过八旬，面庞沧桑，尽管作家精心保养自己挚爱写作一样的面容。

写进作品的世事沧桑还是流露在她的脸上（如她笔下的自己，"女人苍白的面孔带着饭后散乱的红色，有点憔悴，额头显出了一条条细细的皱纹，微笑着"）。

其经历不同于玛格丽特·杜拉斯。

杜自恋，自大，自信。

安妮的写作，是将自我放在冲决"社会阶层"隔阂的执着。

她的写作实际突破了这样框出的"小我"，把笔放在社会进程。冷静，不失感性。一个人的目光，专注于时代的生活。

报纸、电视、音乐、歌曲，社会中的各类明星、人物，在跨越年轮的记录中从鲜活时代激荡风云际会人所能详的记忆中涌来。

录音机。或是回放着录像。

群体记忆。

写作的意义。若非串联，机械的某一段，无意义。或仅是一段机械的文字。

局部融入时代全记录，熟悉的。隐遁或藏匿起来在集体的记忆深处。

唤醒，激活。

所以沧桑写在了脸上。为时代记忆。那些如隔的影像，褪色的记忆。

唤醒童年、少年、青年和人生。

回放。回放。时代。时代。流年。流年。

它们为录音录像机记录着。

她完成了多少人的个体记录？！

一位个人记忆社会进程并作平静观察描述的集大成者。

一人完成了集体关于一个时代大半个世纪的记录。

机械葆真的回忆。

像一个被小心认真记录完整打开的工具箱。每一个时代的零部件都细致地码放在属于它们的格子里。

——年代，记忆，被符号般记录。

在这样的写作中，似乎"一切都被编目、分类、评估，包括所有的发现、文学、艺术作品、战争、意识形态，似乎必须带着空白的记忆进入21世纪"而进入笔下和记忆。

辑四　高原捎来的书　　245

它们不仅仅发生过。曾独享,亦共情。发生在你的记忆中。被取出。为我们阅读。

如打开藏之弥久的一本影集。一盒黑白与彩色交叉的录像带。一部你自己存放的家庭厚厚的影集。

人。作品。歌曲。时潮人物。曾经澎湃心动的偶像。各式物件,商品,消费,生活里出现的,迭叠出革命性的意义,为"时代的标记"。

比如,我们记忆粮票,父母亲"先进生产者"得奖的红字白瓷大茶缸,"三大件"及"三转一响带咔嚓";记忆陈景润、华罗庚,中国科大"少年班";记忆"小煤砖"录音机的流行,喇叭裤,邓丽君,恢复高考你羡慕同学考进大学;记忆《新星演唱会》苏小明的《军港之夜》《少林寺》,崔健的《一无所有》,中国女排"五连冠","下海"经商卖茶叶蛋和"傻子瓜子"等等十年二十年三十年以及还往后发生的大事和你身边你和他人记忆里个人成长中的小感触,等等等等。

……推进着生活。

"推演着我们的年轮"。

——刚刚落下帷幕的这一届世界杯无疑在我们的生活中被记录下来。

它如此精彩,动人心魄!

获奖背景下《悠悠岁月》自然加大了印量。

它也横跨 11 月、12 月,为我们阅读。

网购，图片，很厚一本书。

"快递"来，拆开，薄薄的一本书。

并非大部头，浓缩记录了作家眼里细致跨越60年的社会生活景象，泱泱而为笔下"《景观社会》"，作世纪记录，"以便详细说明时代的一切独特标志"。

她的国家法国队拿到亚军。卫冕宏愿遗憾未实现。

被她写到的"人人'都来用计算机'"，已然不是"我们羡慕地任凭别人去控制它"，早已拿在人人掌中，在"自媒"中任人评说。

夺冠与卫冕。她的国家法国队自然被聚焦。

法国队被评说。足球牵动文化、历史及社会。

足球承载热情，青春，记忆，年轮，成长。也悄隐抱憾泪水，伤痛离场，英雄迟暮……

看球，他说，"足球就是人生！"

妻曰，"看球就是看球，哪那么多联想！"

非一人之联想……

足球，世界杯。一个看世界的球场。

一个世界的聚会。

文化热情，民族张力，大与小的反差，获胜与惜败逆袭，奔跑与角逐，锋线与回护，攻防与默契。

冠军的情理之中意料之外，抑或大失所望欣喜若狂。共情着，同悲喜。

进球全场沸腾……

星光闪耀……

多么大的想象，多么大的可能。

——"尤其是世界杯足球赛。……聚焦在电视机面前，在这个星期天的此时此刻，在欢呼和陶醉之中，我们简直能够为赢球而一起幸福地死去——只是这正好与死亡相反，重又为了一种唯一的欲望、一个唯一的形象、一种唯一的记叙而不惜一切——这些日子令人着迷"，而忘了"星期天早晨他看'电视足球'使她恼火"……

足球，可控的热情，青春，年轮，成长……

"争取以后三年一办。"——现任足协主席发话。

他被激发着足球热的空间年轮。

足球在脚下可控地旋转推移弹跳着，实现催发着激情梦想。

载入球迷记忆和足球史的世界杯，也将为诺奖作家安妮记录的哪一届在你眼里更精彩？

你记得那个绝佳进球！

2022.12.21

用炽热悠长的想象写作

——玛格利特·杜拉斯与《情人》

她是写作中的"这一个"。以写作和生活独领风骚，使作品与自身成为经典。

写作给她的气候和地理使读者在潮热干旱的异域生活经历中记住了她在男主人公眼中跃然而出的独特和吸引力。这样的吸引力以致成为她写作中心理的优势和自信。这样的独特和渐生渐明的自信先在于我穷，但我不惧爱，且领受之，尽管其时"我"身体尚未发育成熟，但"她"本身使我成长初尝爱之琼浆，且使"我"于爱的懵懂与成熟中亦成长着向往中的自信。自信源于选择写作心理的萌发和坚定，被爱和爱却是慢慢感受和清晰的。金钱和物质给爱和被爱以传奇，人文和差异给爱与被爱冷漠和分离。埋在记忆和传奇里的爱穿越时间和河流，造就今日之"我"。

如此差异与经历今不乏见，亦常常上演，有的竟成世间大戏。记忆成笔如"我"，只因刻骨铭心，在年少，在他乡。在世事遥远之往昔。

写于1984年春日的《情人》早已远隔了那一段少女的爱情。但"我"在写作中热爱着她，忆念着她。

爱在那个气候里被有准备地遇见。爱离不开环境，爱从来不莫名其妙而又始自心与境之相遇。

气候和片段使文字充满回忆，像湄公河上笼罩在少女心上漫起的轻雾。

在往事渐渐清晰和爱的回忆中，写作的故事愈来愈清晰。

在爱的回忆的叙述中，片段里的人在高台上的家的环境和堤岸酒店其实就是人间烟火。

深刻的写作从来不是海市蜃楼，镜中水月。

少女之爱其实早早于人间烟火中察言观色看到沧桑。

漂泊异国以求生计的家依赖母亲操持为一家人提供经济基础。在父亲缺失的家里，大哥成为霸权，母亲偏爱着"唯一"的这个儿子，尽管他在对弟妹的称霸中恶习不改，也不可阻挡母亲对他成器的期许，偏以溺爱，以至于他可以霸凌，特别是选择了在他的淫威下胆怯弱小的小弟作为欺霸对象，使小弟唯望逃离，而因生性怯懦又无路可逃，作为被欺压者早早为自己的被欺压埋下不幸。在这个家里，"我"选择了自由。对恶行欺蛮的大哥给以反抗并察觉他内心对"我"的惧怕而成"我行我素"的空间。母亲对我的"爱"察觉怀疑而施以暴力，又因对我作为女儿别有冀望而放手给以自由，使得我写作，我爱，我追求，我自由。

"这一个"不惜这样练成为世界现代文学中自有风景和深具吸引力的女性。她为人们偏爱，阅读。生活，经历，心迹，记忆，如河深幽静流。河岸风光如画，水下心声如泉。

一生的写作这样独特。

她为文学贡献独有的传奇和美丽。

2022.11.9

冬

—— 一部 80 年代争鸣的中篇小说的重读

一个冰冻的话题在春潮中融开。

春寒料峭。

长城，宗教，长老，黄河，岱顶和一个女主人公的思考，疑惑的认知，求解的寻觅。

——未曾忘却的阅读。

看到重印了如老友重逢。取下买了带回家，我想，就是老友听了也不会笑话。现在说这个话题在遥远的过去。现在谈过去会惹笑话吗？

你不可能笑话它满卷充盈的诗意。在那个春天，她属于年轻。它摹刻两个年轻心灵的靠近和疏远。春天的相遇鸟语花香充满生机。这是两个年轻生命的春天，也是读者心中的春天。春天的相遇充满好奇，手里的书，课堂上的求解，公园里勤奋的晨读，上学途中的风景，亲人的呵护。还有在年轻生命中挥发开去的友情……

你不可能笑话它生命季节的向往。它是我们成长的沉甸甸的风华正茂和年轮大树。风云际会命运沉浮韶华不再四季交替，甚而没有重逢的惋叹。冬日的话题惟凝重，这样的收纳经过了夏之纷热和秋之忙碌，冬天的话题长而如它——作品本身，辽远苍茫。它当年引动不小争鸣，人人参与，只因人人有不同深浅的思考，对于不解的疑惑希望遇见可以讨论的智者。作品于冬日场景设置满足了读者的想象。以实带虚，由近及远，读者在这样的登顶之旅中沉浸和完成着人生想象。

你不可能笑话它话题的凝重。为什么去爬一座山带了这样凝重的思考？人们都有自己心中的文化名山，它有根脉有意象有解悟。在陆海，在高原，在深谷，在远地，地理和文化意义上的高山不可分割。它雄峙天地景仰于心中。八仙过海，昆仑问道，华山论剑，文化昆仑气象万千。山与人的精神世界相连。有人于山中寻根问道，山的根脉竟与史相连，生发出精神和察观世事的答案。作品中对一座文化名山的攀登也是人生的攀登。这样的攀登在每个读者的心中和脚下。盘亘曲折，迎难而上，曲径通幽，豁然开朗，无疑是攀登中的人生经历。心即在山中，却又可跳出山外，身在此山而能跃然山外，岂非人生另一重更高境界？作品里的主人公即在这样的困惑中寻解答案。在这样一座富含承载文化深意的名山之上，重逢，回首，寻解，希望，坚定，无疑为攀登中的信念。

作品甫经发表，引发广泛争鸣，在当年文学春潮中引起人们深入思考和社会广泛讨论。

当年，刚刚入校的同学推荐这部作品给我。青春年少读得浮浅就与同学"争鸣"探讨,说来可笑,又不乏那个年纪的认真。

古城远郊山峦之下,青藏铁路仅一条铁轨单线尚无以后的繁忙。

已收了庄稼的农田闲下来,选了离校门不远的田埂和同学坐下来。

每每想起这块田垄在眼中展现的萧索与荒芜寂寞中青春热烈的想象。

作品深远的意境和描写给我们强烈的美感。那里有沉思,有向往,有迷茫,有坚定。

年少而向往着未来,且心下坚定。大约青春的力量如是。

2022.11.11

你还写诗吗？

——读舒婷散文集

秋日火热，上来鼓浪屿不知是先看到喷吐耀眼爽日朗朗的三角梅和日光岩，还是先看到你的诗句。它们耀眼了你的诗句，你的诗句又赋予它们为人诵读的热烈，使之成为鼓浪屿上闪光的记忆。

也有游客在盛开着夏秋热烈的三角梅的院落打量哪一座是属于你的小院。好在琴岛之美无分别，都好，都是，如遇如见。

读你不是诗的文章，犹如你颂赏的三角梅一样跳脱生动热烈愉悦。那样的性格，那样的笑意，那样的自然。你在琴音纷扬的诗行塑造了热烈的三角梅，还是三角梅怒放于岛上塑造了你和文章灿然？

"三十岁时她以殉难的姿态把自己铆在理想主义的光圈下又是多么矫情……"可自嘲的年岁充盈笑谈，诗情变得轻松。当年的澎湃如你笔下的神女峰，不仅仅为沿江过客展览。

那时，你听到的是拍岸的巨涛澎湃。

现在更多是海岛鸟语花香。

诗属于年轻？

诗情在胸因年轻？还是那样一个时期，连同曾饱经沧桑的人也沐浴在年轻的春潮之中？

"读诗有如朝圣，首要虔诚……否则镜面蒙翳，天光闭塞……""其实心里都知道,诗岂是可以饭后茶余拿来消食的？"——你对撂了诗笔的解释。

读诗的年龄你给读者以深沉和思考。现在，你呈现轻盈与生活如歌的快板。如你"散文随笔是老朋友的家，顺路推门进去小坐，不必打招呼。意到兴尽，转身就可以离开，下次有空再来"。轻松的写与读。

你的生活，你的写作，你的快乐，你的感染，你的意会，你的轻松。

生活中的诗意化作文章中的锦绣和晶莹璀璨闪光的秀珠，更多是属于你的。

女人的日子，美丽，轻盈。

"平时读书与做人一样，兴尽意到即罢"。

于是对你过去写诗及现在写不写诗得到答案。

亦信你过去的诗又非为"兴尽意到"为罢。其时之兴之意非今日一笔带过的轻松。

俯仰于胸的兴和意在诗潮与春潮相融时期化为心潮为人们讴歌颂读背诵记忆，在年轻，在土地，在森林，在河海，奔涌为年代的记忆与之不可分。非今仅在鼓浪屿上出行与归巢的惬意轻松。

也许，有读者还会问诗：

橡树呢？

木棉呢？

会唱歌的鸢尾花，负重转动"吱吱"作响的老水车呢？

都在！意象的诗非朦胧，年轻的读者亦听到它们在常春藤般不锈蚀的记忆中被颂读。

——去发现，去想象吧！

但绝不至于轻松，不至于随意，不至于心无所动，不至于"现在读诗，心情太老"。

写诗的笔力化为生活和日子的剪裁。回忆中毫无怨尤，轻松中不写闲适，简短中却见本真。

宏阔清葱的景与情在目在心，走过的看过的相遇的难忘的记忆的。还有满满情谊的收获。状物抒情的诗当年的遇见化为今日的真心重逢。

闪光的闪光，

所有的所有……

不虚娇，不沉吟，不故作沉思状，不作态深沉以显重大。

鼓浪屿美丽的日子出行写作和快乐归来。

岛内岛外远远近近的日子。

放下诗笔的你，在腾挪移转明快疏朗大景简括细笔诙谐的文章中与读者分享柴米油盐和生活的快乐与思考。

放下诗人角色的你，快乐做妻，做母亲，做朋友，做游伴，做访客。

美丽的岛，美丽的文章，美丽的心情，美丽的日子和生活。
游于生活而非优哉游哉。
——你心中的诗……

2022.11.19

平凡的尊严

——读梁晓声《心的告白》

《心的告白》。以此名书可见作者真诚。

读时,作者心迹一如他坚持多年的创作。

真诚叙说,没有华贵的雕琢。也是作者一贯的风格。去掉一切雕饰与技巧。所谓文章的写法就是见人见事见心。

这样平民风格的写作。

我只是这样读了他的一本散文集。

一直未读卢梭的《忏悔录》。

这本"告白"当然与卢梭的大作不同,但作者的真诚让我有此联想。

多少年,身体力行,坚持这样的写作这样的视角这样的风格,始终没有忘掉成长的那个家和家人。

用写作对得起走出而始终在心里的那个家。

一个人可以走出很远,但也可以永远走不出。我们能走多远呢?譬如巴金先生。心灵终于走出过那个家吗?巴金先生的大家庭可以是被文学史解读的那个时代的写作和人生。《心的告白》作者一贯坚持的取材和写作视角反映着时代变迁里中下层人群的生息。凡他的读者最熟悉的有他的父亲母亲和家人。贫穷，父母之爱，孝子之情，生活的悲喜，时代的变迁，平民百姓在过往那个时代中生活的记忆……

面对生活中的窘迫不忘感受温馨，有作家的名气而甘愿在生活中用最低的姿态保持平民本色，言说妻儿几乎就说着大实话，全无学者作家遣词造句的拿捏粉饰。写父母亲，我们对于生命和生活的感激全来自他们。

因而，这朴实最深沉！

也许，一些文学文字调高着我们的胃口。"但是对于尤里西斯这样的写作我读不懂，这样的写作和作品我一直不喜欢。"

《尤里西斯》作为驰名享誉的文学经典无可厚非。但梁晓声先生多年未变的文学口味让我们肃然起敬。

也许，你不喜欢他或很少读他的作品。他的写作似乎挤掉了更多的享受，物质的。有的，是来自亲情的心底的感动。享受，是物质贫乏年代一个少年抑或青年，还有他那一代人对生活的坚韧和精神上的渴求向往。

改变的是贫穷，不变的是过苦日子时源自父母亲无言的坚韧和生活的俭朴。

也许，你生活得很优越，也一直追求优越。所见所想所感亦足够现代。但多年来，一个作家对自己走出的家庭和父母兄弟姊妹生活中的尊敬发自内心的讴歌也是我们最大多数的父母兄弟姊妹生活中的珍贵价值。

我们内心最朴实真挚的情感，无须更多华丽的辞藻。也许我们久已适应了那样的辞藻。回到本真，你对父母的情感就这样不可言说的深爱。

2022.8.9

高原捎来的书

一些书被捎来，大多厚重。

都是我们的父辈。不忘高原，写出来的文字映出群像。

没有过多雕刻，一些经历也是我们熟悉的。

如喁喁细语，充满关怀。文字中满是自信、豁达、乐观。大多从高原一方水土和天地观大局，有着由外而内的观瞻。有自我的忆念，外在的影响，家业的顾念，亲人的帮衬——来到高原可记可忆可写。

高原人普遍的笔墨。我们的父辈，我们的兄长，我们这一代人眼中的高原！

——延续如此。我们读他们写下的文字。高原光影依然耀目，没有斑驳碎影，不是陈年旧说，是记忆中的金子。

布局谋篇有初来高原的青涩激情，在老照片上看到一城一地建政时他们身穿棉衣，胸前统一佩戴着令人自豪的胸章，身后建筑或一塔一房在发黄或黑白的影像里凝聚了庄重；遣词用句朴实无华，一如他们当年来时的默默无语或轰轰烈烈。无论开拔进城立功，随军进高原组建剧团，戈壁垦荒奉献青春，牧区下帐（乡）推进变革生产生活，跨进工矿融入城市建设一砖一瓦，敞开江河有山水的激励，一花一草都有"美丽的颤动"。

年轻的身影留在帐房、地窝子、干打垒和劳动现场。在山崖沟叉里顶风冒雪风餐露宿开出来的路，三过黄河向着雪域出发乘载的羊皮筏子和摆渡农民赤身穿着羊皮缝制的背心，今天的年轻人大约都未见过，在过去的岁月被还原出来。

山水间的勘察，戈壁滩上的种植，乡镇下帐（乡）学会骑马成为驭手。在牧场深处与牧民兄弟盘腿促膝，格桑花盛开，拂过草原的微风和话语也吹刮在牧民兄弟恳切的脸上；在"三线"建设的新工艺上贡献智慧，打响高原品牌；投身参与改革掀开高原新篇的勇气和欣慰；为高原地理及文化名城州郡变迁考察辨析；为生态之美一次次的三江源行旅和深思赞叹；一路成长有幸遇见的提拔和机遇；年富力强新来高原融入大漠高山乡野村舍心灵震撼与结一生情缘的思行感佩；出国纪行见闻对高原差异强烈的对比和自爱……

回首桑梓，离家时爹娘的殷殷目光和招手，自小翻越一座大山去往学堂的小路……

我亦是聆听者。拜访和聊天，在他们岁月静好思绪绵长的娓娓话语中是嘱托是希冀是来路也是明天。

昨天的他们从高原东面的山区、西部的戈壁来，从关中来，从延安来，从晋冀豫来，从齐鲁来，从苏浙沪来，从巴蜀来，从湖广来……

捎来的书搁置未读时，你还忙碌着，如他们年轻时在自己的岗位，甚或忘记了对身边爱人和孩子的照拂，后来回顾，总觉对家人留下了亏欠，但一直陪伴的家人不以为念。

她（她们）豁达相陪在高原。

有了时间打开他们当时珍重相赠，忽觉这样的长辈兄长多时未见虽不曾遗忘但也不曾联络时日已久。

书的背后仿若他们隐在岁月中的沉默。

展卷是熟悉的高原。

不苟言笑的，温润从容的，深沉凝重的，睿敏豁达的，意兴飞扬的，稳步语迟的，敞露心声的，冷峻深刻的……

熟悉的模样不忘记述中的本分，性情追求尽责忠厚。

书里书外地不分南北，人不分西东，在高原彼此熟稔、亲切。

对高原厚爱即是对自我忠诚。没有粉饰，环境艰苦，但走过了高原的他们当年不以为苦。如在这样的记述中想找一点儿粉饰，也只能是对艰苦的"粉饰"，况且这一辈人无此"做派"。回忆艰苦，记下的却是温暖。

没有辞藻华丽，平凡雕琢了人生。

在天寒地冻的高原，无声奉献是自愿付出和"享受"。享受着风雪草原艰苦环境中的情义，享受着风雪兼程中高海拔山脊深处灯火闪亮的感动，享受着路途遥远风尘奔波回小城见到亲人时的泪奔，享受着在戈壁红柳滩上一众师友为单身汉子娶亲的热烈,享受城市和乡村在手里扮靓变美。

也有孤独。

等着数天送报与外界恍若隔世的寂寞,等着搭一次总不露面的便车在远方扬尘,记忆里一次送临盆初产少妇出深山沟壑在路边久盼过路汽车心情急切。还有……

他们好像又共同约好了不叨念沧桑。

山太高听不见叹息,早被劲烈的风刮跑了。路太长没有愁烦,紫外线的强烈早已把它们晒干。

存留的是献给岁月和记忆的珍珠玛瑙,被岁月打磨了,甚或连脸上的褶皱都抹平了。

我想,他们的高原岁月时光留下的是坦荡。

2022.11.15

网上谈艺

蔡志忠娓娓而谈他画画的专注和一路走来自己取得成就的人生体验。

靠画画赚钱养活自己也是他当年对父母亲的一个承诺。他做到了。

蔡志忠画风独具,用亦庄亦谐阐释老庄列子,将风云宇宙的大道理演化为卡通漫画式的身边和生活中的故事,老少咸宜,且别有意趣,画风了得,独行行市间,自己实在小意趣中得大乐趣,使人生哲理有了由小见大的大意趣。他越画越快乐,读者捧读会心一笑,也得到快乐。

他画画创作,为读者与画界奉上一帧帧美妙图画,悟道与艺术臻于佳境,自乐而众乐。

不意间,又在网上碰到了文坛老将冯骥才。

他和刚见了的蔡志忠一样留着长发,虽不及蔡先生那样艺术和个性,但长发亦是冯先生多年的标志。他穿着也是和他喜欢的艺术气质相谐的深蓝色条绒西装,依然是读者熟悉的形象。

冯先生跑了多年的文化遗产保护大业，拓展了曾经对文化民俗挖掘和创作的空间，视野追古及今，深有功德。现在回归书斋和创作，给读者以期待。他去年新出版的散文集封面描着青青绿柳在洁白的书面似轻轻拂动，将作者要在书中谈说的生命体悟人生感受描画出来。这样的清新诚挚和温暖曾是他创作的风格。

真诚的作家不"过气"，所以，我不奇怪自己在一排书台上就取了买了。和年轻时候喜欢他那本《珍珠鸟》一样，时日不长，在书店又见他的小说《艺术家们》，也买来了一读。我不知自己这样是否怀旧，但小说反映当下的生活。

短视频访谈。冯先生和蔡志忠说了一样的道理，讲对文化和精神价值的追求，针对一些浮躁和一味追求物欲的最大化，平心而论对这样文化精神层面价值追求的体会和启迪。

话题在当下，它是人生完整意义中不可或缺的承载，对每个人而言。你若漠视，但你终将遇到。心有所惑，我们不妨在这样的艺术创作静观中找找感悟，有所启发。

2022.5.25

文学家哲语

——读周国平散文集

书店每有你的新作摆上书案。

思考、生活和写作不停顿地向前。

海德格尔、罗素,还有马克思,生活中的遇见在对话中言语朴实,娓娓道来,从心灵出发照见灵性的探解。

写作,读者索解观照、接纳倾听。

哲学,有时是倾听。

学术,本自生活。

看解读的这些大家巨匠何不如此呢?

他们照耀在人类思想的星空,在寻常生活中发现自我和生活本身的意义。他们观照自我人生,星空在胸,视际始终衡量着人类文明道德和价值的标尺。其如马克思有"盗火"伟业,但与燕妮的日常生活常常流离贫困经历爱子病夭,常人读来,这些哲人的生活故事,如一般人的寻常琐碎中被赋予了不同的意义。思想使他们寻常的生活放射着光芒。

你将这些思想和学术中的光芒变成解说生活中的困惑。

多年前，有一本《悟者之悟》，其时，你在书中的语言哲思的色彩更多一点。今天书写的语言更为浅显直白，切近更多读者。

读者贴近着时代，你贴近着读者。

我们每个人都非时代的旁观者。

读者的心灵生活被你参与着，情感的共鸣由你书写的语言慰藉着。即便从书的阅读中将目光挪至生活中依然困惑和烦恼，但阅读中独享的安然仍鼓舞我们对生活报以温情和坚定。阅读中获取的力量是心灵的力量。而心灵的力量如此坚韧而柔软。

也许，这是哲学本身的辩证，让我们在生活中勇敢前行。

随时代进步，用哲学的态度对待生活的人愈来愈多。所谓要将人生活得明白。你的书写更有意义。因为人们生活的精神层面需要这样的对话，生活困惑中思想的共鸣让人们找到有时会被弄丢的自我认同和价值维度。

人啊，你是谁。

人，认识你自己。

……

尼采这些曾振聋发聩的发问都在你今天这般近切的书写中化解成读者接纳着的思考和语言。生活的，现实的，自我的，升华的。

　　读者因有自我的问题思考，或许与你和你的写作不期而遇。所以，你在一个时代里不倦地书写着。

　　不易，凡改变。

　　你不遑也在改变。如你的书写和语言。

　　不变的是思考。日日变化着的是生活。

　　昨日，为着一篇小文，在书店坐下来，读你的新书。一位年轻母亲带着四五岁的孩子选了旁边的座位。一是书店里已无座位，二是这偏角是一个安静的地方，灯光虽略暗，但静。小孩子不懂静，吵吵着，说着话，应是刚从幼儿园接来。我还是捧着这卷书。母亲的声音也不小，许是被这里的安静提醒，她和孩子说话的声音迅即小了下来。环境下，也是一个小小的改变，孩子无疑受到了这样的提醒。

　　安静使人改变。但能安静不易。

　　安静使我改变着自己读书的习惯。

2022.8.5

一直留下的书

大学毕业回到高原，他被分配到一所中学当美术老师。他应当是一位好老师，授课创新，学生增加了对美术和画画的兴趣。但他渴望创造，教师生涯不是他自由创作所在。他辞职下了海。在一个酒店宾馆租一间房开了文化艺术设计公司。这期间，最大的作品当属为省电视台设计台标，是在高原艺术标识中首个用"三江源"形象概念的成功创作者。之后，又设计了"正大综艺"青海专场的舞美。其后，应一位知名环保志愿者之邀设计"长江源"纪念碑，立于长江源沱沱河。揭碑时，举行了隆重的仪式，中央电视台在沱沱河现场直播报道。但因未被报知主办方，他和其他一些来的人被挡在现场之外。

这也是高原环保和绿色宣传的始发。他做了一名重要的参与者。

他带着他的新娘将自己的婚礼定在青海湖边。新娘披着洁白的婚纱在湛蓝碧绿清波荡漾的湖水见证下举行了自己的婚礼。

至今，专程从城市带着家人亲友驱车长途近二百公里到高海拔的湖边去结婚的人也不多。但他有自己的心愿。在他，这仅是一个开始。

他选择了这样的生活。

他两次进藏，自驾吉普，去那木措，去墨脱。朋友们没想到的是，原以为他为创作和对文化的探源而去，并且大家知道只要是王斌（一直）弄出来的东西一定不同。他的灵感、创作的理念总让人眼前一亮，为之惊叹！他回京，自撰自编自己设计，出版了《藏地牛皮书》，一时成为去西藏青海旅游的畅销指南，且仿作频见，一时云众，为此，出版社和王斌（一直）也和那些盗版及仿者打了官司。去年3月他去世，网上所发悼念文章和他旅行中的数帧黑白照片的都还是这本书的读者。

他在北京安居一个时期。一次，我们去北京有几天住在他家里。恰逢奥运会，他开吉普车带着我们去场馆，一路上没怎么交谈，他专注开车，让我感到他在生活中的奔波。但知道他沉浸思考，绝无窘迫之态。除了设计创作，对其他无话。这是他的特点。我一直认为这是他的优点。但他去世后，也有朋友说到这一点，认为这样会郁闷。在我的印象中他没有郁闷。与同学和艺术上的同好相聊，他特能聊，一个意念一个意念往往使人惊叹。他长年沉浸在自己艺术和创作的构想中。

以至于他在云南近十年的生活，在我眼里他好像做了一个隐者。

他在大理自己筹资建了旅友喜欢的酒店，名"隐藏(zàng)"。

仍隐含他那样一直旅行的心愿。在这些地方的旅行已成为他与自己经年相约的使命。多年奔波，定居繁华的都市，又来西南旅者心仪之地住下来，他有自己的想法。

西南通道。那些悠久深远的文化。

他在寻访里就找着那样一条文化的脉络和经纬线。探寻梳理发现。

他画《山海经》已画完 800 多幅。他对《山海经》的设计出版有一个构想。与他谈过的同学深深感慨，王斌（一直）如果能做完这件事，他的《山海经》出版将会有很大的价值。

王斌（一直）的《山海经》在他的脑子里，他一直画着。他的《山海经》给人们留下了猜想，现在无人能知道了。

2022.4.18

一直漂泊

乍见到王斌（一直）设计的《漂泊者的故土》封面，欢喜之外，带给我一份怀想，就是心中的高原。

黄河之源的水流在铺盖过稻草般的土地上蜿蜒，上部是飘着淡云的高原惯见的蓝空。——漂泊于眼前的是熟悉的情境。它就是我眼中所见、心中所想了。是这样一种风格吗？是了。他又在封底大地和云空间印上一串走了过去的小脚丫——意象来自于我和小女儿那一段在高原的文字。

我去北京，王斌（一直）坐在他的电脑前为封面润色。两人都赤背。他又给我看为时事出版社做的封面。

为书穿了一件衣服。蛋青色的灰蓝。用一幅摄影是我在书店里看过一西藏女作家的书后提出来的。何况我也比较喜欢摄影作品所表现出的意境。这件"衣服"拿给编辑看，当时，他一见也是禁不住说：哎呀，真好，真好。我只告诉他书是在北京做的。编辑也有往来北京策划、做书的日子。他住朋友家，出版社告诉我他朋友的手机号码，我把电话打过去为我书的事。

王斌（一直）为书出片子。正巧我出差在京，半夜一块儿跑到印务社。完了，半夜两点多，两人又去"簋街"吃消夜。他有时吃饭就跑有炸薯条之类的西餐店。这次消夜，俩人消费的方式比他单人多了点温度。消着夜，看着人们进出。我俩座谈我俩的。他说得多。他大学时光的事儿和他的恋爱。大学的生活使他有点儿眉飞色舞。他虽然不胖，但脸上一边一点小疙瘩肉随着嘴角抖动着。

其实，他比我累得多。王斌（一直）的勤和辛苦在于他有自己思考的乐趣。点子和想法一个接一个，跟上去就是实做。他闯北京，就像一只工蜂，用自己的想法和做法当工具，垒出一个蜂窝来。他偷懒和享受的时候少。并且，他从不在自己垒起来的工房前多流连，从来没想着为自己的作品呀什么之类的搞点儿展览。他做的那些商标设计很多成了省里一些企业和单位的著名形象。他为别人出点子，点子被别人拿去用上还说没用他的方案，他也不在乎。谁让他管理自己成绩的能力差呢？有些形貌和处事待物待艺方法正规的人跟他接触就自惭自己的呆板。他批判有些人赞叹的艺术，又绝不固守自己的想法和看法。听到更好的高见，马上就吸收，又变成他自己的。我有时说教他，他绝不辩解，他绝不会为自己的利益而伶牙俐齿。那不是他。对我对他的教训他还是很开心地笑笑，不申辩。我们说教他的人有时回过头来觉得自己并不多聪明，而王斌（一直）的不申辩绝不是他没有理由。有理而不辩。往往，当我充作说教者时，已经就走进了一个框框，创新、质疑、探究的做事能力就萎缩了几分。

我跟朋友去了一趟宁夏觉着挺好玩的时候，他在春节去了陕北，去了延安。过年，他在陕北的街道上找不到饭馆吃饭。夏天来西宁，他由此又去拉萨、山南、阿里，又去云南，给一家杂志社写稿子。沿途租车、吃饭、住宿全掏自己的腰包。家里人都支持他，他也养成了这样一种性格。他已经有了自己的阅历，又很少谈见闻。这些东西都进入他的作品中了。

我现在所想都在他的不言中。他创作，每年都在实现着自己。进入创作中的那些事情成就他他自己，仅为被动完成一些事情的计划对他没有意义。

这应当是一种创业、成功的格式。有初创和铺垫，有积累有成就。在初创和积累中，他往往又换到另一个行当中去了。在北京盯着他初有名气有所成就的朋友眼巴巴看着他又闯进另外一个行当，免不了说他"脑子太活"。他把自己那些别人说他不善管理和经营的资金用作旅费和毫不悭吝地购置电脑、相机之类的设备。好在我最近就要收到他的书——以"一直"为笔名，书曰《藏地牛皮书》，是他前年旅行的结晶，影像、装帧、版式都由他自己制作，中国青年出版社对这本书付诸于热情，热销。

2001.8.7

《山海经》

旅行带上了《山海经》。

于20世纪90年代陪父亲时在北京地铁站的一个书摊上买的。

买与读之间间隔了挺长的岁月。读书往往是这样吧。于我而言。

《山海经》当是用脚丈量出来的文字吧。今人捧读总心生敬畏。山河神圣，简洁朴实的文字无声而令人敬穆。天地之间神圣造化，人于历史长河中读与行，渺渺而苍苍，在山河之间寻找出契合，也有了一些神圣庄敬的崇仰。

《山海经》是一本大书。

带入行囊里，我们要走多少山海？

它所以在心里沉甸甸的，也因王斌（一直）作为创作叙写的大工程画出了800多张精美画作，如今作为遗稿留存着，无人知道他在装帧和设计上的构思。那是与他畅销的《藏地牛皮书》完全不同的新呈现。仅仅听他说过他在跑西南的羌戎线，且和他当年对去西藏全情投入一样充满发现和思考的独特。他的创作也是这样，完整拿出来时让人惊叹于他的独特和灵感。就像《藏地牛皮书》一时成为深入青藏线旅友人人手中捧着的指南。

他钟情《山海经》在定居大理后，其萌生的念头没听他聊过。他在大理住下之后，回青海仅几趟，且往往奔波出去，有一次是开了车带着女儿去祁连八一冰川。他每次出行都会带回自己的精彩构思。于《山海经》之思，让人多少有一些明白了他对山海的热爱和钟情。他发现着感悟着呈现着，最后与读者共享的是他精彩的挖掘和创作。

我们都不知他在大理的岁月和日子是怎样度过的，但埋头于《山海经》是他一直的状态。他走后，他还在读小学的女儿在她的微信里写下两句话："爸爸昨天去世了，希望一直一直自由。"

今天去柴达木盆地，顺手从桌上拿起了这本书。也许这是我今天想着读它的缘起。和父亲一起乘地铁时，在书摊上看见就买了。

每个人都有自己的山海。每个人都应在大宇宙中放置自己的山海。《山海经》让我们心生敬畏，因为我们往往在山海间不经意的出行与品读中常怀懵懂。而这样的文字过后方觉须处处留心。谁又会如此经心每处风景呢？所以，《山海经》拿在手里，不仅仅是一本地理志，且是一本于江海之间发现着寻察着志记着启迪着的智慧大书，让我们于有涯中思无涯。

宝之《山海经》在人心间。过年,去看望一位格萨尔专家。寒暄叙话敬酒哈达,谈说间,他认真准备了一个仪式送我一套印制精美的《山海经》,煌煌四册,装在精致的书封套里,也满满装着这本书在他心中的分量和送给我的心意。他的故乡格萨尔的传说和故事在山海间,那些神奇的故事流淌在江河源头。

2022.6.6

书　柜

有一天想起岳父的那些书和书柜。

在卧室里放着。

四五层的柜子上摆着一些让人喜欢的书。《晦庵书话》《水浒传》《芥子园画谱》,欧文·斯通的《渴望风流》《梵高传》等,一个艺术的小世界,亦觉藏书的品位。书架是岳父和王斌(一直)共用的。初到这个屋子里见到这些书就吸引了我的眼球,从架上取了《梵高传》和《达利自传》读了。其中唐弢先生的书话取下翻看了一下,未细看,独特的封面设计印在脑海中多年未忘,惦记着要读一读这本书。最近集中看几本书,孙犁先生散文集中多涉及书评书话,今在网上见到一篇文章晒出书话熟悉的封面,由三联书店出版,和岳父书柜上的那本一样。

岳父和王斌(一直)都是爱书之人。不知王斌是否认真读过《梵高传》。但像梵高这样一位穷达闻世的画家一定在生平和创作的某些方面吸引着他,所能吸引他的也一定是梵高的画作。王斌当时用一些炭画墨笔所画那些自画像之类的习作,突破了一些素描完全临摹的束缚，加以夸张，使特点在夸张中更有自我，做到以画笔写我，受到同行的喷叹。他的自画像不是自我饰美，甚至用粗粝的笔触放大自我另一面粗放的形象。他也许就是用自己这样外形的粗放和内心的敏锐开着北京吉普一路奔波去西藏，去墨脱，去大理，去西南羌戎走廊，用自己对沿途客栈民俗和山川极细心的体察，用眼中和心底的亮光以细敏的彩笔像编织心中的经纬一样一笔一笔勾勒色彩绚烂外貌拙朴又领跑装帧时尚的《藏地牛皮书》。今天想来，书柜里的书暗合了他的追求，他没有辜负这些书。

2022.5.21

随　手

随手从书柜里取了书,想看,就带回来了。

已是多年前带回的。

当时在北京住在王斌(一直)在城南边儿买的房子里。我们去了,他就把他们夫妻的主卧让给我们。

早晨醒来,燠热忙碌的北京"哗哗"下着大雨,让人心中有些清凉。北京的雨下起来一声儿不歇,十分气势。真是北方的雨啊!大平原有这样的雨势雨声!

起来后,在屋中走动。这个时辰,他们都还在睡觉。工作一晚上,上午就一直是他睡觉的时候。家里人都习惯了。

屋里安静着。岳母已在准备早餐,也是悄声。

我在屋里安静地走动。又把目光投在他漆着白漆的书柜上。

他已出了《藏地牛皮书》。在北京的圈儿里孜孜矻矻搞书籍装帧设计也已有了名气,事业闯出了天地。这套房子装修按他自己的主意,原浅灰色粉子刷了客厅,就是水泥墙的颜色。当时刚在市场上露面的长条臂的落地台灯从一角甩过来在茶几的上方。家具和桌案都是原木的。

客厅往里上两步台阶上的三个房间都刷着白墙。简单的粉刷在来人的眼里却是他独特的风格。别人眼中就是这样看他。二楼复式隔层是他的工作间。也是这套房子最诗意和具有想象空间的地方。凭栏往下俯视客厅。倚墙自拐弯的楼梯上去的一处空间放着他的大案子，台式电脑是这个大案上最显眼的办公用具。

桌案上有他作为休憩换脑时画的素描，其中有一两幅是他的自画像。似用铅笔和炭笔画出。见过的他的自画像都是这样不遮丑，甚至放大了眼中的自丑。

案旁亦有一简易的书架。其中多为工艺美术的画作和书籍。

早晨室内清寂时刻，电脑虽亮着却也静默着。我们一般不会登上这个隔层的二楼空间。他常在那里工作一整夜。

我在楼下屋子的书柜里取了书来到客厅。岳母在北面台阶上靠窗的厨房悄声忙着。

客厅安然，阳光照着。

放下书，窗外一片艳阳！

从窗前望去，外面大街上车水马龙川流不息！

"哗哗哗哗……"

川流不息的雨声竟是车流的声音！早晨醒来的我真正听的是澎湃的雨声呢！

南城，繁忙的大街。

听声音甚而觉得雨意清凉。

车水马龙中透着人们不歇的忙碌。

他的书柜我流连多次。曾取阅《梵高传》《达利自传》。也曾见《芥子园画谱》和《晦庵书话》。在这个书柜上，我随手取了阿城的两个集子《棋王》《闲话闲说》和冉平的《蒙古往事》。

这几本书我都带回了西宁。可能和他读的是一样的书的缘故，这样随手取了，他也没有多言，他对我向来如此。我们一同聊天不多，可能是隔行如隔山。他跟我交流说话多是在西宁时，听他讲他画画的想法颇激情。那时他年轻，事业也刚起步。有时，我去了家里，也遇见他在屋里与同学常聊，聊的都是画和他的想法。他奔波于自己的创作之路。

在他家里听着"雨声"时恰逢奥运之年。

国庆假日，我们去鸟巢和水立方，他开着跑过了西藏和河西走廊的北京吉普车带着全家人游览。女儿在大学里和同学一道做志愿者，还抽点儿时间给我们当了一会儿导游。

我们去了潭柘寺和红螺寺，山上正结着柿子，山路上一些卖板栗的热情吆喝着。

跑着三环四环路，我觉得王斌（一直）在这里的路都是不惜用车轮跑远路丈量出来的。他开车不咋说话，很认真，一直专注地盯着前方。北京城里那些近道胡同他当是路不熟，所以车都在环路上不惜气力。我觉得他在这莫大的城市里奔波着实辛苦。

这么多年，他的好点子新想法打破窠臼不同于常人，为同行和业界刮目，凡出手作品总令人耳目一新，令人啧叹。但他走过的路却是用苦和辛换的。他不畏此辛劳，总另辟蹊径拿出最好的创意和在读者中有热度的作品。

他去云南的这些年，我想他是在为新的创作积累素材和题目。他也找到了。用他不同于前人的思考认识画出近千幅《山海经》图画。

他有自己的《山海经》图画。

这些画幅均一笔一笔精细勾勒，思接远古，创作的路子却实实在在一步一步，用他对经典和民族多元文化的搜集去积累去寻觅去思索去破解而绘就。

2022.9.5

你读董桥

《这一代的事》《乡愁的理念》，早先买回的董桥的两册书。今由书架取下，如抚摸25年前的时光。好在他的文字直如韶华。

他写这些文字时，香港正处回归前，"香港，香港"，稳定的香港！身在香港，品读中华文化，殷殷关注未来，在理性认知中，乡愁理念连着文化根脉。

乡愁的理念在青海高原二代乃至三代四代的人们自是不同。父辈由五湖四海奔赴而至，我们成长于斯，本是家乡。

高原文化自有粗犷的精神和风度。于此气候干燥夏日晴爽的高原，董桥先生江南秀色苏式雅园雕梁画栋书卷盈室的文字和他追光流彩的文化寻踪中讲说轶事追抚时光的切身体会，文雅而切实，自有视野。

文化视野中的索引钩沉碎影，本是时光书册中深夹的一枚书签或喜好的藏书票。

索引解读，不悖于时光。有了文化的意义。

淘书购书是他最大的乐事。在厚重的书中拈出意趣来，不随意生发，又于线线脑脑中拣出经纬不失轻重，树见地论得失，且不失一些赏心乐事浅酌轻尝把握着事度，就有了不失偏倚的体味。如梅如兰如菊，如我们看熟悉的写意，这是他对文化的借鉴和由此形而上的文化点染。笔意镌于时光淘润中，见出文化光润。这是读者感受的文字光泽，如静静的下午茶。

写马克思，可感思想巨擘在勤奋时光中的追求乐趣。写屠格涅夫如见其描绘瑰丽和朴茂似森林土地之生机，而这都在作者花却功夫的解读后于笔意洗练中择出思想光影。

短章书华中有所品味，读者得以分享。

写家国情怀，写文化乡愁，写于事于理的逻辑思考和选择。

那些书与文化之乡中的人和事沉浸在时光里。用晨光，用下午茶中的细心来品味这些却无伤感，也无文字滥觞，好像温润熟悉的中华笔墨。

山水笔墨着以光彩，尽为自然之色。文字中情与理的度在不张扬的见地中收放张弛，自觉约束而彰逻辑密致。

一些读者曾迷恋于其文字别样，读之如捧下午茶或咖啡。文字不露痕迹的雕刻和溢出文化的气息，如穿什么样的衣，着什么样的色。个如山水样貌自然。

有读者问——

自然的文章怎样熏染出？

作者虽未言语，读者有此思酌，其笔功如弹钢琴，日日之"基础工程"。

为浸润即久时间中一份悠长的惦记。承远了距离，又为了近看的一种情怀。

心的惦记。经久的惦记。自然恰到好处。

这是中华文化自然的解说。

上下左右的文化视野。一种沉浸其中自信的视野。

书中的浸润，养得精神。

关于他的藏书。深处看有渊源寻究。若直白论之即"文化的传承"，人类文明精神的传承。

自哪里来？往哪里去。这是文化深远的意义。他曾在英伦醉心淘着中国的书，为着时间中的视野和沉浴在时光中温润的光泽。眼中书话书史映出文化旅程的跋涉，有来处，有去处。

以文化视野站在地域之上。

笔下诗词典章，亦用梅花的墨色点染。

他信奉且主张信达雅。

2022.11.8

回　家

　　流浪的人回到了故乡。终老故乡。水乡亭台上，人们兴建了纪念馆。

　　文化是故乡的符号，他是当下最好的文化题材。

　　果然热起来了。流连展馆里的购书购画，看他的生平和文稿手迹。

　　一个作家的过往和艺术在故乡的文化里为人们流连，终于成为现象。

　　有了他的书，系列的。有褒有贬。读和未读之人纷纷评价。有善评之人唯因善评发言，其实未读作品。或细读。书曾摆在桌上，又送了朋友先读。

　　今念之。想到作者的流浪和回归故乡。这本是可忆念之事。浪子远行，把课堂开到了在外的诸浪子中，会餐式远距离回望故乡，讲说故乡词章山河锦绣身世盛衰，身于外而心念兹。

　　至老归来，看山是山，看水是水，乡人亲切而无疏离。

　　念兹故乡，这是我要的归来！

2022.10.27

回乡的三毛

三毛吸引读者的是撒哈拉的故事。

三毛的书在架上搁了十多年。买它的时候,是大学暑期归家的路上。在武汉的书摊上。西宁那个时候街上还不兴摆书摊。

无法体会三毛那些细致的感情和对生命情境的一种营造。看过几篇,总是不甚了之。后来,将它码在留给女儿的那一档书架上,准备留给她看。

《西风不相识》《平沙漠漠夜带刀》,印象中是三毛的洒脱。

今天,快36岁的人了,不注意地从这一层架上拿起一本三毛的书。几日里换过了几本,都是她的,并且改变了以往同时翻看几本书的"不良"习惯,这几日就看三毛。

三毛的书很薄,每本都如此。薄薄一册在手,看着方便。没有厚重的理论,摆着艰涩的架子,或者翻开她的书,你一定在其间找点什么学问。三毛是看大书的人,三毛书写的是她生命的行记。

对生命的每一程,都能够境由心造,体验一份生命的旅痕,让它在心间擦过,在生命的漠地烙下一份拥有。

三毛的文章有刺痛读者心扉的一种。《哭泣的骆驼》先写人的美好,情爱的美好,结尾却惊人心扉地在族群矛盾引发的战乱中,将人性和美好撕裂给读者看,使得美丽的故事,成为平凡的朋友之间传奇般的意外惊心。她在沙漠腹地亲睹的这个事实,其惨痛如一个不会真实发生的故事。

《背影》是三毛关于自我个性倔拗的写照。

在写作中,她走进现实与想象和期望交织的世界。三毛生活在她的热情中。

她寻归故乡,游历新疆,访问敦煌鸣沙山,都带有这样一种热情。三毛擅以这样一种富有艺术情境的眼光去打量周遭。她生活在自己营造的氛围中。这是她说的一种前定的乡愁。三毛的文章都宣扬着这样的境由心造的乡愁。

回乡的三毛没有太多的生活华彩。三毛式写作,环境成为乡愁的外在诱因,环境成为心的一个照应。人在环境里看见的是自己特定的心声。

三毛以"流水账"式的生活记录吸引了读者。三毛不疲于写自己。

带上一种三毛的心情去旅行吧。

那是一册薄薄的书。这些"流水"还诱惑读者去认识、分析这样一个人。三毛写了她自己，写了一个人。三毛用一份自我营造的氛围装饰了自己豁达的人生途径。饶有趣味地让人去认识一个人，有兴味的人总不觉得乏味。

1999.6.3

山 寺

寺在城边上。

北国关外名城。

大平原由此东向，一马平川。坦阔无边。

曾在火车平缓的节奏里为这平坦寂寞。被它晃瞌睡了。

平原。还是平原。

粮仓。

黑土。无可比拟的黑土。

富庶的土地。也曾是荒冷的土地。

在这寺里仍可体味这样的清冷。

寺在城边。

一个不大的山丘。

寺有正门侧门。

侧面小门进入。北国人家院落的感觉和特点在寺的门墙建筑中些许亦可体见。

在此居然于它供香客随意取阅的高案上见到一册，有些发黄。被人屡屡翻阅了的陈旧。它曾为一僧人持有。

翻开。书页里是弘一法师的声音。

讲话实录文字。如是我闻。

仿佛在经堂听着他的话语，与听闻关于尊者的感受不同。

弘一法师的传奇留在了传记和他创意的经文中。如非钻研，听闻也就在浮泛浅知上。

"长亭外，古道边"，旋律最为人知且感动。

且是他在红尘中的创作。

寺塔凭栏北眺，居然见山。

远处。青黛葳蕤，富有层次，如李可染抑或关山月大师笔下水墨。眼中一下便有气势！

那一带为燕山相连东脉？

关山苍黛。连接着关内关外土地神奇。

山给人以浮想，绵渺着人的眼界。

平原虽坦阔，但人们缔造一些故事传说时往往会向北向西依托了山。

山富于神奇。可隐可现。"三山六水一分田"。

人们阅读那些神话又何曾离开过山呢？

寺凭山高。

山高隐寺。

北方，大小寺院这样的建筑依山而峙成为观山一景。

山峙绝顶，壁立崖端。

青藏高原湟水谷地山峦起伏，一座藏传佛教寺院院落不大，依山而建，山壁下俯临一川水流，于宽阔的河道中秀美了两岸川地上的人家，东流汇入黄河。

炊烟，绿树，人家，在一川庄稼收成中将农耕话题延续了数百年上千年。

惊心动魄的历史迁移。

千年之前，向东而来的三个僧人用骡马驮了经卷，隐在这山崖深处的一座小寺中，讲经传徒，悄然始为藏传佛教史上"后弘期"之发祥。

湟水南山，俯临黄河。

峭崖上，有的室殿嵌进山洞，依自然之势而建，巧夺天工，化险为夷。

当年，他们避人踪走荒径选偏僻，在这里隐身存经，一如寺建本身。

在日常袅袅的炊烟中不动声色。

寻常百姓看不出却接纳着。

迁移奔行，一路走来，还经历了不同的语言、习俗和文化认知。

湟水，黄河上游的一川细流。有它的容纳，有它的简疏清寂和蕴育融合。

辑四 高原捎来的书 | 295

不承想，高原历史深处，藏传佛教史上一次自西东移隐于山中建于山岭高壁上的寺院，以及后来湟水北岸依附在山壁上一座看似悬空停驻了栈道的小小建筑，竟于千余年前，历时一百多年，完成了"后弘期"的一次隐遁和再传。

就像与它隔川坐落在莲花山间的历史名寺——塔尔寺。

山路深深远远，峰峦逶迤，尘土飞扬的山道隐藏了另一座富丽恢宏的建筑——瞿坛寺。它"隐姓埋名"在深山，为明代建朝时皇帝赐匾的寺院。其建构格局，瑰丽壁画，三进对称的院落和气派都给人以历史想象，当年一位入寺者和寺院建成演说了传奇。

早年开始，这里的壁画保护和古建维修来的都是敦煌参与莫高窟保护的专家。

2022.12.27

读《将饮茶》

杨绛先生的《将饮茶》装帧和开本看着是一本很小的书。

抚之,觉"三联"书优,30多年过去,竟发现书页沉了色,又唤起当时的心绪。

这些年,杨绛先生是读者中持续的热点。微信的人生哲语也每每跳出先生的话。

今阅读《将饮茶》,抚摸泛黄的书页,感触时光的流逝。

购此书时,绝非凑热闹。今天,更多读者捧读和熟悉先生的《我们仨》。

人生更多经历后读者可能更有意会。且是人生深意会。在先生云淡风轻亦不乏内心飓风雷霆轰扯中体味人生应有的常态和从容。

这是一本时光之书,持续保存着她的温度。

取舍在看淡中,人生自有意趣。

杨绛先生作《围城》每日写作时的第一读者,也因她写出

《小阳春》等这样精彩的人物作品，与钱先生并驾。

《杂忆与杂写》"拾遗"篇里人物情状淋漓转圜仿佛让人在阅读中看了几部节奏紧凑变化接转的精彩电影。

时光没有掩去它的新鲜，且使读者对杨绛先生的写作和作品精彩有新感受。

2022.9.6

角 度

——读杨绛先生文集

也许,这是您一生的角度。

这个角度是爱家,爱爱人。

其实谁不是这样爱自己的家呢?

您爱的不同。一生所见皆成风景。用看风景的心情看人生,便幽默,达然。看到的不同人生皆为素材,由您的心境和视角剪裁,皆成意趣。常常会心一笑,和爱人一道。

别人看不到您的掩口一笑,或淡然一笑。在别人眼中皆为重者,在您那里成了轻。比如,那些名利。用看风景的心情掩口一笑而成风景,别人怎受得了?比如在历史关口,对去与留权衡,少了宏大盘算,最后却成就宏大的风景,成为学界和读者眼里朴素的传奇。奇崛的成就由朴素的坚持赢来。岁月不居,流水不腐。寻常成就传奇。

奇而不奇。中式的袄,布鞋。再不出去,所以不用皮鞋装饰。

古今笑谈,众笑的是古,在您眼里是今。所以轻了得失。因为都看到了。能如此洒脱?何以如此洒脱?因为看了古今。

身进身不染。如当初对去留选择。既选择了老老实实做学问，便为学术留，夫复无言。"我们舍不得离开自己的家"。这样的学术志向在懂的学问里成为扶持，而不惜为爱者作"灶下婢"。在捡拾学问的灶里烤着生命的火，如筑巢勤燕，在南去北上飞鸿踏雪泥雁来留云声的织锦中编织彩霞，而非荫翳。这也是人生的角度。

况味在四季呢。晚年简素而富丽的盛名成为众人眼中别致的风景。如此景仪在众人和您的笔下均非云淡风轻。"小故事，小点缀"实在时潮颠连中。为妻，为劳，为别，为他，都把它当成日子过。别人轰轰烈烈过关，您用如此淡然的心守过关。风雷过眼眼无痕，诗书译作付梓生，"六记"所见是下在底层心里的澄净。未写泥土而见泥土，风潮里是可以这样过的。见星，见月，见灯火，见温暖。一条在夜间大胆赶回的路程竟如人生之路，其也有疑虑迷惑徘徊艰险，走出来走过了，却豁然开朗，虽远亦近，虽险而回味成趣。妻，母亲，学者，别人眼中的知识分子，于下在底层都变成日子里的平凡，未有"赶潮"的惶惑，而有过眼的意味。未把"洗澡"当修炼，把平凡过好竟是修炼。多少人未甘于这样的平凡而迷失，岁月淡淡地在您勤劳的平凡守护中写出一路风景。这又何尝不是"灶下婢"的自低呢？

如此懂得您朴素而令读者高仰的学养将大哲述记均如水转化成笔下的故事风景。所谓大道体悟在您的娓娓述说中。风雷于笔下，农舍间月下灯影里的行走在您温煦的目光和蔼蔼的笑意中。看着自己和大众。

这是您的角度，守护所爱，坚定地，从不迷惑。

2022.10.11

直言，隐言

——读王跃文散文集

高原的夏季明显提早了。原在"五一"之后树叶的绿色才会长大一些形成明显的绿意。现在4月就已枝叶绽开来，进入五月忽而发现它们已几近茂盛，树叶倏忽已由黄绿的嫩态萌发出青春，渐而翠绿，似乎提示人们，在变暖的气候里，它们进入夏季的心情也迫不及待。

醒来，夏日。

5月5日立夏，不意，过了几日，天气转寒，气温下降，人们又加厚了衣服。高原停了暖,夜里还得在被子上铺上毛毯。大家都宅在家里。我从书架上取下王跃文的两本集子来读。书是前些年买的。当时别人介绍读了大热的《国画》，注意到他的作品。这两本散文集不同于《国画》，笔风更多些韵致委婉和细描，更多的艺术形式表现和讲究。散文里，语言直白，鞭辟一些社会现象、讲说自己的忧惧观点更为坦率。他的系列创作受读者关注，在这样直白的散文形式里读者见到他身为湖湘作家的辣味风格，与他的小说创作同是别具一格。直抒心臆，与读者交流更加淋漓痛快。与我刚读过亦受读书界推崇的一位见识渊博文趣盎然文章结构十分精巧的散文家的作品相比，见性子的作家如一坦诚的朋友与你坦露着心扉。

比如说到《浮生六记》，"以至林语堂都说，芸娘是中国最理想的女人，得妇如此，三生有幸。我却不怎么喜欢"。进而说到妇女解放和儿童成长中的独立人格。借鲁迅言又说到"世上如果还有真要活下去的人们，就先该敢说、敢笑、敢哭、敢怒、敢骂、敢打。我真情愿妇女们首先能做到如先生所说的'六敢'，哪怕她们因此变得不那么可爱"。我却不怎么喜欢，不忌惮之今人语气。用《菩萨的大哭笑》写对杨绛先生"我们仨"的快乐以至"所以我们仨是不寻常的遇合""为着这懂得的人能聚合在一起，生生死死，相依为命几十年的不寻常，更值得大哭"，而"双泪纵横"。阅读杨绛先生在今天的读者中持续保持恒温，社会的热度不减，成为一种现象，以此篇见解和精短的解读，让我们对杨绛先生"我们仨"人生中的浮沉悲欢有更多人世间况味体会。

毫不讳言对现实主义的深刻认识与坚定。作者回答某些人的虚伪、傲慢与忌恨，以堂吉诃德自况，"而优秀的现实主义作家，多少都会有些堂吉诃德的勇武、好兵帅克的天真、齐天大圣的顽皮。正因为他们的勇武、天真和顽皮，文学才永远不至于丧尽天良"。

《在路上》直言堂吉诃德"我其实很佩服他"。

以下原文：

堂吉诃德毫不犹豫地为自己创造了一个充满冒险和传奇的世界。旁观者看来，他的世界虚幻可笑。可是，对于堂吉诃德，他的世界却实实在在。如此理解堂吉诃德，这位自以为神勇无比却十分荒唐可笑的浪漫骑士就不愧为一位伟大的现实主义者。他主宰了自己的命运，他以最荒诞的方式给自己的生命赋予了意义。

　　堂吉诃德以一种虚构的方式创造了自己的现实世界，实现了他的梦想。他不仅知道自己内心真正需要什么，而且知道应该怎样去做。世俗的价值观对他毫不起作用……正是荒诞和失败造就了这位英雄，造就了他的光荣和骄傲。

　　当年的教材和老师在课堂上是怎样评价介绍这个人物的都已忘记了，也许曾觉得滑稽可笑。但当我们如作者所言"在路上"走过，生活的现实真实呈现，让你看到其面目。如此，你也要勇敢地做一个坚定的现实主义者。

2022.5.15

白鹿原上作家屋

白鹿原上的土地当是平整的,不然就不会叫原。

拍了电影的白鹿原果然选在一个原上的平地里。

方圆土地拿来拍电影成就了景观。

作家的家是还原的,依原样建筑在景区之首。上了原,作家的家便在眼前。

脸上的沟壑已然有了史实和创作的沧桑。百年风云在创作酝酿里让作者磋磨呢,下了眉头又上心头。

写史,不失为作者宏愿。劳作艰辛而必然。

写人,而有美丑颂贬,个个过目不忘,作者需多少甄辨与读者共鸣。

这样的沟壑沧桑在原上。

烟岚,炊烟,人眼里实实虚虚,过眼有了记忆中的故事。写出以不负,"小说被认为是一个民族的秘史"原是沉甸甸的。

沉甸甸的,也许在看作家屋子的心情里。

作家屋还原的写实,一是一,二是二。物状眼熟,都是年代中的记忆。椅笔缸盆桌几罐儿和相框，家家曾有的物件，作家和我们一样。

也曾和我们一样在城里这样那样的单位日复一日开会学习工作生活会友饮茶喝酒吼秦腔。吼得好与否引得众友竖大拇哥或哂笑一番。吼的是亲切和过瘾。

这样日复一日过着，作家却有自己的牵挂，为着思想中的记忆和"探秘"，寻见合适机缘，不惜为此上了原。

值得。此生。

这样的记忆察访需热需冷，需几度春寒秋实甚或更长。读者在知冷知热中感受历史和人物的温度，是钩沉历史和作家下功夫淘换出来的。

史实也与作家讲价钱呢。

它用沉默隐藏打量你的斤两，只等与你相逢才有沉甸甸的分量。

在他生活的场景里，你看到的就是一缸茶，一包摆在桌上或从兜里掏出的烟卷儿。

糖盒和饼干盒是家人的。不被打扰的写作中，这样的盒子也就没有了。

沉思于烟雾，所见非一人。

这样的写作和作家何其相似，在原上和原上的周边，以至于若干年前曾被称为"陕军"现象。

土地深厚，文化根深。

我们致敬着有着深深沟壑的额头和埋下躬耕的劳作还有走在原上日日朝霞岁岁暮霭里沧桑的身影。

合成一个身影的是原上人和作家共有的劳作影像。

这样的忆念常常在心里。

一部小说和关于它而又不仅仅是它的记忆。

2022.10.28

读《老生》

咋就写开了死与生？让人在阅读中想到余华的《活着》。

死死生生被生命进程和故事繁衍而修润得不那么唐突，在叙事和故事的自然中发生。这就是生命之河。作者只是将它捡拾起来。就像从田野里捡起的成熟的土豆。洗一下它的泥土，拿在灶里，又捧出来。自然界的东西，就在我们所生所长的大地上。

玉在山石中，在大地上。你看到他写的就是泥土吗？他经过温润的写作，对生命进行考量和取舍。取就是价值。所以这些小人物的身上就是时代的印记。

别小看我们的生活啊。别小看泥土啊！

你生于斯。有人不忘记，用来追述。你是先辈，但你在叙述者的眼里，就活在当下。书里的后生就是后生，你在他、他们的性情里看着那个时代的人事风情和来去。

看历史就没有了距离和疏离。

这也是我们阅读的态度。

我沉浸在阅读中，那些人物牵动着我。

阅读总要有一个角度。叙事人替我们选好了。他选的过程，是他心动的过程。动脑的也许是技巧，但动心的一定是他牵挂不舍爱之叹之的人物。

这也是写作离不开的主题。

你还是乡土气息地写了白土对玉镯的真爱。这样纯朴的爱让人怜让人叹。故事还原到最后，最真的是这两个人。是白土。

小人物做着主角儿。这是乡土里的生命啊。让我们在小人物的生命里感触一个人的人生和命运，还有他的一生。如墓生，在不知不觉的写作和阅读里发现了他是这个故事里的主角儿。一个跑腿儿的后生，让人当着通讯员、勤务员一样使唤的后生。他是主角儿，是叙事者的眼睛。还有一双旁观的眼睛。就是唱师的眼睛。是看墓生呢，还是看墓生身旁那些众生之态？

墓生所在的这个村子是叙事者笔下几个故事中最具景状立体感的村落景致。它就是陕南了。它分了上下院。它有树，有竹节虫，有生动的春夏秋冬。人们在其间生活着，避免不了自己的命运，生生动动上演着，让我们旁观者清。其时，我们已隔了时空。书里的人们在自己现实的梦魇中实实在在地生活，上演其时的活剧。

读小说的乐趣，还有一层，就是信其有，还是信其无。如果不信，你就不读了。如果全信，你可能也不读了。小说是缩影。一个时代，一个历史。

我相信小说在我们的生活里仍有轰动效应。负有使命的小说会在浑然天成中记录或记忆着我们自己的时代。

  我有使命不敢怠,站高山兮深谷行。
  风起云涌百年过,原来如此等老生。

小说总有自己的情境。
作者也有自己的情境,何况一直痴心不改。
平凹先生痴心不改。

2015.5.10

《井汉升画集》印象

走在前面的人穿一件灰褐色的马甲，背上印"快乐青春编辑部"几个字。他不疾不徐地晃行，身旁还有一个小小女娃儿，穿着红色的小夹夹，两个小羊角辫儿高高翘着。我在后面走得快，很快要超过他了，略一侧首，他也正好回头，竟是汉升老师。

他比前几年略略发福了一点儿，脸上的皱纹也比以前深了一些。井老师已过了50岁，但他人比自己的年龄显得年轻，他的相貌透着年轻当兵时的英俊。

路上遇见了，很高兴，他手里提个小塑料袋，他和他的小孙女娃儿都嚼着家里刚出锅的五香蚕豆。小女娃儿长得玲珑可爱，井老师说带着她随便在街上走走。

他虽比前几年显得老了些，但我还是从背后把他认作了年轻人。编辑部的年轻人也许不屑于穿着广告马甲招摇，他穿起来却合着泼墨习书时的随意与洒脱。

我去过几回他在出版社的办公室，墙上挂着他的斗字，书案上放着笔墨。他原本画油画，近年却用功临摹书法，挥笔作书。后来，又在《青海日报》文化版上时常见到他评画论书的文章，可见于书画已是沉浸濡染积久了。

前年，《井汉升画集》由甘肃人民美术出版社出版，窘于资金，印为小32开，共90页，其中创作于1973年的油画《老站长》，1978年的《枣园春晓》，80年代的《戈壁之晨》《塔尔寺节日印象》，都是代表作。欣赏这些画作，时代气息扑面而来。就《老站长》而言，寒天雪地、涵洞帐房——背景是风雪青藏线，手举马灯为车引路的老站长面带微笑，脸膛映照得红彤彤的——画面充满暖意。这是他创作的基调。像《枣园春晓》《延河战马》，深夜窑洞中的灯辉、延河之晨为朝霞映红的宝塔山，都是运用冷暖映衬，将一股暖意从画面中透出，驱散了寒冷。描写塔尔寺题材的《转经者》和具有印象派风格的《塔尔寺节日印象》，红色的漆柱，红色的面具、经轮也都透着暖意——这大约是他创作的基本色调，是画家眼中世界的反映。大自然晨昏景色的光照变化凸显了他在特定时间中被自然传神的感染。除以上作品，他还用油画的笔触描摹过《西海日出》《西海暮色》《龙羊峡朝晖》《林海晚照》《戈壁之晨》《晚霞》《残阳如血》，西部的壮丽与大美之境在旷远的自然中用光照细微地挑动着审美者的心尖儿。像《龙羊峡朝晖》描绘了高原河坝，在戈壁一片冷寂中迎来朝晖的刹那，峡谷的一半还沉在睡梦的暗影中，峡谷上半部的坝体却已被朝晖照亮。未在高原真实地触摸过高原清辉的人难以体会画面所传导出的那一丝清冷的感觉和那光亮复燃的轻若薄纱的暖意。其《画集》，当是一本值得留存的画册，鲜明的时代气息总会给读者带来对那个时代的回忆——也是我们在那个时代精神世界的反映。

井老师转向书法与写作是他作为一个艺术创作者热爱生活的表现。这或许与他多年从事出版工作的职业眼光有关，但也是他于艺术矢志不移的表现。他的这些文字在记述与画坛书界名家交流的心得中也体现了他的油画基调——暖色。这是井老师热爱艺术与生活的源泉。今年4月，他的《书画情缘》一书出版。井老师送给我这本书时，我即有一睹为快的兴奋，晚上带回家就翻阅完了。他与一些在青海生活过的著名画家都有过很好的交往，书中满含珍惜之情作了记述，使人在赏读文字和所附书画作品之际也品读了艺术家之间的友情，篇篇文章都与书名相扣，井老师的为人于此可见。

2002.5.26

如排的城市和形象

边远之城的壮观装在城中心的书店地角，甚至也吸引着从南而来的莘莘学子。

学生逛书店习惯使然。

当年他由这城出发第一次出远门一路南行。带着一个军绿的包，里面是书。都是在这个城里的这个书店所购。除了托运行李，随身的，这包书最沉。到了南国的校园。这包书被码在他住的上床边的书架上。两年里成了他的枕边之伴。后又随他转回北地。

在高原之城，这些书放大着一个想象世界。

想放大眼光和世界而来的众同学也飘进高原城里的这个书店。

书是不吝行走的。感谢新华书店的功劳，后来，每每让我在高原任何一个边远的小城里都不至于空手而归。

冬日，任何一个边远小城的书店里，走进去都有暖意。厚厚的门帘儿，不大的场地中间立一个或大或小的架着煤的炉子。

书架也绝不零落。凡进来的，目光立马被吸引到一排一排的书上去。里面站着的工作人员穿得干干净净的，或多或少地带着文化气息。有时一个边远小城一街的文化气息仿佛就由这书店渲染着。仿若再后来每一个边远小镇的街上有了音像店和热闹的放映室。没这个就没开放的吸引年轻人的时尚。

他那时每每这样走进书店，心里没有音像店的热闹，但精彩是一定有的。

它们是不同的世界，却都刻着成长记忆。

这个城里四条大川的每个城市之角都有新华书店。偶尔也会在逼仄的街道里发现一个书店，场地不大，似与这街的繁华有些不大相配，好在书店的房子都盖得像模像样，和进出人衣装整洁一样舒服。

这也许就是知识的感觉和不失身份的装扮。

不论年龄大小，进出于书店的人自带排场。这也是书带来的。

偶尔遇见相识的，凡在书店遇见的，那场景多年来留在脑海不容易忘记。

前几日同学约了去看望高中时的班主任李秉中老师。老师写得一手好板书。黑板就是老师的形象，用一手好字先让全体学生景仪。临时代了两节课的祁多祎老师亦一手好字。大而洒脱，风格上与李老师的秀美又不同。记得当时他在讲台上转身板书，抬臂时将袖子向下轻甩了一下，以摆脱书写的羁绊。那节课讲《葫芦僧判葫芦案》。语调昂扬，和他的板书一样声震课堂。

后来知道，祁老师是蒙古族。他圆圆的脸庞，圆圆的明亮的眼睛，稍稍谢顶，衣服自然是那时的中山装，风纪扣和李老师一样系得严谨。他多穿浅色，淡黄而接近白色。李老师则多穿深蓝色。

李老师从家里出来送我们，路上念叨着近年去世的几位同事，说到祁老师。他们当年大约同是从西宁师范毕业的学友，又成了要好的同事。李老师除写一手好字，还擅长画画，在班级的联欢会上拉小提琴。祁老师在学校和学生中的名气是带重点班。高考刚恢复两年，进了重点班的学生成绩比较整齐显好。班主任在学生眼中又自然不同。那节课祁老师讲得疏朗开阔自然，他在讲台上身姿洒脱。

后来遇见他，在这样一个街边不大但位置显眼的新华书店。在还没有开放的柜台前，他让柜台里的售货员取了一本书翻看。

再一次是在办公室遇见他。后来祁老师带了一本书给他，书里有他的一篇中学生作文。书名就叫《中学生作文选》。这本书是祁老师自己留着的。后来，他有时想起不免有些自责，怎么让老师给自己拿书来，且是自留的。后来，祁老师班上有几位学生考进了大学，我们其他几个班上三三两两考进去几个。

没考进去的，老师为学生遗憾着。

当年，两位老师讲课留下深刻印象，居然多少年不忘。那些经典篇章在他寻书购书中独有气象。

一生为师的老师在撷取精华的课本里尽心生发阐释，将自我放置于一堂课的精彩中。如今，老师成了自己的身边人，我们也想在那些课本里读读老师的人生。如祁老师的爱书和他讲台下的人生。

高原之城里的书店变迁兴盛，有时亦蔚为大观，亦称之为"城"。

曾在小小的朴实的书店里流连，心在书海中徜徉。书店外的高原之城那时简单，在外来人眼中甚至简陋，有时也被说成"就那么一条街嘛"。加之下午街上每每吹刮起来的风中捎带着浮上心头的那么一些丝丝缕缕的寂寞，不知是街上吹刮着的，还是漾自心头的。但在这样的书店里，每碰上三两熟人，礼貌热络地几句招呼，发现书店中并不冷清，自己的心也不冷清。

后来售书开放了，柜台撤去摆上了大案。一摞一摞的书码在案子上。

在这样的书案前遇见诗坛名家，礼貌的招呼中透着谦逊，让人看到他笔下雄浑的被高歌着的高原，他身后经年飘荡的生活中精神流放和驻足的萧瑟旷达。

这城市高地在心中的声浪和形象似诗人的诗句和想象如排而来，开阔着天地和视野。

2022.10.10

如水的写作与生活

——读王跃文小说

生活如水。

汩汩流淌,就有了故事。

若奔流汹涌即如时代之潮。

我们更多是在如水平静流淌的时日感受生活。自己的日子。

这样写着生活的小说,如身边流淌之水。平静,波澜不兴,却把生活的韵致如水掬捧眼前,使我们于自我熟悉的日子里感受喜怒哀乐忧思惆怅。日子像河水一样流淌着。虽波澜不兴,却也万家忧思乐到心头。

这样两个不同时代不同写作对角和范围的作家,不知怎的,今天突然浮上心头,觉出它们相仿的韵致。

也许是这样一种平民或市井生活的韵味。

作家王跃文说他逃离官场而写了《国画》。当时读者众多,且作品笔意别具一格。一是于日常生活中摹写出的在机关工作时的心理和状态。点点滴滴如河中之水旋流而下,竟吸引读者一口气读下去。张恨水先生的小说《啼笑姻缘》也是当年轰动的作品。其时无电视，广播亦不兴。剧场书肆檀板说书是大众娱乐消遣的主渠道。凤喜姻缘，世俗所见人生心理和社会。这样平民市井的生活吸引着听者和读者的关切。在这样的民国风潮中，把老百姓的生活和日子，以"飞入寻常百姓家"的亲和力拉入眼前。市井里，老百姓关切地生活着。

寻寻常常地，谁都关心着。

《国画》当年也博得这样的关切。读者一时都说这个小说。这样一种小的社会角色在机关里生存的状态、心里的纠结等等让阅读者窥见一种情状。何况，小说主人公全年度全天候的生活在读者眼前呈现。读者参与其中，心思浮沉，随感而发，市井里这样一种心态为人们所熟悉。

小说回环状写人物的意蕴笔触在阅读中会让人想起《红楼梦》。人物心理状写与刻画不难看出对作者写作此书的影响。《国画》亦具有这样一些韵致。作者曰有人"说我的小说可贵之处在于把官场当作一种文化或民俗来写，因而比一般的同类题材小说显得深刻"。

这也是社会生活对一部作品在读者中形成较大影响的方面。不管作者是不是在那个时候被冠以什么派。王跃文先生作为"新官场小说"的开先河者在读者中产生了较大影响,也因《国画》推进了当时的官场小说。《国画》更多为人们阅读，大概是它以身在其间的角度而与其他作品明显不同。"写人才是我小说的真义"，读者不乏在社会和生活中担当这样的角色，在主人公的身上和心理中感到就是自我或自我的某一个方面，所以，小说和人物被深深记忆，仿佛和他一同沉沉浮浮，在当下、生活中想过，苦恼过，喜悦过，若有所失过，触动过。

作者写熟悉的生态和人物，体悟"因为惟有人心江河万古"。

当然，张恨水的作品系列独成一格，一时为民国文坛现象，称誉为开现代《红楼梦》章回体小说先河。

近年，有关民国人与事的作品不少，只是市井摹写如《啼笑姻缘》这样的作品人们不大提及了。一个时代大浪淘沙，被人们回望和解读时，市井有时被忘却，人们把视野放在了更宽处。

2022.5.11

六月的神奇

在六月,在高原,夏热将起。一路到了这里,已是热浪初升,好在西安城里的人有些刚刚赤膊开始准备迎这六月将起的热。就像两日后,我们回了高原,西安的朋友打了电话来问,还没动身吧。劝说着,先别来吧,热啊!

便说没去。要不,那样急着去了,却未见面。朋友会遗憾。

这样的六月的访问,有点寂寞却亦热烈。也许寂寞是作伴出行的人少,热烈的是六月将热的天气。

六月,在西影厂里遇见你。

你和《晦庵书话》一起。《 杰拉·菲利普(Gerard Philipe)传》。《红与黑》,文学史上经典的于连·索雷尔因他而成电影中的经典,以他年轻文雅俊逸的形象塑造将小说里的人物展现在银幕上,最大限度满足了无数青年和读者在阅读中对他的想象。包括皮埃尔·高乃依舞台剧《熙德》里罗德里格等人物,"所有这些容光焕发的,多情而胜利的年轻人物,都在杰拉·菲利普(Gerard Philipe)的形态下被捉住了",艺术创造不枉"把最富魅力的角色交给他",他饰演的于连"一个世纪以来没有一个人能够扮演得如此出色"。(传记封面即为他在《熙德》中的人物形象和服装,亦使人识得于连。面容纯净而富于沉思,他标志性浅浅的腼腆的微笑中自然蕴藏着艺术与人生的激情与谦逊——"他在舞台上表现出惊人的自我克制、勇气和力量")。

多少次被人翻阅过了。

和电影有关的记忆。

我们在哪里看电影?

看到你。也许两次都在这样的咖啡馆。无意中。

午后的瞬间。《红与黑》。

心理描写。电影中的表现。

书和那部老片一样在时光中魅力依旧。就好像眼下西影的这间咖啡屋再向里走连接着摄影棚,观者偶遇亦探身梦境。

时光由记忆塑造。时光本是不老的。

西影有高加林和《人生》,有当年电影的轰动。

人们记忆一部电影,也记忆了时代。

感动而成记忆。时光,人物形象,经典的演绎承载了记忆。

在黄河边一个临河小镇的小旅店里于无线电视上看到这部老片。杰拉·菲利普。黑白片。老的记忆。青春浅尝辄止的阅读。

买来。

书也是黑白的。

不是硬皮的封面。

好像你来到时变柔软了。

关于电影的记忆。关于书的记忆。

关于六月的记忆。对这个城市。

想到一位调来这里的同学。我们曾一起复习高考。我终究没有当他的伴郎。而他不意中和他的媳妇做了我的伴郎伴娘。

那是我们人生的四月天呢。

在图书馆借书。

春天的读书。一切都是朦胧的。

高原的读书，于我而言，不甚了了。是这里天气干燥人心浮躁？

高原上的一个少年。热爱着读书，冲动着读书。想读很多书。但读书，有时需有一种教诲呢！

如何卒读？

高原里的读书天。

高原的一切是朦胧的。全班高考居然一个不中。

少年的我们在高原上晃荡着。

曾经，我身边聚焦了这样复读的人，刻苦的人。莘莘学子们！

这样的纠结是青春。是他表演的于连？当然，我们都不是他。但和他一样曾年轻。为自己的梦想，曾纠结，徘徊，冲动，失落。也曾鼓励自己勇敢，战胜自己努力去追求。就像司汤达这样的描写。司汤达又是怎样的经历？我们与他与于连不同。

在咖啡店里为所读段落片刻吸引。

六月，对这个城市的记忆访问，和与一两本书的相遇。神奇也是这样平凡。神奇也许曾被夸大。在精神中。但曾经的平凡一定曾经神奇。

我们走入了银幕下的它，看到了它的平凡。而孕育神奇的平凡有时无须打量。世间有时又有多少神奇呢？只是在平凡中错过了神奇。

刚刚过去的六月，我回想它。回想刚刚过去的奔波，所见，所走，所过。路过这些日子，珍藏着刚刚过去的记忆。想着不意中的遇见。

珍视它们。我和朋友这样一路走来。

当下，这本书被我放在阳台上的阳光中晒着。和我的那一堆书一起。从地下室的暗潮中又找了捧回来的书。它居然是当下经过了旅途被寻了来的。书籍的旅途。从别人的书架上取下包装，到了我在的高原，又被晒在高原的阳光下。

这样被晒着的是你的图片，经历和人生。

书籍人生。伴着今天如我一样读者眼中的阳光。

今天的阳光。

访而未见的同学。

不意中遇见西影，遇见它，遇见这样的故人。

2022.7.27

父亲的早餐

——读《卡夫卡传》及日记

父亲的早餐是一家人的天气。

饥馑日子,饭桌上父亲沉默家人便压抑。如果母亲不是一味埋头,团聚在桌前规矩的沉默伴着偶尔出声的碗筷磕碰碗沿儿转动便生些亮色,仿若林间阳光自阴沉的树干间穿透,父亲的沉默便在威严中无言地应许。干粮或汤,一家人咀嚼着日子和父亲的心境。

这曾是一代人群体的记忆,也都表述在电影和文字的场景中。

读梁晓声的文字,一家人在物质匮乏的年代里,父亲的沉默,厚重如山一样的形象给作者以永久的忆念,给读者以深刻的印象。常年在外的父亲回到家里在饭桌上留给儿女的印象应当是威严中有温暖和希望。艰涩的日子因父亲回家而使子女奔走在街巷里的脚步踟蹰而欢快,迟疑而期盼,阴郁而明亮,并且常常对父亲回来一天里的早餐有着新的期盼。这样的记述连接起来可以看到一个人的一生,在儿女心目中的形象。它往往是我们对家的长久记忆。艰苦岁月里的成长和父亲对一个家庭的责任在肩。

这样的父亲的早餐在卡夫卡的眼中是生活的开始。

对父亲的崇拜也许从早餐开始。吃饭快，吃饭可以随意做其他琐碎小事——这是父亲。随意，自在，可以没有吃饭规范的姿势。而做儿子的他不可以。没有父亲吃得快也成为父亲的诟病。

——吃饭，而"享受"父亲不停歇的苛责，也于童年有些一见。小孩子的伙伴一位名字里也有K字的，每日早餐就在这样皱了眉头的唠叨中仍不失规矩地在他父亲的目光中完成。和卡夫卡一样，除了他，家中都是女孩子。

父亲在卡夫卡眼中"身高体壮，脖粗如牛，气势吓人，充满自信"。同伴的父亲却是用琐碎的唠叨让他在我们面前手足无措，只能又不吭不哈地忍受完一顿饭与等在饭桌旁的我们飞驰出去玩耍。

——他父亲对他的唠叨当非有板有眼的京剧"念白"。他家在山东海边挨着荣城某县的老父亲和老山东戏迷一样是京剧票友。我们这些小孩子虽从未听过，但老爷子晚年和几位老友的胡琴和"马派"抑扬顿挫，苍凉悠扬，是生活中的味道。

他们早年从老家来高原，育儿成业，什么苍凉荒蛮都化为眼中高原的自然。对儿子不停的唠叨一直到老儿子成为他的依靠。风雨阴晴波澜不兴，对儿子也释然了。

比之父亲的"野心勃勃",卡夫卡的弱小心结难以平释。

父亲身体结实,气派自信,商场能干,都比之于他的弱小和心理摧残,以至于优柔寡断,"无能为力"。

他写给父亲的信解说少时状态可否视为成年的辩白？如无对父亲的信赖当无这样的写信,尽管他一直写信胜于当面沟通（这是敏感甚或常常羞怯的作家潜质？）。但父亲于他弱小的影响却终生。

生活和作品中的父亲哪一个更真实？

报纸是父亲的佐餐,在餐桌前摊开。父亲关心他的社会生活,关心他参与社会生活的能力从早餐的速度和仪表开始。父亲的早餐从容。

《卡夫卡传》中的父亲始终自信、强大。

写进作品里的父亲,有时却显出过日子的局促、窘迫。比如从无打扰的父亲的早餐在房客退租的搅扰中面对趾高气扬以客为主的退让和妥协,是他变异为甲虫纠结无力中旁观发生在客厅内的"活报剧"。

彼时窘态的父亲欲以牺牲"甲虫"儿子躲避的空间为策将房客留下。

父亲决定叙述事件的半径。其生活和作品均如此。

缺失,成长使他内心委顿,自觉技不如人。

在紧紧包裹的世界,父亲是内核又是最大的外延。外延的一条轴上有村长、主任秘书、租房客、旅游者。内核突破不了的外延在父亲那儿,甚至关乎他的婚姻。"因为您是我衡量一切事物的尺度。"

辑四　高原捎来的书　｜　327

缺失的委顿似乎让他不能独立。

卡夫卡的人生是这样。

作品中，经济压力下父亲地位发生变动，失掉读报佐餐时的安适。家庭生活的担子在父亲肩上，为家庭之重。

生活里，学业、婚恋、写作深深打了父亲的烙印。父亲巨大无形的影响无处不在。

卡夫卡写出异化和逼仄。生活里与父亲的书信却坦露真实的感情和所思所想。

读者诸君，其实这样与父亲书信者不多。在卡夫卡却"拿手"。包括对未婚妻。写作是他的志与业。纠缠其中的父亲的嘲讽白眼，未婚妻的不解和屡屡失望，均受困于此，又解脱于此，成就于此。成就的是卡夫卡写作的志业。

而贡献于世界文学史。

这样身后的功成名就易使人想到梵高。成就梵高的是他自己，还有他的弟弟文森特·提奥。

文学外的父亲，这样接受着儿子眼中所见内心所想。

父亲自我庞大，极易挤压出孩子童年的弱小。如果无爱。

——敏感沉默内向多思，在卡夫卡的经历中成为"整个一生都在犹豫不决地试图谴责自己和执行判决"。

其作品及日记中冲突、审判、判决屡屡是他心目中不能妥协的世俗词汇。他总要实现自我。实现的途径和通道是服膺于父亲和妹妹。

孤独和父亲的世俗。妹妹的现实。作为听从者的挣扎的儿子、兄长和未婚夫的卡夫卡。

日记里的卡夫卡是思维意志力量强大的卡夫卡。作品出现的是画地为牢的思想，生活和环境巨大冲突拘囿中的人物。

"艺术或思想的孤独及孤独的文化只会产生苦恼和无穷的焦虑"。孤独却在父亲商业成功的映照中。

卡夫卡独自舔舐孤独，却是父亲眼中的笑话和不屑。

"说不尽的卡夫卡。"孤独的卡夫卡。

"我没有……或焦虑得以存在的一隙余地，只存在着一种隐约朦胧的希望"，文学是他生命中的希望和美好。

写作是他的生活，是他生活和生命的全部意义。

世情，那些使他觉得干扰了写作的抉择又为他缔造作品背景和材料。

焦虑，世纪初叶他看到的自己。周边，赫赫声威的父亲勤快经营豪爽处事，办公室里的卡夫卡细微体察人们在生活中并非激烈的选择，他看到已见端倪的"蝴蝶"扇动翅膀，人们在物欲渐丰中对生活充满美好期待。

自己的一天开始于观察父亲。欢乐的，郁闷的，小心翼翼，惴惴不安。

由父亲而开始的早晨和每一天。

2022.10.26

读《晚熟的人》

如同这本书的名字,在读他的作品上我成了一个"晚熟的人"。

他大部头的书都有。在书架上很多年。

先是给我朴实实在的感受。朴实的往事。那些老乡和知青的事。让他在见人中看出了品格。且是我们身边的人。几个对脾气的人聊天无非是这样的感觉。就像身边的朋友哥们儿。这样的哥们儿甚至让我想起自己青少年时身边来往稀落的兄弟。莫言老兄今天听您聊天仿若就是我过去的这样的朋友兄长呢!

叙说作品中,表达的话语如见作者其品,今天如此鲜明体会!这是今日读书的收获!

文学是人学。作品有作家的身影和品性。

山东大葱就着煎饼和酱,大快朵颐。是我读其所书之人之事萌发的对作者本人的感受。

这个痛快劲儿当年凭其电影而红的电影家们早有体会且用以呈现了。所以,读莫言大作,我真是晚熟的人。

这样大快的人生在身边是见着的。如对张扬的善意的笑，对表现的谦逊，对苛责的沉默，对委屈的承受，对热闹的冷静，对暴虐的敢于出手。

他写得如此痛快，读来不免令人会心一笑，现实中有时亦难遇见这样的痛快。书是作者获奖十年后出的第一本书，所写多系往日经历。回看书中人物，都是年轻时作为，忆及过往，那豪气过眼不忘。亦是作者心中块垒一吐。拔刀挺身义气人物当年唯年轻耶？

因这样的耿直，想到一位老叔。当年和到了建筑公司的山东人一样，他来的时候年轻，他的长子出生，当公司经理的大舅把托人从兰州买的几斤肉全拿到他家给当母亲的催奶。这件事每与我们见面就被念叨着。他刚来高原，在工厂抬大木，一身的力气，别人说话，他一半认真一半带点儿幽默跟人"抬杠"。人说他，"你真是抬大木的！咋这么能'抬杠'？！"他不服，脸膛红一下，仍反驳。他从农村老家来，在家是"掌柜的"，他心里总有自己认着的理儿。有人说他认死理儿，他也不服。他"抬杠"，但话不多。挑剔一件事就慢慢稳稳地说两三句话，颇有些威仪，让人觉得他的话有理。当他看不惯有些事儿，一露出这样鄙夷的神情，那些新招进厂的小青年就不吭气，是先被他说话有理的样子拿住了。真有一天，同伴较真跟他掰手腕，两人对阵，在大木案上拉开架势。他输了。赢他的虽不如他魁梧但是掰腕高手，有力气会用巧劲儿。他败下阵但仍不服输，嘟囔几句少了以往的威风。老乡们笑，他脸膛红着，以往他对这样显摆力气的较量总是不屑，常以慢言少语胜人。偶一失手，都是跟他知根知底儿"抬杠"的老乡让他红了脸。他相貌堂堂，脸膛红润，一副大耳轮。

《晚熟的人》中好像写了看似简单的人和事，但形象鲜明，故事质朴，如身边人和事。这样的故事和写作倘非获奖的莫言所书，有时你会想这样普通的人和事是他写的？就是这样普通的人和事未见波谲云诡云山雾绕，就这么普通但您记着了，如身边所见。也许这也是大块头的写作，非小桥流水，非浅酌低吟，非独白自矜，让你感到有一个思考的目光投射在被叙说的人身上并见其身后之众。

书写着人的品性和路见不平一声吼！常常，面对萎靡和欺侮的人事，往往一个人自肝胆而起的气场会最终得以张扬生发。好男儿不枉真品性！

此书，不见作者其评，爱憎及为人豪气于事中毕现。

2022.10.20

《人生》读本

这个朋友读书读得有些狂野。

在一群刚进了校园并不怎么爱好读书的环境，他和那些刚入校的孩子很合拍。可以打打杀杀，在玩笑中也说些荤话。

就像那个年代广播里唱着的校园歌曲轰动了年轻人的心灵。心的清葱可以拂掉校园简疏的建筑和荒地。

校园后面一池绿水，生长着杨树。

杨树成了学生坐在一溜儿平房教室里的风景。但委实别扭。它们多被隔壁化工厂排放出的烟气熏成黑色。

一个四合院般的校园与化工厂比邻而建，确为草创时。

众学子于此，有些聚合一起，第一次离家，没有了家长约束，不免将这临岸的学校当作"山头"。

"山头"上有称王称霸的，将在社会上浅混过的习气带来，好像《班主任》里的宋宝琦，等着老师来循循善诱。

在此，能有一些读书静气的学生，他是其中一位。

没想到，他是"鲁迷"，后来进了工厂，将鲁迅的诗用毛笔题在墙上，这样书写的"匪气"却是从"山头"上得来的。

读书的萌芽无疑需要好的环境。外部与自觉冲突时，成长中的自我秉持需要脱开这样的环境。

环境弄人。他们竟逃无可逃。大家都从恢复不久的高考考场落榜下来。尽管有心有不甘但一直被看好的学生。

风靡的校园歌曲成为他们心里追逐青春诗意的田园。

他们在草创初建的校园里保持这样诗意的旋律和吟唱，心存向往。

青春。

周围荒蛮的山峦，深沉了他读《人生》的思考。

社会上的共鸣因为青年一辈都在经历人生跳跃的选择而产生。

他把《人生》结尾主人公痛悔的一声叹记得牢。他有没有过这样的爱恋是他的秘密，不曾聊过。但他在这荒野的环境里对文学的爱恋却深。

这是文学种在一个草莽青年心里的种子。·

我这样听他诵读还有艾青的《我爱这土地》。在那一片我们讨论一部争鸣小说的旷野里，我第一次听到他诵读这首艾青的诗。没有矫饰卖弄和显摆，唯有真诚。

我们读着的这所工科学校有不少虚晃时光的同学，在一些少不更事甚而刁钻捣蛋的野草般的心灵中，他沉着的诵读中是他宁静的青春。

书读得也许单薄，却也深刻。

至今书柜里一册包了牛皮纸的鲁迅的小册子，里面仅集纳鲁迅《野草》中十余篇著名的小说。原本封面是怎样的我从未剥开看过。用钢笔书写了书名的笔迹透出熟悉的热力。我从他那里拿来的这本薄薄的鲁迅小说集每一篇他都认真读过。如我们聊天时得知他也读完了但丁的《神曲》。笔尖透出热力，略有恣肆张扬，就像我离开古城时，他和另一位同学到我曾很多遍送过同学上大学的火车站送行时的一张合影。

——高原九月的艳阳照射着我们，他的笑容释放着豪迈和一丝怅然的拧巴。孤单和寂寞往往是好友留在高原古城心里要品尝的滋味儿。以至于后来"孔雀东南飞"，使很多留在高原的人们一时多了些落寞。

读了这些书，他学了尖锐。人在读书中寻找自己。破茧成蝶是读书带来的造化。他甚至用破釜沉舟的精神给自己找到了上学深造的机会，终于走进在职教育的高等学府。单位领导看他是可造之才，既是照顾，也是他准备豁出去争取，能拿着工资上学。他带着那个年代为一些作品描摹的文学青年的形象争取了上进机会。

有时几本书就影响人的一生。你用心读进心里。
青春的心灵最好的灌溉。唯良师益友。
也许是想往更好的读书环境的追梦。

辑四　高原捎来的书　｜　335

而梦非虚幻。

阅读架构着向往之梯。

他可以像巴尔扎克那样穿着宽大一些的衣服，有时故意用不修边幅显示自己的洒脱不羁，有时像果戈理那样沉浸在夜晚激情澎湃为诗烧灼的心情燃烧中。

他拿给我看的诗稿笔尖上带着热力，感受荒蛮也可以歌唱、共鸣。

文学作品里的阴郁为青春涂抹了一点儿思考的色调，浅薄的经历尚难撑起思想的翅膀。

我们不懂挑剔环境，这样的土地也不曾给我们一丝丝拿来忧郁怅惘悱恻的酝酿。这就是我们的高原和粗粝环境中的青春。

那些进入大学校园的同学不曾让我们惆怅。高原的莽荒很快打磨去了失落。

因为诗不仅仅在校园里。一个全社会为诗歌而打动着心灵的青春时代将激情洒播在生活的角角落落……

这些年他应当未曾忘记。我们一直在阅读。

不承想当年的"人生"热度过去已三十多年，今天说起路遥，很多人心中却有那么些感伤。也许读者"对号入座"在他身上看见高加林和孙少平，一个青年奋斗成长中的甘苦酸甜，莫大的希冀和遇见挫折的人生打击……

当年读《人生》匆匆，囫囵吞枣，赶着"轰动"之潮，对作者力透纸背的书写并未深解，对著者的人生更遑知解。而今，初夏偶访路遥故居，看到作家头上的光环以苦难铸就。

"少年不识秋滋味，爱上层楼"，当年年少的读者和文学青年阅读中不乏赶时髦"为赋新词强说愁"。在路遥和他父母居住的窑洞里，想着作品里的人物和路遥一样的生活，面对壁上"寒窑出俊才"赫然又无声的书艺，唯有沉默。

文学的记挂。

生活的默念。

于路遥和这方土地上的苦劳者言，文学非虚构杜撰。《人生》是用人生写出来的。

《人生》于我们更近的阅读，熟悉又从未去深刻耕耘的黄土地，"小荷才露尖尖角"却自以为对人生真谛有追求的诗笔的呐喊都还不能让我们在几十年后想起重读它而懂得生活的厚重。当我们经历了，在路遥故居只有默默地看而真正地思考，而有对自我的打量。也许，你的心底有作品中主人公面对德顺爷和黄土地的一腔无声唯震荡着自己心灵的呼喊。

我想，他当年有真感动！一句对作品结尾的感慨也让我一直记着他青年时的真读。

……

2023.7.4

《沉思录》话语的软实力

刚刚读明白了你的仁爱话语。

前几日想到一个更好读你的方法。日常里的思考和读书。热爱哲学和思考，所以有了这本近两千年来读者捧读之书。

思考的一位皇帝离不开治国之道与术。

日日思考，人文色彩如此鲜明的思想笔记于思维深处是世道教化。

谆谆语言，如温存夜话。一位近两千年前的古罗马皇帝独对星空与自我心灵，倾听自我又说给大众的治国之语。

——于寻常百姓，非如他那样仰望星空。

人们捧读，常常作了修身之语，处世之道。

释疑解惑，坚守正义，奉俭尚勤，戒奢去欲，仁爱他人，朴素修身。是他观人劝世的殷嘱，是对国民之切盼。

说给大众的话语，实寄托治国的本愿。著书皇帝千秋用心话语娓娓，解着读者心结，于时下哲学实用修身的"时尚"，用简明富含哲理学者拉家常的劝导走进读者心中，使其写作而镌铸（隽著）千年魅力——斯多葛学说兴盛于当时，乃以这般理念为世所崇。其朴素贴心话语将修身思想凸显在解疑释惑的哲理中，使人认识自己和他人，仁爱友善他人时，得国民风尚，无疑，这样恳谈善诱的教化用心深长。

我们立己利人利他，通过对这样切身的哲学理念和做人朴素的思辨厘清己与他的关系，找到终生秉持的价值理念身体力行，无疑使读者怎样看待人生幸福而有当下的实践。

掩卷。一位斯多葛学派代表人物的皇帝，其治国识见和对引领社会风尚教化的潜移默化，与献书给皇帝以求识达进身的马基雅维利站位、话语自然不同。然而无论作为思想还是学说所见，他们至今都为人们提供了认识思考，而《沉思录》作为启迪人生的思想名著，更多使人在自我认知中起到谈心作用。

2023.7.19

读《容斋随笔》小语

今读《容斋随笔》，算补课。在书架中立足几十年了，得闲之今日，方恒心一读。

好书读来已迟。拿来愉悦性情，丰厚人生，历练心性，亦当是永久之功课。

我是一个做功课很迟的人。

不怕人们听之哂笑。闲来的日子是自己的。

读"容斋"为丰厚。

一本厚厚的书，五续之"随笔"，被历来读者誉为宋以来与《困学纪闻》《梦溪笔谈》并列三大随笔，亦是随笔写作记述之先河。

历史上这样为人称道之随笔，著者将厚实的史实钩沉鉴评密实娓然道来，用历史和方家的态度写出新鲜史迹，作为史家补充，本是负责的态度。

著者钩沉考据辩证者为《史记》《资治通鉴》所阙佚遗漏

或略过。

　　作者所考记为朝堂上的义节识见，亦有民间生民的壮烈，隐者的昭显。还有诗词歌赋高下品评中的性情。

　　著者致仕，"聚天下之书阅之"，以二十余载光阴，锱铢累积，在浩瀚史海中，搜集撰书天下史籍，不负学养识见，"书中自经史诸子百家，以及医卜星算之属，靡不引证祥洽"，"其考据精确，议论高简"，给读者"可劝可戒，可喜可愕，可以广见闻，可以证讹谬，可以祛疑贰，其于世教未尝无所裨补"之叹。

　　著者为学之追求，在史海钩沉鲜活的细节，有大有小，大者无泛，小者未小，在这些历史的态度中使历代读者亦考辨自我。

　　我们抱着看故事的心情捧读。绝无漫漶和二意，更无戏说笑谈。

　　读书的自觉修养与著者丰厚的学养相契，嗟叹的每每是我们以往读书和于史海中烛见探微的浅陋。

　　得失，兴替，所因所果。显达蕴藏，衰兴往替于人于史……它为史书正本的补充。史海典册如烟，拂去一些历史的尘埃，见得一些掩在暗角或几为湮去的孤勇者的寂寞和史家编辑摘去丢隐的鲜活史迹而使随笔本身显现出读史之今义。

　　史迹本身的钩沉中著者以有心的打捞书写显现学者对人生的态度，让读者有共鸣思考和借鉴，实是它作为随笔经典的恒久魅力。

2023.7.2

读书的诱惑

有书的地方对他是最有诱惑力的。

曾和同学到家对门的图书室看书。

那个图书室晚上开着。室内灯光散发出柔和的光芒，在夜晚照进心里。

总有人在这里看书。室内静静的。

读书的气氛天然营造一种祥和，瞬间让人忘掉室外的纷扰。在西北出野外找矿的一个单位需要一个这样的图书室。且在城市里。

屋内是安静的。

这是年少时去"扫书"的记忆。灯光，静室。室内安静地翻阅图书和杂志的人。他也是为翻阅那些文艺期刊去的。图书室里，人们大多也翻阅这样的图书。其中不乏那些从野外找矿的人。和他熟悉的建筑大院里的人们不同。屋内的安静也从他们身上向外流淌着。这些平时在室内和野外计算着公式方程、测量着山峦旷野打钻深浅的人们回到城里，图书室的一角于夜晚给了他们休憩思考的平静。

高原平静的日子有书相伴，可回想在校园读书的时光，让野外紫外线的烤灼折进书页的记忆。
　　即将恢复的高考让高中的日子开始有了竞争和向往。雨后春笋般出现的各式杂志和补习资料丰富着初享读书滋养的毛头孩子的心灵。

　　去师专读书最熟悉的身影是学子们大多腋下夹着书本和去图书馆读书。
　　读书未掩去长途求学沿途的纷华。
　　出高原至西安古城在溽热的汗水中走进暑热。那些古迹看得人心绪若茫。闽赣交界因铁路枢纽而市声喧闹的向塘小镇，孩子们在碧水中的嬉戏为旅途增添了生活的见闻。在武汉站前客栈因山东大婶热情的招呼体味他乡遇见乡亲的亲切。沿途遇见心仪图书将其收入囊中，几册三毛即在武汉车站随之上车，装在包里一路带着。
　　读书应当没什么"窍门"。他在窍门外徘徊多年。
　　纷繁的世界里读书须朴实无华，须立志并实行。唯一本竟能治浮躁和喧哗。读书读出真义无专注不行。专注可得真义。
　　他于读书的"情意"就像执着的爱恋，意在其上，每每动心，识之未透，止于浮华，见异思迁，一见钟情而束之高阁，如今看看书柜，"后宫佳丽三千"，真正掏心掏肺下过功夫读毕者寥寥无几。未曾飞上九霄，何得相见嫦娥吴刚。

2023.6.26

父亲与《麦田里的守望者》

"你知道我将来喜欢当什么吗？我是说将来要是能让我自由选择的话？"

"我只想当个麦田里的守望者。"为孩子。"我的职务是在那儿守望。"

——有此心愿的人，刚刚被学校开除走出校门。出校门之前又在宿舍和同学打了一架。一个学生所愿和现实冲突着。学校记着他打架和几门不合格的成绩。他的心声只有自己知道。

这部流水一样记录了他即将和离开学校日子的文学作品开先河地成为进入时代的经典且具广泛共鸣，可贵的可能依然在于主人公内在的"纯"。年轻人眼里的自己有时在社会反观的镜像里恰恰相反甚或倒置。这就是青春有时在社会被"有心"扭曲的镜像的记录。

青年心中的镜面原本是平整光滑的。

这样同时代写"颓废"叛逆荒诞乃至"垮掉"的，还有《在路上》《局外人》和海明威。

这本书与父亲没什么联系。在书店里买了，我把它带到了父亲的病房，想着晚上看护父亲时可一读。

父亲走了近二十年了。我去年才读了这本书。书店的畅销柜台上一直摆着，它也在我的书柜一角默默站着，虽一直未读，却成了一个记忆。

把父亲从医院接回家住的一个晚上，我睡得很晚，起得却早，一直在笔记本电脑上写着父亲住院治疗的文字。

陪父亲的王姨早上跟父亲说我一宿没睡，一直玩电脑呢。她以为用电脑就是玩儿。

这些文字存在闲置了的那个今天看来厚重了些的电脑里。那里有父亲住院治疗的很多个日夜。

也许买这本书时与陪伴治疗的父亲的心境有关。这本书也是一个寂寞青年的心路，甚至不需要别人读懂他，却不意在读者中有如此共鸣，成为一代青年的写照。

他意识流的写作中关于父母亲的笔墨不多。父亲也非有的青年之作中的"暴君"。母亲亦是那样祥和。它怎么会成为"垮掉一代"的代表作呢？

因为学校里的碌碌无为无所作为成绩不佳？也没错。就像我读书时父亲并不怎么注意我的成绩，更多注意我按时吃饭和上学。我和其他同学一样上学的日子平平常常。我们就是这样长大的。中学没有住宿不用饭票，甚至也没有打架。不用父亲操太多心。上大学了满满正能量和阳光，没有作品里的主人公那么多随意的生活见闻像一个小社会，却又在混杂纷繁中以自己的松垮保持"洁身自好"，尽管这也不为外人知见在意却保持着自己的独立。也许这是作品发表后为读者赏识的自知。"垮掉"而被赋予这样的意义。它可以第一次这样来表现自己外在的"玩世不恭"。

他有这样的勇气，也许在于简略了父亲为他操心不多的笔墨。家里保证着他的财务自由。他混在宿舍更多是和同学一起生活起居，独立长大，也需处理自己和他人包括教授的关系。这是他的社会启蒙。

在宿舍当"吃瓜"群众，被开除了坐火车偶遇同学家长的倾情交谈，被教授热情招呼和关心，乍离校住店时遇勒索……

我们无时不有的凡俗生活和遇见。也可能大学生活不应当被这样记录，当自己的"吃瓜"群众，凡俗里却充满着生命的意义。我怀着珍惜在父亲病中作这样的文字记录，尽管它们在那个因过足充电当时出了毛病的电脑里一直未被我重新打开。

……那些没有简略的父亲治疗中的记录，是想记下来他生命中的时光。比如他对病房窗外秋冬交错高原瑟瑟的寒冷中一直坚持着挂在树梢不肯掉落的绿色的一声赞美，比如我们陪伴他不顾羸弱在北山林场他爱了一辈子的青山绿水中的短暂流连，比如他感谢医生护士时的真诚和永远的豁达幽默……

我的"麦田"里有父亲的守护。自小印象里他严厉，好像仅是对我的。许多时日不见的父亲到家来，脸上的微笑让我紧张，他拿着钟表随意指着长短针让我回答是几点且不让旁边的小朋友帮腔。母亲住院的时候他陪在旁边守护得最多，半夜骑了自行车孤身回来，无论用多大劲敲窗拍门总也叫不醒睡梦中童年的我。以至于我长大后每每想起，才知童年的梦境会那么深，父亲和母亲用篱笆扎的院门那么结实和安全。与乡村一河之隔的城市边上的院落里父亲母亲吆喝我回家吃饭的时光那么幸福。长大了的读书时光，每每面对父亲的辛劳会羞愧自己闲读书，但我还是辞了工作考进大学，父亲的赞许无声。父亲最早说出这个愿景好像跟人随口一提，却印在我的心里。到我进大学之前的几年，没再听他讲过。也许，他觉得我有了一份工作也挺好。等我取了通知书，在家门前市场一个上坡的路上遇见父亲，他穿着自己的蓝大褂还在忙碌。退休了，他又在家门口新兴的市场"下海"忙碌着。我第一时间要告诉的是父亲。他听了说，在南方啊，挺远啊！

他每天在家门前的市场上忙碌，每个月给我寄来宽裕的生活费。我读书带着这样沉甸甸的分量。

他在我的"麦田"里守护着，父子间那根牵挂的线极富弹性，有时我有力地弹出去了，却又总会结结实实地弹回到父亲身旁。他年少练就的结实身板，勤快的操劳，永远乐观的生活态度，好学不辍不知老之将至的活力感染着身边年老年少的人。

2023.7.6

购书记

对书的念想从小种下，后来终于不断买买买，使理想中的书架不断扩展开来。

有一个自己的书屋和书柜曾是很多人生活中的理想或向往，在清淡的日子不啻为奢侈。虽然今天这早已成了平常。估计像以前那样勤着往图书馆跑的读者也不多了，多少人现在都有自己的藏书，只要喜欢，买了来就行。

作为爱好，书架上的这些书就是这样被自己钟情和惦念着买回来的。

其实一个人有一个书柜的书就好，只要真读过。所以买书原来是一件花钱极少的事，但买的过程里精神却丰盈，好像买了来，就是一个心仪的知音陪伴，其实好多成为多年旧好，却不曾相识揭开面纱。

它曾由我作为礼物专意挑了来送别同学。自己中意的书想着同学也会喜欢。记得那两本都是青年励志的书。同学要去军校读大学了，想着送他的书会被带去。我们几个同学在高中的友情由这书籍带了赠别之意以作青春的纪念。

它曾可作谈资成为装点或充实一个青年的自信,使无言之人相形见绌。无言的常常并非拙于言辞,确实不如夸夸其谈者读过。往往,人们很多年后自省,当时年轻的聊天可以怎样地放开读和说,但往往现在到了不谈书的年龄,也少了这样的装饰。年轻,关于书籍的话题怎样说都不多,人不厌。不知到什么年龄,人们论书的话题就寥寥,省却了"装饰"。一个人读过了多少书早也在人们眼里。书早已成就了人。读书便更成了个人的私事或爱好,只自己独享。

其时,恍觉早已不再繁华的何止读书。

阅读可作谈资,于年轻的自信确能见识甚或成就经历。当年送别军校同学,曾约了骑自行车去一位善"沙龙"的女生家,她因热爱朗读比我们至少读了更多的课文和文章,又因待人热情,成为聊天的主人,同伴也意气风发,"谈兴浓"时真的高兴。阅读而话有"成色",让青春多彩。

读书一定丰富着著者的积淀。比如尼采《我的哲学之师叔本华》(原著《作为教育家的叔本华》),可见后来为尼采批判否定的叔本华哲学曾对尼采的深刻影响。当你孤立地读尼采,以为他傲岸不食人间烟火却发现他本不孤立。他批判懦弱折衷踟蹰阴柔的哲学派及褒扬歌赞经典作家,举例如许多你熟悉的名著作家穿引集萃星光如斗,"哦,他们同代",或联系着。"以为"的你更显孤陋寡闻,所知浅薄;张爱玲谈说家事,笔下拈来如许多之眼中的作品和著者,在《孽海花》中读到家事和上辈故事隐在其中,饶有兴味。做了骄子的女生早先的聊天中透出后来的一些气质，亦是眼中所见文华星光。

只喜欢看书，并未作为高考知识的参照。也许那时其实不会读书，书店却跑得最勤，习惯竟保持了几十年。比如有两次在城里最大的书店遇见身倾画案的老领导，摘了眼镜细细看着手上的大本。他喜读那些古董工艺装帧精致大开本的画册，屡至书店想来收藏不少，喜好成癖，很多"藏书家"大致如此。书店里这样的遇见还有在岗位的领导和诗人。

很短的买书的路有时却需要你等待。一位少时伙伴说早年他印象很深的就是书店门口。高原之城似乎以一条河一座高架的火车桥梁分成南北，桥北边的建筑和大院相对空阔疏离，20世纪70年代，有一个大型钢厂和建筑单位汽车运输企业，多是随建设来的新住户分布在几个大院。

这里也有一个书店，虽不大，但买小人书对孩子们却十分有吸引力。

他是过了桥来的，坐公交要三站路。一大早来了书店门口等着，和几个等在门前的小孩子快活地说着话。遇见了，也打着招呼。

小学五年级时，我从桥北边的大院平房搬到了桥南往东的楼房，和他一个院子一栋楼，每天都去他家。因他善谈开朗热情，楼前楼后的几个孩子天天聚在他屋里。后来有了黑白电视机，几个孩子围在前面尤其是他白天黑夜地就"钉"在了椅子上。

他家住一楼，光线遮挡的暗，电视亦是黑白光影，屏幕上不停滚动的流畅的足球和球员身上那些奔腾晃动的格子衫长条衫完全占据了大脑。

那些足球时间拉慢了墙上钟表的指针，足球时光不分黑夜白天被屋中本就暗的光线遮着，好像一切都被抛在了脑后。

他在足球和与这些孩子的欢乐中长大。没见他们玩什么，除了打牌和嘻嘻哈哈，但他们就像"长"在他家里。

我从他那儿借了一本《外国名作家传（上册）》（张英伦、吕同六等编著），书中每一位作家传记前都有一幅白描头像，高莽（翻译家、作家、画家）绘，头像线条勾勒亦使少年的我在这些思想者传神的面容上感受着世界在一个人容貌上展现出的气象和魅力。

2023.8.25

尼采怎样对待乐观主义和悲观主义

　　这是你的一天和一生。

　　中间无疑有移转。但出发点和落脚点贯穿一生。

　　如有这样的超人，你一定保持乐观。

　　那么，鲁迅乐观还是悲观？

　　无疑，他是乐观的。他的大乐观于小处投注于孩子身上。如《我们今天怎样做父亲》。相信孩子的未来可以不必如我们那样拘涩沉沦在旧的观念教育中，相信"救救孩子"一定不在旧势力的拘压中，而非"一代不如一代"。世界大同之未来是乐观的。

　　由此，我们见到窒闷中的生息。或与稍晚其后著作的《雷雨》（曹禺）不同。涓生失掉子君后，虽"写下我的悔恨和悲哀"，而"我总得向着新的生路跨出去""要向着新的生路跨进第一步去"……

　　留下而将被遗忘的是子君，终要前行的是涓生，因他没有或脱离了子君那样的叔父和盯着她的不能摆脱的"眼"（有时这眼由别人那里投来却长驻于自身）。

不停地，这样跨进着第一步，而有支持着的乐观。

有此乐观，因有信。
且读鲁迅的"信"！（多少鲁迅研究者应多有论述）

因有此乐观，而以严峻笔触挞伐悲观，使冷涩之人以为他悲观。

否，对悲观人抱以悲观恰乐观着未来，而使悲观者在他的文字中悲观着，于世道和将来如祥林嫂日日追问，与伊不同的是，大为高蹈上不变的是其眼光和心。

悲观而常常不满自我的拘持。

也许如叔本华大师，用悲观写着悲观。他扯来世界的悲观又成叙说人生意义的劝世篇。尼采在快乐中找到自己和"意志"，叔本华在悲观中看见世界及众生。

因意志与漫溲，世界不同。

如尼采，在快乐中如何与他人相处？

什么是幸福？追求而非享受，当为幸福。追求的过程中蕴含幸福。

使人生始终在对幸福的追求中，这样的人生是幸福的。停歇，坐享其成使人生自觉乏味。这样的慵怠、倦懒都远离人生幸福本意。

悲剧和悲观截然不同。亚里士多德的哲学观点深为尼采赞同。"他（亚里士多德）视为扫除这种状态（指'把怜悯看成一种由疾病所产生的危险状态'）的一种清洁剂"。

鲁迅作品对摹刻人物"哀其不幸，怒其不争"的分量更在后者，也让读者更能区分仅仅一味"怜悯"的反向意义。

悲剧是奋斗中的失败，"知其不可为而为之"。悲观则是消极的人生态度，即使他拿枪也是懈怠的，输赢可见。后者输掉的是人生的气度。

叔本华却在看待他人的眼光中处处自见。因悲观自见，忧虑立场拉出人生之大命题，亦曾使尼采仪敬而入于门下。

尼采名"快乐"（《快乐的知识》），而叔本华《一个悲观主义者的积极思考》，则在悲观的意义上探求幸福之道。

快乐成为尼采的武器，也是审视批判的武器。反快乐者成为根本挞伐的对象，给予快乐者成就着。

与叔本华学说的分界岭。快乐与否关乎认知与出发的本源。

找到快乐。且这样的快乐与他人的悲观相协调，使认识生命的质量变厚重。

尼采是分明的，不可调和的。

这样的灰色地段毫不相兼容。也许，我们要先去读读叔本华，在重回尼采前。

这样的灰色，在叔本华那里有。我们从而找到曾经的尼采和兼容。

——再回尼采。

道德的制高点。

青春生命的快乐之源放大着否定的力量，发现创造之力从而诞生。

年轻防止虚弱发生，须警惕一切"颓废"。尼采以此雄视"重估一切价值"的鞭挞对象。

尼采不曾走近衰老，而不能于暮年审视人生和他重估之一切价值。那样的踏步夕阳不知他会否重温叔本华？

相信尼采仍是他自己，也仍是你眼中的尼采。

尼采的制高点在他年轻时。在生命创造力鼎盛的青春。用否定去肯定自我，以自我对人生站立在哲学的新视野上作了令人俯仰的审视。

2023.7.30

你读的是时间

——《沉思录》读记

上次读这本书竟是十多年前。其时，它还是热销书，今天仍是。

读过的书是熟悉的朋友，像一位老朋友。老朋友的性情都熟悉，几十年不会变。其所走过的路子这书里竟也描述了。

这本书写着理性和激情。且倡以理性而非激情对事对人。

看了朋友们，理性多，且有理性定势的，大多在别人眼中如愿，其本人亦更在他人眼中如鱼得水，驾轻就熟。激情多的，自然理性有所欠缺，得失自知。但这也是生活的过程。

十多年前读过了，在于启迪，现读似以抚慰为佳。中间隔了时间。

可以权衡理性和激情时，更多深入了激情。且以激情为选择生活的过程。

比如拿破仑，其壮阔波澜和彪炳事业理性激情孰多孰少？

此书作者同为这样一位古罗马时期钟情斯多葛派学说的皇帝，突出特点是倡导理性。所以，他对自己写下了这部分析认识理性的著作。

写作思考赋予他"宁静"。《沉思录》本身是思考中的宁静之作，面对自我以及大众的人生。

将对人生的思考与当下流行哲学学派主张契合如一，真是"双赢"。人生有了一个理性的坐标，学说因《沉思录》有了更多读者。

今天的读者手捧这本红色封面的著作，在阅读中至少享受着阅读本身带来的思考启迪，使我们与两千多年前的这位古罗马皇帝"分享"人生思考，感受一些人生困惑中的自解之理。这本身是理性思考的意义。

能理性而宁静，由诸多欲念迷惑中找到人生的出路，看清人生之路的来由，我们自然会摒弃种种杂念，选择真理忠诚正义公正正直仁爱节制，在乱花迷眼中选择出最精最少的人生真义。

《沉思录》的意义还在于作者面对自我的心灵独白，不是麦克白面临老年的狂烈，不是拿破仑在圣赫勒拿岛（Saint Helena）时的孤愤，不是屈原最后的失望，也非人们当下面对人生失意乐观豁达的自适与解脱。

这日常中的人生思考，更多生活与时间中的寻常态度。也许这样的寻常竟是你孜孜以求的人生目标。

找到它，摒弃无目的的闲杂。面对生活，学会选择。

这是我们有意义的人生。

2023.7.15

烟岚人生

——读汪曾祺小说集

《晚饭花集》系淘自书摊。绿色封皮,有一弯白月,两朵白色雪花儿,一大一小。汪曾祺小说集。

读书迟。读汪曾祺先生的著作迟在今日。

黄永玉先生《比我老的老头》一书里摹刻了众多相交相知的文化大家,唯与他有特殊情谊的汪曾祺先生他留出空白,未着笔墨,拟待专写。在酷爱写作的黄先生看来,像汪曾祺先生这样的大家非一般回忆能写出他想表达的意味。

其间,自是经历了特殊年代,包括人与人之间友情的考验。这些人生况味确让我在迟读的对汪曾祺先生的作品中看到了。

曾读到汪曾祺先生的一幅作者照。照片像是摄影家的抓拍。似有烟雾从作者面前飘浮去,像思绪直飘到照片和景外。

那是看到的烟岚中的人生。非飘忽,非虚幻,真实却如梦似幻。

集子里的各篇在作者精到的文章作法中也像人生的小品

文，也像他写的画家的笔墨画作简括写意，工笔勾勒；也像他说，"这是一个张恨水式的故事，一点小市民的悲欢离合"。且言，"这样的故事在北京城每天都有"。

他是江苏高邮人，笔下对江南物产景状自然娴熟。一些北京北方人物的景状生态又透着纯醇的"京味儿"。

在这样的人生"小品"中，在这些农工商学艺众生的世俗像里，在这些熟悉的人物中，文章阅读亦如作品中书写的夏季摆在市井里的西瓜摊儿，吸引读者聚在村头一棵茂盛大树的荫凉里听着一位说书者的"况味人生"。

这样听说书人在岁月静好的时光中品读人生的流连于今似不多。

从作品中抬头，或从这样说书人的故事中转过神来，你想，那文字里倏忽间的人生又何尝不是你或身边人的人生？只是今日作者的写法不同。

故事看多了，于世间就有了眼光，亦生撷取的角度，眼光便独特。但他故事中的眼光始终温存，对着书里一个人物看不起的所谓"属于低级价值"的人。

他作品中这样以人物出面带了理论色彩进行"哲学""理论"和关于生民价值讨论的片段不多。作者直言，"糊火柴盒的、捡破烂的、捞鱼虫的、晒槐米的……我对他们都有兴趣，都想了解"，且于作品中表现得这样生鲜，使读者听得娓娓生动，甚至忆及少时听故事深深为之吸引的时光。

会讲故事的人把人性善恶褒贬藏在故事中。他将对人生的观察放在了贴近他们的眼力劲上,使你觉得他从不凌驾于那些人物之上评判。

——"我是个写小说的人,对于人,我只能想了解、欣赏,并对他进行描绘,我不想对任何人作出论断","我对人,更多注意的是他的审美意义"。

这不是他关于自己小说作法的"理论",而是小说里的直白。

这也许是他的作品使读者有少时听故事的意味的原因。有时,听完了故事,在静静的夜里入梦,脑子里还回味着故事……

他用这样的眼光看生活。

其笔下人物故事鲜活,牵惹阅读若听书人心生沧桑之感,亦使读者感受他写作的文脉和接地气。也许,这是他作为文章大家受读者喜爱的一个原由。

源头的笔记小说和眼中的市井人生,生活里的生计百业,戏曲词章中的程式家什,均若手中檀板牙笏,成为观察撷取生活冷暖于心的观照。

钩沉市井民生在生活中的起承转合如一幅民俗和生活画卷,其作品让我们对写作中的"中国气派"多了一层阅读中的抚触感受,使读者回首源头史籍经典于浩如烟海博大精深中体会如此特色的文脉笔意,这是白描的中国画法,是庄谐轻重舀自奔流江河中的一瓢饮,让我们于滔滔声浪中安静于村头市井听着书,想着故事里的人和自己的人生。

2023.8.13

远镇夜读

很多年前买了这本散文集，下乡途中在一个近乎窝进地坑下的镇子，于夜晚披衣读过。夜晚的冷使人缩在被褥中，只捡了篇目中的文字读。

作者的名字叫许达然。是一本适合在那个年龄有些抒情、有些思考、有些诗意表达又夹着理性思辨的深刻寄托乡情的读写。

今晨念及，先想到多年来住过的那个乡镇。

——"当有一天，毛发被染白，不知已越过了世纪，不知祖先墓冢的草已长得比你还高，只知自己老了，你悄然归来，不再是去时昂然，你脚步蹭蹬。你仍认识故乡，但故乡已把你遗忘。故乡的老人会笑问客从何处来，你会泪答，你回自远方，回自梦。你属于故乡。"

捧读的夜晚在 30 多年前。

住下这个乡镇前且自另一高台乡镇来。一高一低的两个乡镇温差很大。往东，高原里属热处，暖和，镇子属县府所在，离河近，属于黄河的一个弯，暖风和畅，是为海东。造化又弄人，偏偏这个镇子高倨台上，占了地势之高，冬日镇子街面上雪落得少，风一吹，残雪难留。日子久了，人们发现，这里高可望见台下的地和河，风大，气候难热起来。台上形成了阵仗的人们眼馋着台下温暖的气候和庄稼。庄稼要留出好地，守着黄河也好灌溉。日子紧巴的时候，引水上山亦为梦想。人们便在台上守着冷和梦。

县府招待所居东南台角，一个院子，临街三层楼，与镇上不算多的楼房高低比肩。

初冬，早间，出了院子，街上人已袖手而行。羊杂、牛杂、拉面铺前人们扑了热气落座，端来面前热烫的早食暖了胃肠。

运输的人们出县城开始了忙碌。街面人声多起来。阳光洒照，驱着寒意。

山山梁梁沟沟峁峁，外出运输要翻越这横阻的大沙梁，特别是冬天，山道难行，冰溜子冰坎儿堆在阴处罩在雪下使车轮无奈。

这里属旱地，雪亦瘠薄。冷雪，霰雪。倘或一场飞卷大雪笼罩山岗，人们便欣喜来年的丰收。岗上的地里种着青稞和庄稼人的年景。

这里走出的文化学者专事西陲古地与民族文化研究，地方、山河、先民迁徙源流探析考辨，著作为高原及西陲地域文化研究之深具标高的峰塬。山川乡土历史深厚，不为寒酷遮挡，

辑四 高原捎来的书 ｜ 363

不因荒凉却步，史流细辨，讲说认知却是为学的奉献。

外出，我曾不遑其厚重，带着这部学者著作啃读，在山川的文化中一见历史绵长。

山下川水地气候宜人。人们不耐山上的寒冷，这些年陆续搬下山去。留在山上的人独自在这儿无惧寒冷，空出的地除了种植传统的青稞，又种当归，且有好的收成。高寒自有高寒的产出，且品质优良。在高寒里能适应物候的生长自有其天成的养分。"板凳坐得十年冷"，其何止十年呢？那学者之守成是一生呢。少年负笈外出求学，闯进学海，入名校，从名师，走东南，下港粤，志归乡里，回到高原，执教育人，专事文史，使读者在冷地中看见历史文化深远风光而在自身行走中感受大地的力量。

——"山不迷人人自迷，总是使人自动地往它那里去；登高山又有高山，登不完的高山登不完的向往。"

今晨，翻阅这本书，蓦然忆及远镇寒夜里的阅读。这次，索性尽览未读完的篇章。不由想，这是一本年轻却可晚读的书？

读之仍可觉其年轻气盛。巧合的是，今读这本散文集方知，著者为学写作多年，亦为文化史学者。这本辑录其早年篇章的文集，葆有生命的激情。理想，人生，使他生疼。

为生的年轻的感念？因身居海外？因思乡情怯？

年轻而有彳亍，因人生或可咀嚼，且在长途。

年轻而有感奋，因踢除那粒硌脚的挡路石子不怕它横顽泼皮。

年轻而有抒情，因与你同行者众，且歌且行，尽管你常孤独，可"再入混沌前"。

青年的感奋，痛快追问着人生的意义。"也许他一无所有，却至少有一股澎湃的热血与勇气。也许他不知走向哪里，却有着走向远方的决心。"

今天似不可读这书。读着成年的成熟，童年的天真。

年轻，而心有荒野，前路。心孤寂着，天地广阔，虽然有时不免想象，但这狂肆的权利无人能剥夺。

煞有其事地看和淡然地看。

今天读来，仍启发思考、认识和写作的意义。

2023.9.20

这样时光

阅读曾是奢侈的。办借书证也需要单位的证明。

宽敞的阅览室中有一个读书的座位亦庄重,因还算少年心中还有一点管理员过来问讯干涉的担心。高个子的管理员穿着蓝布中山装,风纪扣系得十分严谨,在安静的氛围里,他的严肃本身就严肃了气氛。好在他从未干涉或过问过他们坐在座位上的阅读。他们每到他站在内侧的桌柜前请他换一本杂志时心中不免惴惴。倘或换作那位女管理员,脸上虽有些雀斑却也不扎眼,她方圆的脸形和短发都显着和气,不像那位严肃的男管理员站在里面时使他们心里常常敲鼓。

他在这里读了最早介绍弗洛伊德的文章,是《读书》杂志,可惜后来整理书报,他将它们全卖给了收废报纸的。它们何以"废旧"?多少人从它开始接受了思想和知识的启蒙。有的书柜里还保留着它们的站位,保存着当年阅读时的温度,心潮澎湃或静思神往。

阅读而有这样的神往,是思想的感召和魅力。

还在这里读过赵鑫珊对黑格尔等哲学介绍的文字，如旋律一样敲动着阳光的文字明亮了阅读时光。文字亦可带着清亮的音符让人感受哲学的动人，或许这是读者在文字明亮的抒情中走近哲学而身心豁朗的路径。

哲学，可以在这样沉思诗意又绝不哗众取宠卖弄的文字中登堂入室，于少年初尝心领神会的意境实在是阅读不意的收获。

阅览室的下午时光，阳光的移动静静的，也是醉心的。

"劝君惜取少年时"，这一天是不白过的。

上午时光，那管理员打扫或擦抹好每一个宽大的书桌，迎进第一拨读者，选了座位的读者能嗅到室内清新的气息。

这是阅读的仪式。

卖甜醅的老铺子，低矮的房舍在平整的屋顶上因糊了泥土竟长出离离青草，成为"房顶上能赛跑"的又一景。紧挨着的寺院门扉紧闭，经幢旗杆历久不曾更换，融合于老街的宁静。

胡同里静静的，探脚下到老甜醅铺清凉的屋内，在方桌木凳前落座，店家端上清凉的甜醅，汤匙轻轻搅动，一街的光影里轻轻搅动的竟是岁月。"幸福感"是游客今天来这座高原"夏都"古城频次颇高的评价。慢慢的时光和在慢慢时光里的日子沉浸着岁月品啜淡淡的清凉与微甜，在夏日阳光里铺洒出胡同的宁静和一个路过的去阅读的少年的步履。

光影铺洒在树荫里，老城的底蕴在脚下，尽管寂寂，却绵长。

静静的胡同，是叫"教场街"的一条老街道。胡同口外是城市最繁华的西大街。

时光移走了这里的老宅子、老院落和低矮的老铺子，而今树以轩室高厦，安静似在老街上竟有保留。只是"省图"迁徙而去，原杨柳垂荫安静的院落树了高楼和门市……

站式阅读今天亦免费。没有手机的轰炸和多选的迷惑，三层招待所门厅里一个挂锁的报栏有时也会吸引他驻足。每天上学都要经过这个门厅里立着报栏的招待所和它旁边的蔬菜食品商店。而报栏前总不会空着人。人们关心着新闻和生活。那是1976年至1980年。小小门厅里驻足在报栏前的人们，守着那一刻的安静和满足，忘记了来这个城市的陌生，在报上读见离家虽几天身旁发生的些微变化。

巧的是，昨天友人自杭州来，住麒麟湾旁宾馆，早晨在河边转转，对麒麟湾公园里的文化长廊、报栏和免费阅读的书刊大加称赞，在他这样的游人眼里于"发现"中不失为一个城市人们精神的景观。

那时的阅读没有今天这样丰富"豪奢"，镶于报栏中的几张报纸可让人细细品读咂摸。

街角，突出的位置，时光静静驻足于报栏前的阅读。这招待所小小门厅里的报栏汇聚了家事国事。这招待所和它的单位因电影《年轻的一代》而为人知，高原找矿人也为电影提供了自己的故事蓝本和外景。

——"生活中的美需要发现"，刚刚成为生活中的一句流行语。少年在这些大报副刊上读着发现美的文字，或明妍或含蓄，或坦荡或委婉。站读时光简短也安静，像那些成年人读报的时光，生活里这样专注的片刻是他们内心的港湾。

2023.9.5

足 迹

——读孙犁小说

一个老人用晚年的寂寞保留了盛年的足迹。

清简,淡泊,常年伴以书笔,闲来在屋前房后侍弄菜蔬。闲寂生活却为文坛关注,但长年耐得寂寞。

人们读他的书,似也先认得他这样的寂寞。

一个老人用他的简素包装了美。

——在文学流派纷纭的今天或现代,我们进入他笔下的世界,读着自己精神中的纯净。

晚年能有多少心事和话语全已放进了那些文学记忆,如《村歌》《山地回忆》《铁木前传》。

——那些故事都成了"前传",唯留晚年的清寂给自己。避开繁华,避开"盛况",乃至不解。就像他文字的简约,舍掉了枝蔓。不让枝蔓牵绊,才有那样的晴空和星月给人以精神的空间遐思。

他作品剪裁了的图画中是留白。

——留白给人以想象。

记忆了生活,读者追溯文字,看到生命的足迹。

忘不了,"我"的生活。山地河汊水淀乡村里的人们。"我"走过的土地和付出热爱与收获的人们!

出双入对,彼此映照成全了生命可爱。总有一对这样的夫妻,为了等候甘心付出,为了守望不怕牺牲,为了胜利奉献美好。总有一种这样的送别与接续,记挂着山水梁峁嘱咐期盼,在一针一线一炕一饭食的接纳里胜似亲人,使"我"每每在这样生活的间隙记录感念那些人情中的正剧,看见时代风行与乡情,记挂别样深情。

爱是亲切的。有着对读者的感召。

文学的笔触不枉放在身边。

走过了,不曾忘记,那蹚过的清凉的河,河边的人,那上去过的山岗和村庄,那村口上把来客迎进门里的乡亲和他们的生活。

牵挂。理解。支持。胜利。

他的写作是时代与民族大义背景下的写作和记录。以作品人的美丽心灵传承。

这样的情操,这样的美,在时代风云中由作者刻画"初记"。

——"我"的生活里总有那么一股子劲儿,在家乡一山一水的写画中滋养着那么一份美好,使人们在等待中坚信希望,在牺牲中孕育新生,在信赖中透射光辉。

2023.9.16

最早的谈心录

——读《沉思录Ⅱ》

将终极话题,也是衡量人生底线的话题放在最后。

这样,也许使读者与之一样,找到自己的信仰,让信仰之光显现。

听你谈心这么多。前面基本是对自我的衡量。也许,到最后成为话题的一杆秤,称足了这些话题的真伪和全部分量,起到"去伪存真"的作用。

话题娓娓动听呢。到最后掂量出人心的又是这样关涉利益的摆布。它在心中,再怎样不动声色,也要被剥现出来。

——只是,我们要怎样表达。古今中外多少文学作品用于表达,多少哲学著作尽行述说。

古人的谈心技巧居然是邻家的朋友。

正观与反观。

反向的启发。

爱比克泰德所著《沉思录Ⅱ》，更像一本谈心集。帮助解决我们面临的人生疑惑。

找到信仰，且坚定。

2023

山水简远

——王文泸先生印象

为书的序言，专程去看了王文泸先生。我的造访在中午，因心切所以想着午餐时间也顾不得打扰了。他在电话里说，正准备出门去一下市场，就先不去了。

客厅敞亮，装饰得也简单。门厅对过去的一面墙能看到漆了清漆浅黄色的古董架，齐整清雅。落座在客厅沙发上与文泸先生聊天，时时可见它在先生的背后。

说话间，知道房子是二手的，也是卖家装修了的，为图省事。这许就是他处事的简淡心境。

清朗，是我对他和他家乡的揣测。

贵德山水清朗，文气清逸。

早先读过他写贵德文化先贤张荫西老先生的文章，有深刻印象。地处良田与牧野交汇之地，先民迁徙汇聚交流的生活与文化的碰撞繁衍传统与交融的文化体味，使新与旧、深与浅相触碰，乡野中的文化别具醇厚和意趣，传承、新兴与这里的山水一脉相承。

对故乡的爱能成一个人很好的背景风光，亦成就一个人的文化视野——《站在高原能看多远》扉页，作者照中的他就坐在故乡一道远山的背景前。背后的山很远，但是唯一的风景。

巧的是，和文泸先生见过这两次面都聊到了房子。第一次是与他们几位从海西出来的前辈有一次草地之游。话题自然在柴达木。刚到州广播电台工作，分给他的宿舍就在离州委东边不远的那座小山下。平房。在德令哈，有时，我也到那山和山上修建的塔上一游。一座不大的山丘，或许就是人们当年在城里的街上选了这个好位置堆了土形成的。但在早年德令哈和柴达木人的印象里它也是标志。有的当年怀揣一纸报到的介绍信，就到它西边的州委政府大院报到。州委政府的院子也不大，几座 20 世纪五六十年代那种敦实厚重的平房是办公的场所和住地，现今还有两三座保留下来掩在白杨匝荫的沉静里。文泸先生讲到他住的房子后来他回去看时还在。

在柴达木红红火火的岁月，他去时有这样的住房分配应当是人们"先生产"后开始注意"后生活"了，条件仍苦，创业激情在这样小小的房舍中燃烧的却是生命的光热。走出来的柴达木人都带着这样的光热。大漠风沙戈壁烈日荒寒冷寂漫漫长途中找矿钻井苦干和以苦为乐带给人光热。

也没想到，我这次拜访却是第二次向他"约稿"。上次愉快的草地之行，实是我和 Z 向几位出自海西的前辈约稿，记忆的热力像当年人们在柴达木风雪里捂在胸膛里掏出来带着温度的热饮，品啜一口，自是原味！

这样的光热与温度，他们一直带在了身上。深秋，在文泸先生家客厅里的聊天亦带着温度。和他的文章一样，从未冷下的是思考。出版社为他新出了《王文泸自选集》。聊谈中，仍能觉到他的忙碌，却又抑扬在如他文章一样清朗明快简括疏淡的节奏中，且透着自信。

多年前，我曾收到他的散文集《站在高原能看多远》。他亲自送到我的办公室，等我未回，嘱咐了对桌的同事，放下书静静走了。书当是我向文泸先生讨要的，我为自己当时未在办公室见到他常觉歉意。作为前辈，他秉真的思考和文字在读者和同行眼里都独具分量。他的作品因保持我们对时代的打量与回望的思考视角而具有生命力。

如非与他一样做过柴达木人且在他的文字中回望在他眼中不同的柴达木记忆，文泸先生的视野更为开阔，就像他"站在高原能看多远"的自信与疑问，文化的濡染，乡情的惦念，对现实与生活的观察，使他离开柴达木生活后的多年在写作中别有高度。

2023.10.14

山上的小说家

他望着那座山。

秋天最后的一个季节已过。

——白云飘逝,空旷的蓝天纹丝不见云影。

手里的一本小说与眼中的山映衬着,它们同属于湟水。

湟水无疑增加亲切感。亲切感在于独属。湟水岸边的人家首先说着湟水边的话语,与它流动的大河相连着。岸边拔地而起的大山熟悉它。

人们在山上山下不以景为景,生活由它们诞育着。

人们在它身边写着自己走过见过的各处的山,唯独忘却了家延展在湟水之滨生生不息,由自己在人们的攀行里成为自然。

他住到山上,还是干旱。这个庄子是新的。

喝了酒,脑袋迟钝。手里拿了这本小说,又氤氲着沉浴着。

小说的文字清丽,一如他从这山上走下的汉子和他清澈的眼。

"你的功夫深啊!"

谁说的？乡亲？乡亲里有几个读小说的？他们知道他是有名的文化人。说到他，庄子里的人都敬佩。当年能出去上大学的就他！

读者说的？

——现在捧读这本小说的不是他。拿在手里的读者把这本小开本的书放了几十年，现在为着与他的友情，拿出来读。小伙子的书架上，有些书放了几十年，有些书送给了别人。这本书在搬过几次家时都留下来，和他认为其他众多要读的书。

小伙子在他的书里重新认识他。就像认识他有时看他那双颀长的手，是文化人的一双手，还是属于这山上的一双拿过铁锨的倔强有力又意志毕现的手。

他跑过众多山水。现在赋闲了上山来住下。很少外出。他在院子里。庄廓外的山道比原来宽展许多，他走过的路山山岭岭的，自家门前的路也这么顺畅了，他在院里却并无赋闲的慵钝。

——还有一些衔接上的痕迹。情节。老成中有青涩，却又清新表达着思想。像他在年轻人眼里印象深刻的那双手多少年都清楚表达着自己不变的动作。

人物在他清新的语言里。情节中拐弯抹角的地方是成熟的小说作法，又是他嵌进去自己的地方。

熟悉的庄稼地让他对四季分明的物候有着本真的鉴别，多少年和他看山下风景一样不曾失真。他手上的经脉总那么清晰又不曾变形和夸张。

——小说在小伙子手上，他看到这些衔接自然的转圜，在清新的文字里把眼光投到山下去,想着文字和现实的贴合。有时,作品是清新的,现实却变得有些模糊,为清新的表达,非廓清一些事理不可。有时,这样的事理不在同一个人身上,于是有了拿捏,像庄子里的巧匠。功夫做得好的,在那些木缝钩嵌的地方,木榫铆钮不见痕迹反而在圆滑的雕润中透出釉面的光彩。

——闪光的过度富有理想色彩。读者与作者共同创造了这个"空间"。像一件羽衣上闪闪发光的嵌片。理想填补了现实中想象的匮乏。希望需要想象激励。逻辑合理需希望与之结合,文学中理与事的动人便在想象与描述中适应了读者的口味(社会的口味),满足着写作者自我的感动和对读者(与社会)的感动。一代读者曾这样感动过。作家历程这样光辉。

他的想象与这样光彩的镶嵌属于社会和读者。阅读中激动人心的填补和想象有时为读者的需要。亦成作品逻辑的需要。

这样的阅读在几十年后依然闪光,并且感动。是理想主义的光彩。

他是这样被记忆的小说家。

——小伙子当下刚想清楚的一件事在你几十年前的小说里就用人物的一两句话想清楚、说清楚了——

"反正,我不羡慕某某,不羡慕某某某,也不羡慕某某。为啥呢,各人有各人的条件,各人有各人的酸甜苦辣，羡慕人家做啥？比如说我吧，太阳刚冒红草尖上露水还没干那阵子，骑上我的'飞青'，打着呼哨，追着马群撒欢的时候，我觉得比某某、某某某、某某还要威风！哼，你别笑！……"

明亮的文字有一种召唤。阳光中的生命力带着色彩。
想必是你曾经的困扰和思考，但那时就想清楚了。不"难得糊涂"，从来是清风月明。

你的生活简单。所有的物件就是那几样生活用具，剩下的全部交给了腿和笔。你不在意身板的高与直，但人们在你采访的对象和作品中看你从来那样笔触清晰毫不含糊。生活上毫不含糊清清爽爽，捶打着文字。

清亮的叙述。
肯定的叙述分明了美丑强弱。在生活中你立出了形象。
物质的简单和人物性格鲜明的刻画。他在山上看到痕迹。放牧的，农耕的。别人的人生和自己的判断。叙述里就有了价值对错判断。一定要有的判断。

生活中，见惯了大漠、草原、夜空、流星，还有屡屡诉诸笔下的骏马飞驹为你撷来笔下，广阔着生命的地平线，表达着人性中的善丑。

晨昏交割，你作品中夜空的流星富有昭示，几多笔触写夜与黎明的交叉碰撞，文字带着力量，是你在夜空中的观察思考。

广阔草原，那些见微见性生活中的偶遇重逢，时代潮动中浮光掠影沧海一粟捕捉着山野鹿麂海上珍珠一样的写作阐发……

湟水河之于土地的广阔。高山之于戈壁的视线。

你作品里清亮的那些时日。

文字从生活中来本身要带着生涩——思考与想象。

这样的焊接有时往往在生派出的填补中产生激动人生的戏剧效果。一次平常的相逢在巧遇中派生演进人物的故事。"戏如人生"，在拉长的人生时空中悄悄演出真实的戏剧，其深刻往往在揭晓时要等你"迟悟"。小说家能像他有真实的目光是他在写作时进行着发现。这样的生涩只是尚未经由时光的打磨而提前来到。一如小说家是发现和描写生活真相的人。

他在他的作品中寻找色彩。木刻？木刻画？

——黑白底色。简笔有力的勾勒。

清晰的目光和笑起来的温厚，统一着，在他身上。

和作品外不一样的温厚和笑容是沐浴在现实生活中的照耀。温厚的笑使他一悟他作品的生命力。

挞伐过丑，曾理会，但生活中回望时能秉之以笑，有时甚至为笑谈。抱以时间的宽厚。

……

文字简省产生力量，还是生活因简省产生力量？或人因自身线条清朗产生力量？它们在你身上统一。

——小伙子在你简省的文字中回望那时看似简单的生活。简单的生活是选择了的。

2023.10

随意而专注地生活

——《伊利亚随笔》写作的态度

可能你长期在一地生活，无可选择。比如你长期生活在高原。

命运或性情有时就有这样一个被在你内心喻为懒惰的门槛，别人轻松而行，你却怎样都难逾越而经年。

好在留在高原有留下的好处。与本是故乡的人们一样也成了故乡。

于是，回身打量高原。那些经过的人和事。

只有如此心境，和兰姆的写作一样，那些经年的人事浮现在生活的方方面面，你的高原就这样走过来。虽不似新得诺奖的安妮·埃尔诺那样用饱经沧桑的面容回顾摹写考据数十年人们在国家生活中所历大事，兰姆将有限的生活优游在了他的身边。比如你一直不曾离去的高原。疏离、淡漠、豁达、随性等，地理上的开阔无边，使你生长于斯的归属感或许不那么狭小，或拘宥。你走不出去的高原地大物博。留住的你从不会有空洞的迷茫。

疏离的人们在这里看见自己。如何是疏离的？从无时间和功夫感慨陌生。一来了就安家。

一来了就生根。纷纷在这里娶妻生子。就像兰姆在旧南海公司雄伟又人声沉静，高厅轩室桌案厚重沉漆泛出光亮的一格桌位前，和他先后在此谋生熟稔的同事一坐 30 多年，在会计出纳生涯中品味大都市的意趣，在日常见闻中提炼善意和发现，来自生活的，还有那些街道上对底层小伙计们不吝的歌颂，同样和他一样富有善心而不刻意表现，付出行动不枉就让那些受邀的扫烟囱的孩子们每年被招待乐呵一回，恣意奔腾喧闹，不受"规矩"斥责的老朋友在他的笔下犹如一部长篇小说中的人物和他所赋予的场景。还有沉浸在牛津校园读书求知的向往与想象……

在高原一待一辈子的人自然故事多多，来来去去行走间那些聚合的情分丰富着地理上的荒僻。也许没有古旧城邦中河水滞缓的古老，高原江河在雄阔的自然中捧出朝阳，让草尖麦芒滚动着露珠。这些新鲜的事若去打捞，和兰姆对身边人的微观发现，先有宏观的背景描述一样。它居然可以不是小说，就是你身边人一生中瞬间的描写和进入写作者眼中的你。

一来了就找见亲戚。瞬间相互熟络。高原的沉淀仿佛一种不曾相约的等待。你热情地来了，发现他的等待一点都不陌生。像兰姆熟悉他的那些同事，你在来了的高原人身上看到光彩。你不会被"雪藏"，每一次外出和喝酒可能都会被热情唤去，手头做着的事也有知音一样的关切。高原无旧事,在人们眼中。

当年从大学里踩着风潮来了,披红戴花离校"支边"这样空位以待舒心到了单位,见高原的初来者云集各处,一如五六十年代父辈们来的景象。人们在高原的熟识故而毫不违和毫不陌生。一来了就落脚,丢了漂泊。

在高原能找见什么?

(——后来离去的,到再好的地方常说,自己是高原人。有情结在。)

兰姆把视角放在左邻右舍和身边亲戚同事身上写着琐屑却如小说一样宏阔的背景和其中人物的生活。你偶尔在书院的架子上遇见这本为省油墨字体浅白而使目力有些吃劲的《伊利亚随笔》,却在高原日常中感受生活的场景与人物……

2023.11.2

一部电影，社会之窗

这部电影存在手机数次都没点开重看。但每次网上推过来都存一次。当年，没像那些追影的人看过多遍，但它的风靡真是刮过了每一个角落。

年轻，追逃，美人救英雄。

加上全社会尚未富裕起来的人对影片里骑马"涉过愤怒的河"，女主人公在家中备受父亲宠爱的公主生活和执拗甚或带些骄纵的性格，飘飘长发，时尚的短夹克，格子裙，在男主的沉默酷尚中，同样拓展了观众对女主的喜爱。爆发在纵马飞驰里的"烈性"和掩护奔逃时义无反顾的柔情，使马之烈性温驯与人也映衬起来，让公主的形象更立体鲜明。

一部电影吸引观众的因素很多，但它在中国遇上了这样的时代和观众，从而成就了自己的一个时期。

——电影原名《涉过愤怒的河》。引进时改了名，而一映爆火。

你正加紧复习准备恢复了的高考。有时每天下课了也在公园里转悠，拿着课本和复习资料，且不大会有女生陪伴。男女"授受不亲"，大多学生对已松动开的电影和文学作品里的描写还临雷池而越趄。电影的轰动让他们出了电影院觉得自己的生活也在改变，尽管那样的"富裕"还离得挺远。有的家里甚至父母和孩子一道去看《望乡》这部电影了。与前一部不同，影院里静静的。身旁坐着孩子的父母和父母坐在身旁的孩子均悄然无声，不全是阿琦婆在光线黯深的光影里的身世和漂亮优雅穿着白色大喇叭裤身材颀长的女记者在抽着烟的采访中丝丝缕缕仿佛从银幕上飘拂下来又回到银幕里的淡淡的烟雾一样的叹息，而是为了不露出尴尬着意保持着安静，甚或身子在银幕光线和暗影里有一丝扭动或一声轻轻的咳嗽都会表现出这样的尴尬。

……

高原干燥的气候也多彩起来。

——它的视觉有晃动的闪回，陷害指证者面目可憎而为被害人心中的梦魇，阴谋设计者深藏幕后阴险狡狯又"正人君子"社会显达，追逃者的"哥们儿"犹疑矛盾和义气，在观众眼里成为男女主人公展现人物魅力的背景。影片的放映无疑为暴露黑暗，观众眼里看见的却是人物生活中的场景，使人们一窥他们的社会生活之"窗"。

人们身边的生活之窗正在打开。

两年后，高中毕业的你和全班同学在老师精心组织的毕业晚会上张灯结彩，灯谜猜奖，击鼓传花。拘束独唱的女同学嗓音不事雕琢，开口"幸福的花儿竞相开放"，下一句一唱"爱情"俩字，声音立马低下去几近无声——男女生同桌说话虽已"开禁"但也不多。"禁区"在高中当然是从社会一传而下。唱歌的女同学离别了这次晚会，不承想竟是"有志者事竟成"，悲壮地参加了三年高考终于迈进大学之门遂愿。有此韧劲乃环境也。她的父母均是单位的高工，女儿自受砥砺。女子如此苦读以遂志气者身旁竟三五人之多！今夏见偕夫来三江源考察的初中女同学，一别正是这部电影上映的年代，40余年矣！她是班上的学习委员，跟父母亲随军由河西走廊来到高原就读，高中临毕业又随着南下去了江城，成绩一下子落下来，竟亦历三年之志才进入大学，使做父母掌上明珠的她终如愿。见面看到的变化是她对高原生态和三江源的热爱。一部窗门刚刚打开时的电影，观众多年记忆犹新，它让我们看到的是人物生活际遇和场景的不同。高原少年成长的时光烙印成为生命热爱，使她且以经年奔波多次来到江源之地，一次次奔赴江河源头，一扫年少的娇弱，乃至外貌大大洒利起来，生活的目标豁达起来，人生的热爱广阔起来。弱女子的变迁也是将父母亲在成长中给予的爱护变成执着的选择与热爱。这竟亦是当年观影女主人公身上吸引观众而使那部影片进入我们生活有持久记忆的魅力所在。

2023.10.27

后 记

这是我的第二本散文集,用近一年多时间所写。

感谢青海省文联副主席、青海省作协主席梅卓关心玉成,感谢著名诗人、青海人民出版社总编辑马非先生大力支持并给予帮助指导,感谢责任编辑精心编校。感谢著名作家、前辈罗近山(笔名)先生不辞苦劳和文事繁忙,应允拨冗写出鼓励多多的序言(并以"先生"称呼作者实不敢当!)。

2023.11